Un chantage odieux

Un rancher à conquérir

MAUREEN CHILD

Un chantage odieux

Traduction française de
PATRICIA RADISSON

PASSIONS

HARLEQUIN

Collection : PASSIONS

Titre original :
TEMPTATION AT CHRISTMAS

HARPERCOLLINS FRANCE
83-85, boulevard Vincent-Auriol, 75646 PARIS CEDEX 13
Service Lectrices — Tél. : 01 45 82 47 47 - www.harlequin.fr
ISBN 978-2-2804-7558-7 — ISSN 1950-2761

Composé et édité par HarperCollins France.
Imprimé en novembre 2022 par CPI Black Print (Barcelone)
en utilisant 100% d'électricité renouvelable.
Dépôt légal : décembre 2022.

FSC
www.fsc.org
MIXTE
Papier issu de sources responsables
FSC® C159065

Pour limiter l'empreinte environnementale de ses livres, HarperCollins France s'engage à n'utiliser que du papier fabriqué à partir de bois provenant de forêts gérées durablement et de manière responsable.

- 1 -

Depuis toujours, Sam Buchanan détestait Noël.

Cette année, il avait encore davantage de raisons de vouloir rayer cette période de festivités de son calendrier : une croisière de quinze jours pendant la période de Noël organisée par sa compagnie, la Buchanan Line.

Cette croisière sur son bateau, *The Fantasy Nights*, ne le réjouissait pas, mais il n'était pas homme à reculer devant son devoir, au simple motif que cela présentait des inconvénients. Il devait s'occuper de sa compagnie maritime de bateaux de croisière, et il ne permettrait pas à ses goûts personnels d'interférer avec la bonne marche de ses affaires. Depuis sa suite située tout en haut du navire, il contempla la proue arrondie, avec son pont bleu ciel, et l'océan. Ce qui lui évitait de regarder le quai. Le port de San Pedro, Californie, était bondé de passagers tout excités de s'embarquer pour leur croisière à Hawaii, et il détestait regarder des gens heureux et pleins d'enthousiasme. Une fois le bateau parti, il s'enfermerait dans sa cabine et n'en sortirait que pour superviser le travail de ses employés.

Il effectuait quatre croisières par an, sur différents bateaux de la Buchanan Line, dans le but d'entretenir de bons rapports avec ses équipages et les passagers. Expérimenter lui-même les croisières qu'il proposait lui semblait la meilleure façon de connaître les désirs de ses clients et de juger le travail de son personnel.

Sa tasse de café à la main, il fixa l'océan et réfléchit. Une fois en mer, il rendrait visite au capitaine du bateau, puis ferait une petite inspection des différents restaurants.

Cette perspective ne l'excitait pas.

En temps ordinaire, La Fantasy Cruise Line se cantonnait aux croisières pour adultes et n'acceptait pas d'enfants à bord. Pour Noël, cependant, ils faisaient une exception sur leurs bateaux les plus petits, les plus intimes, afin de permettre aux familles de voyager ensemble.

Pour cette croisière-là, non seulement il lui faudrait supporter des kilomètres de guirlandes, des sapins étincelants et des chants de Noël à foison, mais il y aurait dans les coursives des douzaines d'enfants surexcités à l'approche du Père Noël et des cadeaux. Pourtant, il valait mieux faire cette croisière que se retrouver seul chez lui, où l'absence de Noël serait encore plus difficile à supporter. Qui plus est cette année…

Le téléphone de la cabine sonna.

— Oui ?

— Le capitaine vous informe que nous prenons la mer dans une heure, monsieur Buchanan.

— Je vous remercie, répondit-il en raccrochant.

Il profita encore un peu du silence qui régnait dans sa suite. Les quinze jours qui s'annonçaient seraient difficiles, songea-t-il en soupirant.

L'année précédente, les choses avaient été bien différentes. En effet, il avait rencontré une jeune femme au cours d'une autre croisière. Deux mois plus tard, ils se mariaient au moment de Noël. En guise de lune de miel, ils avaient choisi cette croisière-là. Oui, en l'honneur de Mia, il avait dérogé à sa vieille habitude et avait accepté de fêter Noël.

Leur mariage avait capoté. Mia était partie. Et en plus, Noël approchait de nouveau.

Posant sa tasse de café sur le comptoir du bar de son salon, il fourra les mains dans ses poches et regarda autour de lui.

Sa cabine était un concentré de luxe. Le plancher en teck luisait sous le soleil, des marines ornaient les murs, ainsi que des photos de ses différents bateaux de croisière. Une large baie vitrée offrait une vue incomparable sur l'océan et s'ouvrait sur un large balcon qui bordait la cabine.

Dans le salon, des fauteuils et un canapé en cuir étaient disposés sur un tapis épais, entourant des tables basses ancrées au sol, en cas de tempête. Un large écran de télévision occupait tout un mur, et la salle à manger se trouvait de l'autre côté du salon.

La suite comprenait deux chambres et deux salles de bains, et le balcon privé agrandissait encore l'espace personnel. La chambre parentale disposait d'une grande baie vitrée avec vue sur l'océan. Suite à une prouesse technique, on pouvait voir l'extérieur, mais personne ne pouvait voir ce qui se passait à l'intérieur.

En dépit de ce merveilleux environnement, Sam se sentait… tendu.

Il sortit sur la terrasse et laissa le vent froid lui gifler le visage. Jetant un regard distrait sur le pont presque vide à la proue, il remarqua une jeune femme aux longs cheveux roux.

Ce fut comme un coup de poing à l'estomac.

Non, cela ne pouvait pas être elle… Que diable ferait-elle sur cette croisière ?

Pourtant, il ne pouvait détacher son regard de cette jeune femme. Elle portait un pantalon blanc et une longue chemise verte, ses cheveux flottaient au vent. Comme elle se tournait, il vit qu'elle était enceinte. Dans son cœur, la déception se mêla au soulagement, jusqu'au moment où la femme se tourna vers lui.

Mia ?

Son cœur bondit dans sa poitrine, ses poings se fermèrent sur la rambarde glacée. Elle était *enceinte* ? Pourquoi ne pas le lui avoir dit ? Et que faisait-elle ici ? Si seulement elle ôtait ses lunettes de soleil, il apercevrait mieux les yeux verts qui le hantaient depuis des mois.

Loin de satisfaire ce désir, la jeune femme secoua la tête d'un air dégoûté et s'éloigna d'un pas nonchalant.

Mia.

Enceinte.

Ici.

Il quitta en hâte sa cabine et se rendit sur le pont principal, où les passagers continuaient à embarquer, accueillis par le commissaire de bord et deux des animateurs. D'ordinaire, il se serait réjoui de voir avec quelle aisance son personnel endiguait le flot des arrivants, tout sourires et mots aimables. Mais en cet instant, il lui fallait des réponses.

Il s'approcha du commissaire de bord et s'enquit :

— Dites-moi, est-ce qu'une femme nommée Mia…

Il avait failli dire « Buchanan », mais se reprit in extremis. Son ex-femme avait repris son nom de jeune fille après leur divorce.

— Mia Harper se trouve parmi nos passagers ?

Après un rapide coup d'œil à sa liste, le commissaire de bord acquiesça.

— Oui, monsieur. Elle est arrivée il y a une demi-heure.

— Quelle est sa suite ?

Toutes les cabines du *Fantasy Nights* étaient des suites, plus ou moins luxueuses, mais toutes spacieuses et confortables.

— La Poséidon, monsieur.

Sans plus attendre, Sam fendit la foule qui se pressait vers l'atrium.

Sur le *Fantasy Nights*, l'atrium se composait de deux étages d'escaliers de verre et de bois en spirales, décorés pour la période de Noël. Au milieu trônait un énorme sapin enluminé dont les guirlandes scintillaient de toutes les couleurs.

Des centaines de minuscules boules lumineuses blanches pendaient du plafond, imitant des flocons de neige. Sur des tables dressées le long des murs s'accumulaient cookies et chocolat chaud.

Sam ne remarqua pratiquement rien. Sans prendre le temps d'attendre l'ascenseur, il se dirigea vers l'escalier le plus proche, qu'il gravit à toute allure. Il connaissait chacun des bateaux de sa flotte comme sa poche.

La suite Poséidon était une des plus grandes. Pourquoi Mia avait-elle retenu une suite à deux chambres ? Si elle était enceinte, pourquoi n'était-elle pas venue le voir des mois plus tôt ? Il n'avait de réponse à aucune des questions qui se bousculaient dans sa tête.

Les conversations joyeuses et les éclats de rire des enfants et de leurs parents le poursuivirent le long de la première coursive côté quai. Le sol était en teck, et sur chaque porte une plaque indiquait le nom de la suite. Celle de Mia représentait Poséidon chevauchant une baleine, un trident à la main, prêt à attaquer l'ennemi. Était-ce de mauvais augure ? se demanda-t-il.

Il le saurait bien assez tôt…

Il frappa et la porte s'ouvrit avec fracas.

De longs cheveux roux. Des yeux verts perçants. Une chemise verte. Un pantalon blanc. Un ventre de femme enceinte.

Mais pas Mia.

Sa jumelle, Maya.

Éprouva-t-il du soulagement ? De la déception ? Les deux à la fois ?

Il contempla Maya en silence. Que dire ?

Son ex-belle sœur n'eut pas ce problème. Elle le dévisagea d'un air furieux et lança :

— Joyeux anniversaire de mariage, espèce de salaud !

Mia se précipita vers sa jumelle.

— Maya, arrête !

Sa sœur la contempla quelques secondes, étonnée.

— Tu es sérieuse, Mia ? Tu vas le défendre ?

— Me défendre de quoi ? demanda Sam.

— Même maintenant, tu veux que je sois aimable avec ce type ? demanda Maya.

— Oui, répondit Mia. Je t'aime, ma sœur, mais laisse-nous seuls un moment.

— Très bien, marmonna Maya en fusillant Sam du regard. Mais je ne suis pas loin.

— Qu'est-ce que c'est que cette histoire ? demanda Sam.

Mia soupira. Ce n'était pas ainsi qu'elle avait prévu de traiter cette délicate affaire, mais qu'y faire ? Rien, concernant cette croisière, ne se passait selon ses vœux.

Elle n'avait pas eu l'intention de se faire accompagner de sa famille entière, par exemple. Le mal étant fait, il ne restait plus… qu'à empêcher Maya d'approcher Sam. Vaste programme !

— Maya n'est pas ta meilleure admiratrice, dit-elle en s'avançant dans la coursive, obligeant Sam à reculer.

Elle ferma la porte de la suite derrière elle, s'y appuya et leva les yeux vers l'homme de ses rêves.

Ou plutôt, *l'ancien* homme de ses rêves.

Il était grand, et cela lui avait toujours plu. C'était même une des premières choses qu'elle avait remarquées, le soir de leur rencontre. À cette soirée, elle portait des talons aiguilles, et malgré cela, il lui avait fallu lever la tête pour le regarder dans les yeux.

De très beaux yeux. Bleu très pâle, ils pouvaient passer de la glace au feu en quelques secondes. Pour le P-DG d'une compagnie aussi prestigieuse, il portait ses cheveux un peu trop longs, mais ils étaient épais et brillants, et elle avait adoré y passer ses doigts… Même après que les choses se furent gâtées entre eux, elle avait continué à en rêver.

Il était en costume, bien entendu. Au travail, Sam ne la jouait pas relax. Il portait ses élégants costumes italiens comme s'il était né dedans. Mais sous ce costume bleu foncé à fines rayures se cachait un corps qui semblait sculpté par des anges…

Son cœur se mit à battre plus fort. Cela ne la surprit pas. Elle avait rencontré et épousé Sam en deux mois, dans un grand tourbillon. Bien que leur mariage n'ait duré que neuf mois, il lui faudrait sans doute des années avant d'oublier Sam Buchanan.

— Que fais-tu ici ? demanda-t-il.

— Belle entrée en matière, merci. Ravie de te revoir, moi aussi.

Cela ne fit qu'irriter Sam davantage.

— Que se passe-t-il, Mia ? Que fait mon ex-femme sur cette croisière ?

Davantage « femme » que « ex », songea-t-elle en pensant au sujet épineux qui l'avait amenée ici.

— C'était ma seule façon de te voir seul assez longtemps pour te parler, répondit-elle.

— Vraiment ? Tu ne pouvais pas tout simplement prendre ton téléphone ?

— Comme si je n'avais pas essayé ! Ton assistante me repousse chaque fois. Soit tu as une réunion, soit tu es à bord de ton jet pour Katmandou ou ailleurs…

— Katmandou ?

— Enfin, un endroit exotique ou un autre ! Loin, en tout cas. Un endroit où mon téléphone ne peut t'atteindre.

Sam enfonça ses mains dans les poches de son pantalon et planta son regard dans le sien.

— Donc, pour me parler, tu loues une croisière de quinze jours, fit-il remarquer.

— À un certain moment, ça m'a semblé une bonne idée.

— Avec Maya.

— Et sa famille.

Le regard de Sam fila le long de la coursive, comme si Joe et les enfants allaient apparaître.

— Tu plaisantes ? dit-il.

La porte de la suite s'ouvrit en grand et Maya apparut dans l'embrasure, furieuse.

— Pourquoi ne viendrait-elle pas avec sa famille pour la soutenir dans sa rencontre avec toi ? s'exclama-t-elle.

— La *soutenir* ? répéta Sam en croisant les bras sur sa poitrine. Contre quoi ?

— Comme si tu ne le savais pas ! rétorqua Maya. Et pour ta gouverne, papa et maman sont là aussi, et ils ne sont pas très contents.

Sam se tourna vers Mia.

— Tes parents sont là, eux aussi ? demanda-t-il, éberlué.

Mia leva les bras en signe d'impuissance. Elle n'avait pas invité les membres de sa famille. Elle avait simplement commis l'erreur de confier ses plans à sa sœur. Maya avait fait le reste. Sa famille faisait corps pour l'empêcher de souffrir à nouveau. Difficile d'en vouloir à des gens qui vous aiment et veulent vous protéger.

— Merry et sa famille sont là aussi ? s'enquit Sam. Tes cousins ? Tes meilleurs amis ?

— Merry ne voulait pas te voir, répondit Maya.

Dieu merci, leur sœur aînée avait décidé de rester à la maison avec sa famille, sans ça la situation aurait été encore plus incontrôlable. Mia se sentait soulagée qu'au moins une personne de la famille soit saine d'esprit.

— Maya, murmura-t-elle. Rentre et laisse-nous, tu ne me facilites pas les choses.

— D'accord, mais de toute façon je vais écouter, déclara sa jumelle en claquant la porte.

— Merry est restée à la maison pour s'occuper de la pâtisserie, expliqua Mia. Noël est la période la plus active de l'année. Quant à papa et maman, ils font la croisière jusqu'à Hawaii, mais ensuite ils prendront l'avion pour aller aider Merry.

— Je ne comprends pas.

Il la prit par le bras pour l'éloigner de la porte de la

cabine, derrière laquelle Maya devait être postée, avant d'ajouter :

— Je ne sais toujours pas pourquoi tu es sur ce bateau, ni pourquoi il te fallait une armée pour m'affronter.

— Pas une armée. Des gens qui m'aiment.

Elle se dégagea de l'emprise de Sam. La chaleur de sa main sur son bras… Comment se concentrer sur l'objet de sa visite sur ce bateau, alors qu'il était capable de lui embrouiller les idées aussi facilement ?

C'était d'ailleurs pour cette raison que sa famille avait décidé de venir.

— Il faut que nous parlions, dit-elle.

— J'ai cru le comprendre !

La proximité de Sam éveillait en Mia des sensations anciennes très agréables… Elle aurait vraiment besoin de sa famille comme tampon entre Sam et elle, parce que son instinct la poussait à passer ses bras autour du cou de cet homme, pour échanger avec lui un de ces baisers passionnés que tout son être réclamait depuis des mois. Ce n'était pourtant pas faute d'avoir tout fait pour tenter de les oublier.

Mais l'embrasser ne résoudrait rien. Ils resteraient deux personnes liées par un bout de papier.

Elle avait cru avoir trouvé l'homme de sa vie, avec Sam, mais à aucun moment leur mariage n'avait ressemblé à celui de ses parents. Les Harper représentaient un bloc, une union indéfectible, une équipe au meilleur sens du terme.

Alors que Sam et elle avaient partagé un lit avec passion, mais pas grand-chose d'autre. Et pour cause ! Sam travaillait sans arrêt, et quand il ne travaillait pas, il s'enfermait dans son bureau, à s'occuper de la paperasserie de son entreprise, passant des coups de fil ou s'envolant dans son jet pour se rendre à des réunions avec des clients, des chantiers navals et, en résumé, tout ce qui n'était pas elle.

La passion couvait encore entre eux mais, elle l'avait appris à ses dépens, le désir ne suffisait pas pour bâtir une vie à deux. Elle avait besoin d'un mari à qui parler, avec qui rire, et cela ne leur arrivait pas souvent. Elle souhaitait un homme souple, n'obéissant pas à ses seules règles personnelles, et Sam n'était pas cet homme-là. Le compromis, il ne connaissait pas. Elle avait essayé. Elle s'était battue pour leur mariage, mais elle avait fini par s'épuiser. Seule à faire des efforts, elle avait abandonné.

Si seulement il avait accepté de modeler ensemble leur vie commune, ils ne se seraient pas séparés.

— Soit, nous parlerons, dit Sam. Mais pas ici, avec Maya qui nous espionne. Quand nous quitterons le port, je dois rencontrer les membres de l'équipage, pour vérifier certaines choses.

— Évidemment…

— Tu sais bien que je participe à ces croisières pour m'informer du bon déroulement des voyages.

— Je m'en souviens, oui.

Elle se rappelait les croisières qu'ils avaient faites ensemble après leur mariage. Une aux Bahamas, une à Panama. Dans les deux cas, les seuls moments où elle voyait vraiment son mari tout neuf, c'était le soir, dans leur lit. Autrement, Sam se révélait un bourreau de travail, et elle avait eu le sentiment de voyager toute seule !

— C'est pour ça que je suis sur ce bateau, précisa-t-elle. Je savais que tu participerais à cette croisière.

Il se mit à rire.

— Même en sachant que je déteste les croisières de Noël ? demanda-t-il.

— Oui, parce que cela t'aide à éviter de passer un non-Noël chez toi.

Il fronça les sourcils. De toute évidence, il n'aimait pas qu'elle fasse allusion à ses motivations intimes. Mais en fait, ce n'était pas difficile : il détestait Noël. Elle avait eu beau faire tous ses efforts pour l'acclimater à l'esprit de cette fête, il ne s'était pas laissé convaincre. La famille Harper avait organisé leur mariage, et il s'était retrouvé entouré de houx et de gui, de poinsettias et de guirlandes de branches de pins. Après le mariage, il avait cédé au besoin qu'elle avait exprimé de faire un sapin décoré de guirlandes lumineuses, tout en écoutant des chants de Noël, en emballant des cadeaux et en corrigeant les fautes d'orthographe des lettres au Père Noël que rédigeaient les enfants de Maya.

Elle avait essayé de lui faire dire pourquoi il haïssait particulièrement cette fête familiale, mais il avait refusé d'aborder le sujet. Comment aurait-elle pu connaître l'intimité d'un homme qui dressait des murs autour de lui ?

Alors oui, elle avait parié qu'il se trouverait à bord de cette croisière pour éviter de se retrouver seul dans son appartement sans la moindre guirlande. Elle avait mis du temps à comprendre le paradoxe : les décorations de Noël n'avaient aucun sens pour Sam, et cependant, ne pas décorer son appartement à cette période le déprimait.

— Ces croisières sont complètes très tôt, dit-il. Comment as-tu fait pour obtenir des suites pour toute ta famille ?

— C'est Mike qui a tout arrangé.

Elle aimait beaucoup Michael, le jeune frère de Sam,

et elle savait qu'il pensait que leur séparation était une erreur. Aussi s'était-elle tournée vers lui pour faire une surprise à Sam.

Les yeux de Sam étincelèrent de colère.

— Mike ? Mon frère ?

— Ne le condamne pas. Il voulait m'aider, pas te trahir.

— Que crois-tu que je vais lui faire ?

— Qui sait ? Prendre l'avion pour la Floride et le jeter à la mer ? L'enfermer dans un donjon quelque part ? L'enchaîner à un mur ?

Il étouffa un rire.

— Tu te souviens que j'habite dans un appartement ? s'enquit-il. Dommage, mais il n'est pas flanqué d'un donjon !

Oh ! elle se souvenait parfaitement de l'appartement. Il était spectaculaire, doté d'une vue inouïe sur l'océan, grâce à une baie vitrée qui occupait un mur entier. Elle avait passé beaucoup trop de temps seule dans cet endroit luxueux et spacieux, pour la bonne raison que son mari avait choisi de crouler sous le travail.

— Donc, nous sommes d'accord, tu n'en voudras pas à Mike.

— Je supprime sa prime, marmonna-t-il.

— C'est ton associé, pas ton employé, lui rappela-t-elle.

— Je plaisantais. Mais laissons tomber Mike. Dis-moi plutôt pourquoi tu te trouves sur ce bateau, et pourquoi tu as amené *toute ta famille* en renfort ?

Elle avait eu besoin de soutien, parce que, en ce qui concernait Sam, elle ne se faisait pas confiance. Un seul regard de lui et son corps prenait le dessus sur sa raison. Or, elle devait se montrer forte, et seule, elle n'était pas certaine d'y parvenir. Bien entendu, elle ne le lui avouerait sous aucun prétexte.

— Ma famille voulait partir en croisière, et j'avais besoin de te parler, alors nous sommes partis ensemble, répondit-elle.

— Drôle de coïncidence ! Et pourquoi as-tu besoin de me parler ?

— Cela fera l'objet d'une conversation plus longue.

— Cette conversation m'expliquera-t-elle pourquoi tu as choisi la date de notre anniversaire de mariage pour me poser une embuscade au cours d'une croisière ?

Elle aurait pu gifler sa jumelle, si elle avait été là ! Le « joyeux anniversaire de mariage » que Maya avait lancé au visage de Sam était une erreur. Que sa famille cherche à la protéger et en veuille à Sam la touchait. Cela dit, il s'agissait de sa vie à elle, et elle voulait traiter les choses à sa manière. Rappeler leur anniversaire de mariage, comme si elle en ressentait du chagrin, cela ne lui convenait pas. Bien entendu, elle était perturbée de se trouver sur ce bateau pour parler divorce, alors que Sam et elle auraient dû célébrer leur premier anniversaire de mariage. Mais cela avait-il vraiment de l'importance ? Leur mariage s'était achevé des mois plus tôt. Ce qui se passait maintenant n'était qu'une formalité.

Si Sam avait oublié cet anniversaire, Maya s'était chargée de le lui rappeler.

L'avait-il vraiment oublié, d'ailleurs ?

Elle, en tout cas, elle n'avait *rien* oublié du temps passé avec lui…

Le simple fait d'évoquer les nuits dans ses bras, et son cœur battait la chamade, son corps s'embrasait… Se trouver à côté de lui sans l'embrasser, sans toucher sa peau, sans passer sa main dans ses cheveux drus, représentait une épreuve.

Elle étouffa un soupir.

Tout cela aurait été bien tellement plus facile à affronter s'il n'était pas si beau…

Depuis le premier moment de leur rencontre, sur un de ses bateaux de croisière, il l'avait hypnotisée. Une sorte d'attrait électrique, qui demeurait intact. En cet instant même, il la regardait comme si elle était la seule femme au monde. Elle éprouvait toujours l'envie impérieuse de mordiller sa lèvre inférieure. Elle se souvenait de ses bras musclés autour de sa taille. Dieu sait qu'elle aimerait éprouver de nouveau ces sensations enivrantes, tout en sachant que ce serait une grave erreur.

Si elle cédait à ses impulsions, elle se retrouverait dans un sale pétrin.

— Ça va ? s'enquit Sam.

La question la tira de la dérive de ses pensées.

— Très bien ! répondit-elle d'un air dégagé. Pour ta gouverne, je n'ai pas choisi de te rencontrer à l'occasion de notre anniversaire de mariage. Ça s'est juste présenté comme ça. Comme je te l'ai dit, il faut que nous parlions, et pas dans une coursive.

— Tu as raison. Mais je ne parlerai pas en présence de ta sœur.

Elle laissa échapper un petit rire.

— Ce ne serait pas un bon plan. Je te rejoindrai quand papa et maman seront installés. Je dois aussi aider Maya avec les enfants.

— Entendu, dès que nous serons en mer, accorde-moi une heure, et rejoins-moi dans ma suite.

La bouche sèche, elle le regarda s'éloigner. Un instinct malvenu la poussait à courir derrière lui, à lui sauter dessus. Elle avait pourtant cru faire des progrès, au fil du temps. Elle ne rêvait plus de lui que trois ou quatre fois par semaine. Mais le revoir, passer les deux prochaines semaines sur le même bateau que lui, ne manquerait pas de réveiller ses fantasmes et son désir de lui.

Et il n'y avait aucun moyen de l'éviter.

- 2 -

La présence de Mia à bord réduisait à néant la concentration de Sam. Il travailla pendant une heure avec le capitaine, étudia la météo avec le second, et s'entretint avec le chef de la sécurité à qui il commanda un rapport en cas de situation complexe.

Durant ces rencontres, il écouta ses employés mais ne leur accorda pas la même attention qu'en temps ordinaire. Comment l'aurait-il pu, alors que son esprit dérivait constamment vers Mia ?

Pourquoi fallait-il qu'elle soit si jolie ? Pourquoi émanait-il de sa peau un parfum aussi envoûtant ? Il avait cru oublier son odeur, et maintenant il la retrouvait… et elle le hantait de nouveau.

— Et tout ça à cause de Mike, marmonna-t-il.

Il se rendit sur le balcon privé de sa suite et appela son frère.

— Salut, Sam, comment va ?

— Tu sais très bien comment je vais !

Mike éclata de rire.

— Ah… tu as rencontré Mia.

— Oui, ainsi que Maya, et apparemment le reste de sa famille se trouve à bord également. Qu'est-ce qui t'a pris ? Je ne peux croire que tu aies fait une chose pareille. Je suis ton frère, Mike ! Un peu de loyauté, quand même !

— Pourquoi n'aurais-je pas aidé Mia ? Je l'aime bien, et j'aimais l'homme que tu étais quand tu vivais avec elle.

— Qu'est-ce que tu veux dire ?

Son frère soupira.

— Elle te faisait du bien, Sam. Tu riais un peu plus, à l'époque.

— Oui, tout était formidable, avant que ça cesse de l'être.

Cette période privilégiée avec Mia n'avait pas duré longtemps. En se mariant il avait su que cela ne durerait pas. Pourtant, malgré ce pressentiment, il l'avait épousée, pour la bonne raison qu'il n'imaginait pas la vie sans elle. Il avait pris le risque de l'échec… et il avait échoué. Maintenant, non seulement il n'avait plus Mia, mais de fabuleux souvenirs hantaient ses nuits sans sommeil.

— Nous sommes divorcés, Mike. Entre elle et moi, c'est fini. L'aide que tu lui as apportée n'arrangera rien.

— Si c'est vraiment fini, pourquoi tu fais tout un plat de sa présence à bord ?

Bonne question ! Il ne sut que répondre.

— Écoute, reprit Mike, je ne sais pas pour quelle raison elle veut te voir, mais quand elle me l'a demandé, je l'ai aidée sans arrière-pensée.

Sam n'en doutait pas. Il était dans le caractère de Mike d'apporter son aide.

Son jeune frère et lui étaient très différents. Quand leurs parents avaient divorcé, ils avaient été séparés. Mike avait vécu en Floride avec leur mère, tandis que Sam était resté en Californie avec leur père.

Ils avaient fait des efforts pour demeurer proches, même s'ils ne se voyaient que quand les juges intervenaient pour faire respecter les droits de visite auprès des parents récalcitrants.

Leur père était dur, il imposait à Sam des règles strictes. Au contraire, leur mère avait du cœur, et Mike avait été entouré d'amour.

Sam avait donc grandi avec l'idée que le mariage était un piège et ne durait pas. Après tout, son père avait été marié quatre fois. En outre, il avait été un mauvais père, ne s'impliquant pas du tout, à peine conscient de l'existence de son fils. Alors que Mike voyait les choses de manière différente, auprès d'une mère qui avait fini par se remarier à un homme qui l'aimait et avait toute de suite traité Mike comme son fils.

Aujourd'hui, il se retrouvait divorcé, tandis que Mike venait de se fiancer. Sam espérait de tout cœur que son petit frère serait plus heureux que lui en amour.

Une question de Mike le tira de ses pensées.

— Pourquoi ne goûtes-tu pas tout simplement la situation ?

— *Goûter* la situation ? Me réjouir que mon ex et sa famille qui me déteste, soit dit en passant, voyagent avec moi pendant deux semaines ? Non. C'est impossible !

Mike se mit à rire.

— Tu as peur des Harper ? s'enquit-il.

— Pas du tout.

À l'époque, il n'avait pas su se débrouiller avec une belle-famille dont les membres se défendaient les uns les autres, s'écoutaient, se soutenaient… et se mêlaient de la vie de tout le monde. Et il ne savait toujours pas comment faire.

Décidément, son frère le connaissait trop bien. Une fois devenus grands, ils avaient su se réserver du temps, se construire une relation qui aurait pu ne pas exister, à cause de l'éducation qu'ils avaient reçue. À la mort de leur père, ils avaient hérité de son entreprise, et avaient imaginé une solution viable qui les satisfaisait tous les deux.

Mike avait en charge les croisières sur la côte Est, Sam celles de la côte Ouest. Ils prenaient ensemble les décisions importantes et se faisaient confiance mutuellement pour la croissance de leur entreprise.

— Je reconnais que savoir la famille de Mia sur le bateau puisse te poser un problème, reprit Mike.

— On peut le dire, oui !

— Eh bien, ignore la famille et profite de la présence de Mia !

Sam aurait bien aimé profiter de la présence de son ex… Depuis qu'il l'avait revue il avait une idée fixe : l'attirer dans son lit, et ne plus jamais la laisser en sortir ! Mais ce ne serait bon ni pour l'un, ni pour l'autre. Au cours de leur bref mariage, il était vite devenu clair qu'ils n'arriveraient à rien. Elle attendait davantage de lui qu'il ne pouvait lui donner. Conclusion ? Ils n'étaient pas faits l'un pour l'autre. Ils l'avaient reconnu en moins d'un an. Alors pourquoi remuer les cendres et se brûler les ailes à nouveau ?

— Pour l'amour du ciel, Sam, reprit Mike, tu ne l'as pas vue depuis des mois.

Comme s'il ne le savait pas !

— Elle va bientôt me rejoindre, et devra m'expliquer ce qu'elle fait sur ce bateau, dit-il.

Et il avait hâte de l'entendre ! Quoi qu'il en soit, cet anniversaire n'était pas une fête mais un sinistre rappel des erreurs commises.

Jamais il n'aurait dû épouser Mia, il le savait. Seulement il l'avait fait et l'avait fait souffrir. Pas volontairement, bien entendu, mais de manière inévitable. Peut-être venait-elle pour régler ses comptes ? Elle avait surmonté sa déception et voulait le lui faire savoir pour que sa vie reprenne un cours normal.

Si c'était ça, pourquoi le lui dire ?

Et même si elle tenait à l'en informer, pourquoi dépenser autant d'argent pour une croisière pour le faire ?

Les yeux fixés sur l'océan, qui se moquait bien de ses tourments, il entendit la voix de Mike comme s'il parlait de très loin.

— Super ! Écoute ce qu'elle a à te dire, et ensuite, continue à parler.

— Que suis-je censé lui dire ?

— Ça, c'est vraiment bizarre. Tu es mon frère aîné, et tu ne sais pas comment parler à la femme avec laquelle tu as été marié ?

Mike soupira, avant de reprendre :

— Tu pourrais lui dire qu'elle te manque.

Sam se raidit.

— À quoi ça servirait ? Je te rappelle qu'elle m'a quitté.

— Je ne l'oublie pas. Mais… tu t'es déjà demandé pourquoi elle était partie ?

— La raison importe peu. Elle est partie, j'ai poursuivi ma route, c'est tout ce qui compte.

— Bien entendu… mais parle-lui quand même. Vous vous surprendrez peut-être mutuellement.

— Je n'aime pas les surprises, marmonna Sam.

— Qu'avons-nous en commun ? Tu es sûr que nous sommes frères ? demanda Mike en riant.

En dépit de sa tension nerveuse, Sam ne put s'empêcher de sourire.

— Je me le demande !

— Moi aussi ! Bonne chance pour ta croisière, vieux. J'espère que Mia va te rendre fou.

— Merci.

— Pas de quoi. Et au fait, joyeux Noël !

— Pas drôle.

— Mais si !

En raccrochant, Mike riait encore.

Sam demeura seul avec le vent, la mer et le son lointain de chants de Noël en provenance du pont inférieur. Le bouquet !

Les bateaux de croisière de la compagnie Buchanan étaient beaucoup plus petits que la plupart des immenses navires des autres compagnies.

Au lieu de milliers de passagers s'entassant dans de petites cabines, ses bateaux ne recevaient que deux cents personnes, chaque cabine était une suite qui ne donnait en aucun cas le sentiment d'étouffer dans un espace trop étroit.

Mais cela signifiait que l'on ressentait les mouvements de la houle bien davantage que sur les grands navires, songeait Mia. Cela dérangeait certaines personnes, mais elle, elle adorait ça. Elle s'était découvert le pied marin en faisant sa première croisière, celle où elle avait rencontré Sam, ce qui avait changé le cours de sa vie.

Un an plus tôt, elle était tombée amoureuse, du coup la croisière lui avait paru magique. Maintenant, la magie avait disparu, mais elle voyageait de nouveau près de l'homme qu'un temps elle avait pris pour son avenir. Elle avait été assez sotte pour croire que le coup de foudre était réel, et qu'ensemble, Sam et elle feraient de grandes choses.

Il ne lui avait pas fallu longtemps pour comprendre qu'elle s'était trompée. La plupart du temps elle se retrouvait seule dans un magnifique appartement, mariée à un homme qui ne faisait rien pour sauver leur mariage.

— Madame Buchanan.

Mia sourit à l'homme d'équipage qu'elle connaissait d'autres croisières. Âgé d'une trentaine d'années, les cheveux blonds striés de mèches plus claires, les yeux verts, il portait le polo rouge à manches courtes et le pantalon blanc de l'uniforme de la *Fantasy Cruise Line*.

— Ravie de vous savoir à bord, dit-il.

— Merci, Brandon.

Elle ne prit pas la peine de corriger le « Mme Buchanan ». Pour la bonne raison que, jusqu'à ce que Sam signe ces papiers, elle était bel et bien Mme Buchanan.

En regardant le jeune homme s'éloigner, elle se demanda combien de membres d'équipage elle connaissait, de l'époque où elle vivait avec Sam. Même si Brandon était le seul visage familier, à la fin de la croisière, elle les connaîtrait presque tous.

Sur les petits bateaux, le nombre de membres de l'équipage par rapport au nombre de passagers était plus élevé que sur les grands navires. À la fin du voyage, le *Fantasy Nights* ressemblerait à un petit village insulaire, où tout le monde se connaissait.

Cette situation comportait des avantages et des inconvénients, songea-t-elle en se dirigeant vers un escalier. Les commérages iraient bon train. Il ne faisait aucun doute que les gens parleraient d'elle et de Sam, comme ils avaient parlé d'eux l'an dernier.

Secouant la tête, elle s'ordonna de ne plus penser à Sam. Mieux valait profiter de la croisière, de l'océan qui s'étendait à perte de vue. Il suffisait de sentir le vent sur son visage, dans ses cheveux, écouter les rires et les cris lointains des enfants à bord.

L'esprit de Noël s'imposait sur tout le bateau, ce qui devait certainement irriter Sam. Il détestait cette fête, et n'avait accepté qu'à contrecœur le thème de Noël qui avait présidé à leur mariage, ainsi que le sapin qu'elle avait imposé dans leur appartement l'année dernière.

Depuis qu'il était enfant, Noël ne représentait rien pour lui. Son monde ressemblait si peu au monde des autres qu'il n'avait même pas pris la peine de lui expliquer ce qui lui déplaisait tant dans cette merveilleuse fête et lui donnait ce sentiment de vide. Dans ces conditions, comment aurait-elle pu le comprendre ?

En y repensant, elle se demanda si le fait qu'il n'aimait pas Noël faisait partie des raisons pour lesquelles ils ne s'étaient pas accordés. Sans doute pas la seule raison, mais en tout cas un élément assez important pour qu'ils se séparent. Elle aimait Noël avec son lot de promesses, de joie, d'espoir, d'amour. Sam, lui, tendait toujours vers le côté obscur de la vie.

Il n'avait rien de machiavélique ou méchant, mais il était plus cynique qu'elle. Il avait toujours tendance à voir le mauvais côté des choses. Ce qui semblait étrange, vu sa réussite dans les affaires. Ne fallait-il pas être optimiste pour diriger une entreprise qui valait des milliards de dollars ?

Elle s'arrêta au beau milieu de sa trop familière tentative de comprendre Sam. C'était un effort voué à l'échec, puisqu'il ne permettait à personne de l'approcher assez durablement pour le connaître vraiment.

Elle avait déjà consacré des mois à essayer de le percer à jour. Maintenant il était trop tard.

Chassant ces pensées moroses de son esprit, elle se

concentra sur l'endroit où elle se trouvait. Même si elle avait choisi cette croisière pour une mission difficile, il n'y avait aucune raison de ne pas apprécier son environnement immédiat.

Le pont était parsemé de pots de fleurs en cuivre rivés au sol, ornés de poinsettias. Des guirlandes de branches de pins décoraient les rambardes, les coussins des chaises longues étaient rayés rouge et blanc. Elle sourit. Dans son imagination, le bateau ressemblait à une boule de verre de Noël, avec des décorations et des gens heureux enfermés à l'intérieur, dans l'attente qu'une main géante la secoue.

Tout aurait été parfait si elle n'avait pas dû affronter Sam pour lui avouer que, contrairement à ce qu'ils avaient cru, ils étaient toujours mariés…

Pour se donner du courage, elle pensa à ses projets du mois de janvier. Avant cela, elle devait solder cette affaire avec Sam, afin de prendre un nouveau départ. Lasse de faire du surplace, elle voulait se projeter dans un avenir, se bâtir un futur par sa propre volonté.

Elle s'arrêta un instant pour contempler les vagues. Elle entendait le clapotis de l'eau contre la coque du bateau, et s'emplit les poumons d'air frais salé. En dépit de son tumulte intérieur, elle se surprit à sourire.

Sa famille se trouvait dans l'atrium, sur le pont supérieur, certainement occupée à savourer des cookies et du chocolat chaud. Charlie et Chris, les enfants de Maya et Joe, s'apprêtaient sans doute à explorer la Snow Room, spécialement conçue pour les enfants. La neige artificielle, commandée pour cette croisière, plairait aux petits Californiens qui avaient peu de chance de se lancer des boules de neige, en temps ordinaire.

Elle se remit en marche et prit l'escalier. C'était plus pratique, et puis dans l'ascenseur on était privé de la vue.

Mais trêve de faux-semblants ! La vérité, c'est qu'elle essayait de gagner du temps. La pensée d'une nouvelle conversation avec Sam la déstabilisait. Cela avait d'ailleurs toujours été le cas. En fait, rien n'avait changé.

Parvenue sur le pont supérieur, elle s'avança vers la suite de Sam. Elle en connaissait très bien l'emplacement, la cabine du propriétaire se trouvant à la même place sur tous les bateaux Buchanan. Plus elle approchait, plus son estomac se contractait, plus son cœur battait vite.

Bon sang ! Ce devrait être beaucoup plus facile. Pendant des mois elle avait pleuré, chassant Sam de son cœur à grands coups de larmes. Leur mariage était terminé, que diable ! Alors pourquoi la simple idée de le retrouver lui donnait-elle la chair de poule ?

Elle était masochiste, cela ne s'expliquait pas autrement.

Elle frappa à la porte et attendit. Quand Sam lui ouvrit, il la regarda comme s'il n'existait qu'elle au monde. Comme si rien d'autre n'avait d'importance. Elle soupira. Jamais personne d'autre ne l'avait regardée de cette façon. Sam était le seul homme devant lequel ses jambes flageolaient. Le seul qui lui donnait envie de se glisser dans son lit et de ne jamais en sortir.

Comme si cela comptait, en cet instant !

Un an plus tôt, elle avait suivi son cœur et ses hormones, et avait épousé l'homme de ses rêves. Pour voir ses rêves s'effilocher peu à peu et finalement s'écrouler.

Gardant cette pensée à l'esprit, elle salua Sam d'un bref hochement de tête et pénétra dans la suite, en jetant un regard circulaire autour d'elle. Comment ne pas admirer cet espace ? La vue sur l'océan, à travers les baies vitrées, était ahurissante. Cela lui rappela la vue depuis l'appartement de Sam, au bord de la plage. Mais ici, on était encore plus proche de l'océan, on en faisait presque partie.

C'était à couper le souffle. De même que le reste de la pièce.

— Sam, nous avons un problème.

— Je ne pense pas que nous ayons quoi que ce soit en commun.

Croisant les bras sur son large torse, il la dévisagea en silence. C'était sa technique. Une technique ridicule, de professeur à élève ignorant, qu'il utilisait envers de nombreuses personnes. Mais ce regard n'avait jamais eu d'effet sur elle, pas plus autrefois qu'aujourd'hui.

— Tu te trompes, répliqua-t-elle.

Sam demeura silencieux.

— Voici la situation, reprit-elle. Tu sais que nous avons signé les papiers du divorce.

— Je m'en souviens, en effet, répondit-il d'un ton neutre. Si nous en venions au fait ?

— Eh bien… il semblerait que nous ne soyons pas aussi divorcés que nous le pensions.

L'esprit de Sam court-circuita.

Seul un court-circuit expliquait son incapacité à trouver quelque chose à dire. Peut-être la proximité de Mia l'empêchait-elle de penser ? De toute façon, cela ne simplifiait pas la situation.

Ce qu'elle venait de dire frisait le ridicule. Il avait accepté son échec, s'était forcé à reconnaître qu'il avait blessé la seule femme qui comptait pour lui. Il avait vécu cette épreuve, maintenant elle était derrière lui.

Bien sûr qu'ils étaient divorcés !

Mais s'ils ne l'étaient pas… Quelque chose qui ressemblait à de l'espoir monta en lui quelques secondes, avant qu'il ne l'écrase aussitôt. Pas question d'emprunter ce chemin risqué. Ils avaient divorcé, point final.

— Comme est-ce possible ? demanda-t-il enfin. Mais non, c'est impossible.

— C'est plus que possible, au contraire, assura Mia en enfonçant ses mains dans les poches de son pantalon, avant de les ressortir.

Il ne s'en étonna pas. Elle avait toujours utilisé ses mains en parlant.

Il constata qu'elle ne portait plus son alliance avec un pincement de cœur. Qu'avait-elle fait de l'anneau en or serti de diamants et de la bague de fiançailles qu'il lui avait offerts ? Cela ne le regardait pas, bien entendu, c'était simple curiosité.

Il fallait écouter les propos de Mia, au lieu de se concentrer sur ses mains, ou sur le fait que son chemisier en soie verte rehaussait le vert profond de son regard. Ses cheveux tombaient librement sur ses épaules, lui caressaient le cou… Il avait le plus grand mal à ne pas tendre la main pour les toucher.

— Voilà, Sam. Il se trouve que le chauffeur censé apporter les documents au tribunal, eh bien…

— Eh bien quoi ?

— Il ne l'a pas fait. Il a eu une crise cardiaque chez lui, et quand sa famille a débarrassé son appartement, ils ont découvert une montagne de courriers non distribués. Le pauvre devait avoir la manie de l'accumulation. Il gardait la plupart des lettres et paquets qu'il devait livrer.

Sam n'en croyait pas ses oreilles.

— Ils ont même trouvé des colis contenant des poupées, qui dataient de quarante ans, précisa-t-elle.

Les pauvres petites filles n'ont jamais reçu les jouets qu'elles désiraient.

— Ne me dis pas que tu te désoles pour des gamines qui doivent maintenant avoir cinquante ou soixante ans !

— Si, figure-toi ! La poste informe peu à peu les gens de cet imbroglio. Personnellement j'en ai été avertie la semaine dernière.

— La semaine dernière ? Pourquoi ne m'ont-ils pas averti aussi ?

— Sans doute parce que mon nom était au dos de l'enveloppe.

Sam fit les cent pas dans le salon, puis se tourna vers sa femme. Pas son ex. Sa *femme*.

Il se passa les mains sur le visage puis laissa retomber ses bras le long de son corps.

— Donc nous sommes toujours mari et femme, murmura-t-il.

— Je sais ce que tu ressens. Moi non plus, je n'arrivais pas à y croire, au début. Maintenant tu saisis le problème.

Il se rapprocha d'elle lentement.

— Je vois un problème, oui, dit-il. Ce que je ne vois pas, c'est l'urgence qui a fait prendre à Mike la décision d'empêcher des passagers de réserver leur croisière sur ce bateau, tout ça pour *te* faire de la place, ainsi qu'à ta famille. Pourquoi était-il si important de monter sur ce bateau pour me dire une chose que tu aurais très bien pu m'annoncer par téléphone ?

Elle renversa un peu la tête pour le regarder.

— Ce n'est pas quelque chose que je voulais régler par téléphone, répondit-elle. Et la semaine dernière, tu étais en Allemagne.

Exact. Depuis leur séparation, il s'étourdissait encore plus de travail. Voyager, travailler, se tenir éloigné de chez lui, pour que la solitude de son appartement ne lui rappelle pas les souvenirs heureux…

Son regard soutenant toujours le sien, Mia plongea sa main dans son grand sac, et en tira une enveloppe, qu'elle lui tendit.

— Mon avocat a rédigé ces documents, les mêmes que les précédents. Tu n'as qu'une chose à faire, les signer. Et à la fin de la croisière, je les porterai moi-même au tribunal.

Il regarda l'enveloppe sans faire un geste pour la prendre.

Ils étaient toujours mariés. Et il trouvait cela plutôt… agréable. Mike avait raison. Mia lui avait vraiment manqué. Plus qu'il ne l'avait imaginé. Plus qu'il ne voulait bien le reconnaître. Maintenant, elle était de retour. Et rien n'avait changé. Ce délai imposé à la fin de leur mariage ne ferait que rouvrir les plaies à peine refermées.

— Pourquoi les avocats n'utilisent-ils pas la première mouture des documents ? demanda-t-il. Pourquoi en faut-il de nouveaux ?

— Je n'en sais rien, répondit-elle en posant le courrier sur la table. Mon avocat pense que c'est mieux ainsi, et sous le choc de ce courrier perdu, je n'ai pas posé beaucoup de questions. Je veux juste me débarrasser de cette formalité.

Les yeux verts de Mia posés sur lui l'emplirent de regrets… et de désir. Le fait qu'elle l'ait quitté n'y changeait rien. Elle lui manquerait probablement à vie. Ces derniers mois, il avait bien tenté de la chasser de ses pensées, et pour cela avait parcouru le monde. Malgré cela, son souvenir l'avait hanté. Et voilà qu'elle se tenait devant lui, et il avait du mal à ne pas la toucher.

Ils étaient encore mariés, après tout, et une croisière de quinze jours s'étendait devant eux. Pourquoi ne passeraient-ils pas cette période ensemble ? Un baroud d'honneur, en quelque sorte. Soudain une pensée germa dans son esprit : elle voulait sa signature au bas de ces documents de divorce ? Alors pourquoi ne pas conclure un marché avec elle ?

— Tu as l'air très intéressée par cette signature, fit-il remarquer.

Les yeux de Mia s'étrécirent.

— Nous avons pris *ensemble* la décision de divorcer il y a des mois, je te rappelle, répliqua-t-elle. Ces documents représentent la dernière étape, une étape que nous avions cru franchir. Pour quelles raisons ne voudrais-je pas conclure cette histoire ?

— Aucune, marmonna-t-il.

Un marché était-il une mauvaise idée ? Sans aucun doute ! Mais cela ne voulait pas dire qu'il ne le suggérerait pas. L'impatience de Mia à en finir avec lui le blessait. Il fut un temps où ils ne souhaitaient qu'une chose : être ensemble tout le temps. Eh bien, pour sa part, il continuait à le vouloir. Et dans les yeux verts de Mia, il lisait le même désir.

Et… ils étaient encore mariés.

Il était ici, avec sa femme. *S*oudain le divorce lui semblait à des années-lumière.

Se rapprochant d'elle, il la vit prendre une profonde inspiration. Elle ressentait le même désir que lui. Ses yeux brillaient, ses lèvres s'entrouvraient, elle haletait légèrement.

— Qu'est-ce que tu fais ? murmura-t-elle.

— Je dis bonjour à ma femme, rétorqua-t-il avec un demi-sourire.

Elle lui donna une tape sur la poitrine.

— Sam, le fait que nous soyons mariés n'est qu'un détail technique.

— J'ai toujours apprécié les détails techniques.

Surtout celui-ci. Même sachant leur mariage terminé, il n'avait pas réussi à se débarrasser de son désir pour Mia. Maintenant, si près d'elle, la souffrance nichée au creux de sa poitrine s'allégeait un peu. Son parfum l'enveloppait de nouveau, et dans ses yeux verts, il lisait un désir identique au sien. Même si, la connaissant, elle refuserait de l'avouer.

— Sam, nous nous sommes déjà dit adieu. Pourquoi compliquer les choses et les rendre plus difficiles ?

Il posa les mains sur les épaules de Mia, et la chaleur de son corps se transmit au sien.

— Nous pourrions…

— Sam…

Il se pencha vers elle et ne s'arrêta que lorsque sa bouche effleura presque les lèvres de Mia. Il attendait son accord. Qu'elle lui fasse savoir qu'ils partageaient la même émotion, la même envie.

— Ça pourrait être une grave erreur, murmura-t-elle en secouant lentement la tête.

— Probablement, répondit-il, tout en sachant que dans l'immédiat cela ne changeait rien.

Les secondes passaient. Il attendait. Jamais il ne prendrait ce qu'il désirait si elle ne le lui accordait pas. Finalement, elle laissa tomber son sac à main à ses pieds, prit son visage entre ses mains et murmura :

— Qu'importe une erreur supplémentaire ?

— C'est l'idée générale.

Attirant Mia, il l'entoura de ses bras, la tint serrée contre lui et l'embrassa.

- 3 -

La bouche de Sam recouvrit celle de Mia, sa langue s'immisça entre ses lèvres. Elle s'ouvrit à lui sans réserve, et leurs langues se mêlèrent. Il se perdit dans sa douce chaleur, son goût, son parfum. Dans la brume de son désir surgit une question : comment avait-il pu respirer sans elle, ces derniers mois ?

Une folle envie les enflammait tous les deux, leurs cœurs ne faisaient qu'un. Le souffle de Mia effleurait la joue de Sam, et ses soupirs le faisaient fondre. Il voulait jouir de ce moment unique où elle se retrouvait dans ses bras.

Qu'importe que ce soit pour très peu de temps.

Pourtant, quand sa main glissa vers les fesses de Mia, elle tressaillit et recula. Le souffle court, elle leva une main en secouant la tête.

— Non, dit-elle. Se dire bonjour avec un baiser, c'est une chose, mais nous ne ferons pas ce à quoi tu penses.

— Et à quoi est-ce que je pense, selon toi ? demanda-t-il en souriant.

— À la même chose que moi.

Comme il avançait d'un pas, elle recula encore.

— Sérieusement, Sam, je ne veux pas me retrouver au lit avec toi.

— Pourquoi pas ? Nous sommes mariés.

— Pour le moment.

— Je ne parle que de maintenant, précisa-t-il en avançant vers elle.

— C'est bien le problème, rétorqua-t-elle d'un ton sec. Tu n'as jamais réfléchi au-delà de l'instant présent.

Il s'immobilisa.

— Qu'est-ce que tu veux dire ? Je t'ai quand même épousée, non ?

— Arrête, dit-elle en ramassant son sac à main.

Elle enfonça ses doigts dans le cuir au point que les jointures de ses mains blanchirent.

— Tu sais très bien ce que je veux dire, poursuivit-elle. D'accord, tu m'as épousée, mais ensuite... rien ! Tu n'as jamais voulu parler de l'avenir, ni de fonder une famille, ni d'acheter une maison à la place de ton appartement.

— Qu'est-ce qui n'allait pas avec cet appartement ?

— Les enfants ont besoin d'un jardin pour jouer.

— Nous n'avons pas d'enfants !

— Exactement !

Elle voulait des enfants. Lui, non. Il ne le lui avait jamais dit clairement, et à chaque fois qu'elle avait abordé le sujet, il avait détourné la conversation.

— Tu tournes en rond, Mia.

Il ne pouvait détacher son regard du feu qui brûlait au fond de ses yeux. Mia Harper était la seule femme qu'il connaissait capable de passer du désir à la furie ou à la glace en quelques secondes. Cela lui avait toujours plu. Elle était passionnée et fière, et têtue aussi. Même leurs querelles avaient quelque chose de sensuel qui attisait son désir.

— Dis plutôt ce que tu as sur le cœur de manière claire, ajouta-t-il.

Elle plongea son regard dans le sien.

— Tu ne voulais pas d'enfants, Sam. Et tu n'as pas pris soin de me le dire *avant* notre mariage.

Vrai, reconnut-il. Il avait désiré Mia plus que tout au monde, mais il ne souhaitait pas être père. Comment l'aurait-il pu ? Son propre père l'avait élevé plus par obligation que par amour. Dans ces conditions, comment croire qu'il ferait mieux que lui ? Il avait espéré la voir changer d'avis à propos des enfants. Espéré que la vie qu'ils mèneraient tous les deux lui suffirait.

Il s'était trompé.

— Pourquoi parler de quelque chose qui n'arrivera pas ? demanda-t-il en se rapprochant d'elle.

— Quand on n'a pas d'avenir, il ne reste que le passé et le présent.

— Le présent peut suffire, si on fait bien les choses.

— Pourquoi se contenter de « suffire » alors que l'on peut avoir davantage ?

Elle le regardait en face et ses yeux exprimaient sa profonde déception.

Il était désolé, mais que faire ?

— Davantage, c'est combien ? répliqua-t-il d'une voix basse. Quand s'arrête-t-on de vouloir davantage, pour se contenter de ce que l'on a ? Pourquoi se priver de quelque chose de bon, sous prétexte qu'il y manque quelque chose ?

Mia se détendit un peu. Elle inspira profondément avant de répondre :

— Je suis lasse d'être la tante préférée des enfants de Maya et de Merry. Je veux des enfants à moi. Voilà le *davantage* dont j'ai besoin.

Il accusa le coup, et la culpabilité le submergea. Il aurait dû lui dire dès le début que la paternité ne l'intéressait pas. Mais à l'époque, il la désirait trop pour lui dire la vérité.

Il l'avait épousée tout en sachant qu'ils ne vieilliraient pas ensemble. En sachant qu'il serait un piètre mari.

Il s'était comporté comme un salaud.

— J'aurais dû te prévenir, reconnut-il à contrecœur.

N'ayant pas l'habitude d'avoir tort, il ne savait pas demander pardon.

— Je ne t'en veux plus, répliqua-t-elle d'une voix douce. Nous sommes divorcés, Sam. Entre nous, c'est fini. Il est inutile de continuer à nous déchirer au sujet du passé.

— Mais nous ne sommes pas divorcés, fit-il remarquer avec un petit sourire.

— Ne joue pas à ce petit jeu. Nous ne sommes peut-être pas divorcés, mais nous ne sommes pas exactement mariés non plus.

— Si, nous le sommes, jusqu'à la signature des documents.

— Tiens, maintenant, tu *aimes* que nous soyons mariés ? Pourquoi ? À l'époque où cela aurait compté, tu ne semblais pas t'y intéresser ! s'exclama-t-elle, visiblement en colère.

La remarque de Mia lui fit l'effet d'une gifle. Bien sûr qu'il s'y était *intéressé*, comme elle disait ! Il l'avait voulue, aimée, et n'avait pas souhaité la perdre. Le mariage lui avait donc paru la meilleure option.

— Si, cela m'intéressait beaucoup, au contraire, dit-il avec toute la conviction dont il était capable.

— Vraiment ? On se voyait peut-être trop peu pour que je le remarque.

Une seconde gifle.

Sans doute avait-elle raison, mais il n'avait aucune

intention de le reconnaître. Il n'avait jamais caché son amour immodéré du travail. Sa compagnie maritime prenait de l'ampleur, il devait s'en occuper de près, et cela lui prenait beaucoup de temps et d'énergie.

— Quand nous nous sommes mariés, tu savais que je dirigeais une grosse affaire et que je travaillais beaucoup.

La colère de Mia s'apaisa et elle soupira.

— Oui, je le savais, avoua-t-elle. Mais je pensais que…

— Que quoi ?

— Cela n'a plus d'importance, dit-elle. Je te laisse les documents du divorce, appelle-moi quand tu les auras signés. Encore mieux, envoie-les-moi dans ma cabine par l'intermédiaire d'un des hommes d'équipage.

Sam la contempla, surpris. Le désir qui avait surgi entre eux quelques instants auparavant avait disparu. Le baiser échangé lui brûlait encore les lèvres, mais si Mia ressentait la même chose, elle se montrait plus douée qu'autrefois pour le dissimuler. Une des choses qu'il avait admirées en premier chez elle, c'était sa franchise, son ouverture d'esprit. La façon dont son regard s'illuminait sur des choses que la plupart des gens ne remarquaient pas.

Au cours de la croisière où ils s'étaient connus, elle avait essayé le paddle et était tombée à l'eau dès les premières secondes. Il s'était précipité pour l'aider, pensant qu'elle devait avoir peur et souhaitait s'arrêter, regagner la plage. Au lieu de cela, elle avait émergé en riant, les yeux brillant de plaisir. Elle était remontée sur la planche, et malgré de nombreuses chutes, elle n'avait pas abandonné. Jusqu'au moment où elle avait trouvé l'équilibre nécessaire.

Il n'avait jamais eu d'indulgence pour les défaitistes. De sorte que voir cette belle jeune femme refuser de s'avouer vaincue l'avait conquis. Sans parler de la beauté de son regard, son rire, son corps, son intérêt pour tout ce qui se présentait.

Au cours de cette croisière, Mia lui avait ouvert les yeux sur beaucoup de choses qu'il ne remarquait plus depuis des années. Les aubes. Les couchers de soleil. Les baleines qui suivaient le bateau. S'asseoir sur le pont avec elle et regarder le monde défiler l'avait émerveillé.

C'est ce qui l'avait attiré chez elle, jusqu'à ce qu'il comprenne à quel point Mia et lui étaient différents. Trop opposés pour durer. Le fait d'attendre trop longtemps pour le reconnaître avait contribué à la faire souffrir davantage. Il n'était pas bâti pour le confort, pour l'intimité. Il avait été élevé pour être un amant d'un jour, qui ne s'attarde pas, qui ne se laisse pas approcher, qui ne s'attache pas.

Et depuis, rien n'avait changé. C'est pourquoi il regarda Mia dans les yeux et laissa tomber un bref « D'accord ».

La réponse parut presque décevoir Mia. Mais sans doute était-ce le fruit de son imagination, parce que, une seconde plus tard, son regard était de nouveau serein, poli… et distant.

Il s'en réjouit. Plus ils établiraient une distance entre eux, mieux il se porterait.

Quand elle sortit, il ne la regarda pas s'éloigner.

Mia rejoignit Maya qui l'attendait sur le pont supérieur, à une table sous un parasol rouge et blanc.

— Qu'est-ce qu'il a fait ? demanda Maya.

Ignorant la question, Mia chercha ses neveux du regard. Sur le pont, une douzaine d'autres passagers riaient et parlaient. Du pont inférieur leur parvenaient les voix excitées d'enfants qui faisaient du sport. Pas de Charlie et Chris.

— Où sont les enfants ? s'enquit-elle.

— Tu essaies de gagner du temps pour ne pas parler de Sam ?

— Bingo ! Alors, où sont les enfants ?

— Joe s'occupe d'eux. Ils font des boules de neige. Et tu sais que je ne vais pas renoncer à te questionner, alors tu ferais mieux de répondre tout de suite. Qu'a fait ton minable ex ?

— Bon sang, Maya, arrête ! Tu ne facilites pas les choses !

— Excuse-moi. Je te promets que je n'essaie pas de te rendre la tâche plus difficile. C'est juste que Sam me rend… furieuse !

— Non ? C'est vrai ?

Les deux sœurs se sourirent. Mia ne doutait pas de la totale loyauté de sa jumelle à son égard. Quand son mariage s'était effondré, la laissant en larmes et désemparée, Maya avait été là. Merry et elle l'avaient entourée de bouteilles de vin et d'empathie, jusqu'à ce qu'elle reprenne pied.

Ses parents lui avaient aussi offert leur soutien, mais ils avaient essayé de garder un peu de neutralité. Certaines personnes y auraient vu une sorte de trahison, mais Mia appréciait. Sam n'était pas une mauvaise personne. Il n'avait rien du Darth Vader de Seal Beach. Son seul tort avait été de ne pas avoir envie de se marier.

— Bon, disons les choses autrement, suggéra Maya. Comment ton *merveilleux* ex a-t-il pris la nouvelle ?

— Ne tombe pas dans l'excès inverse, répliqua Mia en remerciant le serveur qui lui apportait une flûte de champagne. Disons… qu'il a été surpris.

— Qui ne l'aurait pas été ? Je ne comprends toujours pas pourquoi les gens ne se plaignaient pas de ne pas recevoir leur paquet. Comment un livreur peut-il devenir un collectionneur des affaires des autres ?

— Je ne sais pas, et cela n'a plus d'importance. Il faut simplement que Sam signe les papiers pour que le divorce soit acté avant le 15 janvier.

— Parce qu'il ne les a pas déjà signés ?

— Pas encore, mais ça ne saurait tarder.

— Comment peux-tu en être sûre ?

— Parce qu'il ne s'est jamais opposé au divorce, tu t'en souviens ?

Qu'elle le veuille ou non, cela la blessait toujours. Quand elle avait évoqué la première fois le sujet de leur divorce, elle avait affûté ses armes, préparé ses arguments, anticipé les objections de Sam. Mais elle s'était préparée pour rien, il n'avait pas discuté. C'est à peine s'il en avait parlé !

Elle voyait encore son visage ce jour-là. Assis en face d'elle au salon, dans son immense appartement, il s'était contenté de la contempler sans un mot. Le visage fermé, dur, comme taillé dans la pierre. Quand il avait enfin ouvert la bouche, il avait simplement dit : « Si c'est ce que tu souhaites, je ne t'en empêcherai pas. »

Au contraire, elle mourait d'envie qu'il l'en empêche ! Elle aurait voulu qu'il reconnaisse ses erreurs : il n'avait pas accordé à leur mariage l'attention qu'il méritait.

Au lieu de cela, elle avait eu droit à un divorce sans contestation.

— Bon sang ! s'exclama Maya. Je déteste voir des ombres dans tes yeux. Tu avais fini par aller mieux, tu avançais dans la vie sans lui. Tu faisais des projets pour ta vie, ton avenir, et maintenant, te voilà revenue à la situation d'il y a quelques mois !

— Ne sois pas si dramatique. Je ne vais pas me jeter par-dessus bord. Il s'agit juste d'un petit obstacle sur ma route.

Maya la fixa jusqu'à ce qu'elle détourne les yeux d'un air gêné.

— Pourquoi tu me regardes comme ça ? marmonna-t-elle.

— Parce qu'en effet, tu as l'air bien, répondit Maya. Et je me demande bien pourquoi…

Maya l'observa un instant avec attention et reprit :

— Tu n'es pas restée assez longtemps dans sa cabine pour faire l'amour avec lui.

— Maya ! s'écria Mia en jetant un regard autour d'elle.

— Allons ! Même distrait par les enfants, le souci d'un crédit sur la maison et son job, Joe arrive à tenir plus de vingt minutes.

— Stop ! Trop d'informations, merci. Maintenant, je ne pourrai pas m'empêcher d'y penser chaque fois que je rencontrerai ton mari.

— Je sens la jalousie dans ta voix, remarqua Maya avec un sourire.

Mia poussa un grognement moqueur en buvant une gorgée de champagne.

Sans se laisser distraire, sa jumelle poursuivit :

— Il y a quelque chose de différent en toi… Tu l'as embrassé, je parie !

À quoi servirait de le nier ? Dans ce domaine, Maya avait toujours fait preuve d'une intuition incroyable. L'espace d'un instant, elle plaignit ses neveux, lorsqu'ils seraient adolescents. Rien de leurs agissements n'échapperait à leur louve de mère.

— C'est lui qui m'a embrassée, dit-elle. C'est différent.

— Et bien entendu, tu t'es défendue ?

— De toutes mes forces.

Puis déposant son verre sur la table, elle avoua :

— Enfin, non. Je lui ai rendu son baiser.

Maya soupira d'un air dégoûté.

— Mia ! Je savais que ça arriverait…

Le soleil brillait dans un ciel bleu. Un petit vent froid et sec soufflait dans les franges rouges et blanches du parasol.

— Tu sais Maya, au lieu de perdre ton temps à travailler dans l'entreprise familiale, tu devrais devenir voyante, ça te rapporterait de l'argent !

— Comme si j'avais besoin d'être voyante pour prévoir que tu lui tomberais dans les bras !

— Je ne lui suis pas *tombée dans les bras* ! Ce n'était qu'un baiser, et j'y ai mis fin.

— Avant ou après qu'il t'ait enlevé ton chemisier ?

— Maya ! s'exclama Mia, les yeux ronds. Je me suis arrangée pour garder mes vêtements. Et merci de ton soutien !

— Oh ! Je te soutiens totalement, ma chérie, mais fais-moi confiance, je sais ce qui se trame entre vous deux.

Elle caressa son ventre et poursuivit :

— Chaque fois que Joe paraît, j'ai envie de lui sauter dessus. À ce train-là, je vais avoir dix gosses. Alors crois-moi, je te comprends très bien.

Mia étouffa un soupir d'envie pour la vie de sa sœur. Le mari de Maya était pompier, et leurs deux enfants, Charlie et Chris, étaient très drôles, et adorables. Maya attendait un autre garçon, et dans un an ou deux, elle ferait une nouvelle tentative pour avoir une fille.

Maya avait tout ce que Mia souhaitait le plus au monde. Un mari amoureux. Des enfants. Une famille. Tout ce qu'elle avait espéré au moment de son mariage. Construire une vie avec Sam. Fonder une famille.

Mais Sam n'avait pas envie d'enfants. Bien entendu, elle ne l'avait pas cru quand il l'avait évoqué, au cours de leur lune de miel. Elle avait à tort pensé que son refus venait du fait qu'il n'avait jamais eu d'enfants autour de lui. Il n'avait pas eu l'occasion de voir tout ce que les enfants pouvaient apporter. Peut-être aurait-il changé d'avis, si leur mariage avait duré. Maintenant, elle ne le saurait jamais.

— Sauter sur Sam ne changera rien, dit Maya d'une voix douce.

— Je sais.

Cela ne l'empêchait pas d'en avoir envie. Mais elle était résolue à se montrer plus forte que ses hormones.

— Ma chérie, une fois que Sam aura signé ces satanés papiers, tu pourras entamer ta nouvelle vie.

— Je sais ça aussi, murmura Mia.

— Bon, bon, je m'arrête, dit Maya qui avait dû sentir la tension dans sa voix.

— Alléluia !

— Très drôle. Voyons si tu riras autant après une journée avec mes enfants.

— Tes enfants sont adorables !

— Tu as raison, mais ne le leur dis pas. Et maintenant, aide-moi à sortir de cette horrible chaise longue. Il faut que je trouve une place pour ce lutin de Noël dans notre suite.

Mia se mit à rire en aidant sa sœur à s'extraire de sa chaise.

— Tu as apporté Buddy le lutin ?

— Bien sûr ! Les garçons le cherchent dès leur réveil. Ils savent que Buddy fait son rapport au Père Noël. C'est un bon moyen de les tenir tranquilles au cours de la croisière.

— Je vois…

— Attends que ce soit ton tour de cacher ce lutin et de devoir trouver une nouvelle cache chaque jour.

Mia en mourait d'envie.

Au cours des deux heures qui suivirent, Sam se noya dans le travail. C'était la meilleure solution, sa réponse habituelle pour éviter les problèmes émotionnels. La méthode qu'il appliquait depuis l'enfance.

À l'époque, son père affirmait que le devoir d'un homme, c'était de s'occuper de son entreprise et de ses employés. Les émotions, cela ne devait pas exister. Il ne manquait jamais de lui rappeler l'erreur qu'il avait commise en épousant sa mère.

Son père avait toujours exigé de lui qu'il pense de façon à ce que ses sentiments, quels qu'ils soient, n'interfèrent jamais avec ses décisions.

En épousant Mia, Sam avait permis à ses émotions de ternir son jugement, et maintenant il en payait le prix.

Il avait pris le risque. Il avait perdu.

Ne pouvant plus travailler, il jeta son stylo sur son bureau.

Éviter Mia ne servirait à rien, s'il n'était même pas capable de se l'enlever de la tête !

Prenant le parti de laisser son esprit vagabonder, il se mit à contempler l'océan, dans l'espoir d'élaborer une stratégie lui permettant d'affronter la situation.

Au bout d'un moment, un mot surgit dans son esprit : marché.

L'idée l'avait déjà effleuré plus tôt dans la journée. Bien entendu, au premier abord, il l'avait rejetée. Il était peut-être un salaud, mais quand même pas au point d'exercer un chantage sur Mia.

Lentement son regard glissa vers l'enveloppe que Mia avait laissée avant de quitter sa suite.

Les documents de leur divorce.

Qu'il n'avait pas encore signés.

Pour quelle raison ? Il ne le savait pas.

Il ne s'accrochait pas au passé. Il avait déjà en parti digéré la fin de leur mariage. Mais maintenant, tout basculait. Mia se trouvait sur le même bateau que lui, dans l'attente de sa signature. Qu'était-elle prête à faire pour l'obtenir ?

Un coup frappé à la porte le fit sursauter. Mia ? Revenue pour… pour quoi ? Voulait-elle prolonger leur baiser ? À cette pensée, son corps s'enflamma.

Il marcha vers la porte, l'ouvrit en grand…

— Bonjour, oncle Sam ! s'écria Charlie Rossi.

L'aîné de Maya, âgé de cinq ans, son petit frère de trois ans sur ses talons, entra en trombe dans la suite.

— Hé, les enfants, ne courez pas ! s'exclama Joe Rossi, leur père.

Puis se tournant vers Sam, il ajouta :

— Ravi de te revoir !

— Ravi aussi… et surpris.

Il s'était attendu à ce que la famille de Mia soit à bord dans l'unique but de lui jeter la pierre et de protéger Mia contre lui. Il n'était pas préparé à voir devant lui un visage amical.

— Je te crois ! répondit Joe en surveillant les enfants

qui sautaient sur le canapé. Arrêtez de sauter, vous n'êtes pas sur un trampoline.

Chris, le petit, obéit sur-le-champ. Charlie, ce fut une autre affaire.

— Oncle Sam, papa dit que nous pourrons faire une bataille de boules de neige si nous sommes sages et que nous ne t'agaçons pas, dit Charlie. Est-ce que tu as des cookies ?

— Pardon ? Euh… non, je n'en ai pas.

Chris leva vers lui ses beaux yeux verts, si semblables à ceux de sa mère, et demanda :

— Tu as du jus de fruits ?

— Non plus, désolé.

Il n'avait pas prévu l'irruption d'enfants dans sa suite.

— Calmez-vous, les enfants, vous venez juste de déjeuner, intervint leur père.

Se dirigeant vers le canapé, Joe alluma la télévision.

— Regardez ce dessin animé que vous adorez pendant que je parle avec votre oncle, dit-il.

— D'accord ! répondit Charlie en se laissant tomber sur le canapé. Après on fera la bataille de boules de neige ?

— Si vous êtes sages.

Se tournant vers son frère, Charlie ordonna :

— Sois sage, Chris, t'as compris ?

S'adressant à Sam, Joe murmura :

— Je devrais avoir honte d'utiliser la télévision comme une baby-sitter…

Sam regarda son ex-beau-frère et ses garçons. Comme ces enfants étaient élevés différemment de lui… S'il avait sauté sur un canapé, son père l'aurait enfermé dans sa chambre une semaine !

— Je t'offre un café, Joe ? J'ai aussi de l'eau, et peut-être des sodas dans le frigo, pour les gosses.

— Un café pour moi, les enfants n'ont besoin de rien, merci.

Sam prépara deux cafés.

— J'ai rencontré Maya, dit-il.

— Aïe ! Elle est très en colère contre toi.

— J'ai vu ça, répondit Sam, se remémorant les regards assassins que son ex-belle-sœur lui avait jetés.

— La plupart des membres de la famille sont en colère.

Cette affirmation déplut à Sam et le surprit. Il avait toujours bien aimé Joe, ainsi que Alan, le mari de Merry, et les parents de Mia. Certes, sachant que son mariage ne serait probablement pas un succès, il ne s'était pas trop rapproché d'eux. Mais il les estimait, et il pensait que c'était réciproque.

— Je peux le comprendre, dit-il. Ce que je ne comprends pas, c'est pourquoi vous êtes tous venus à cette croisière.

— Vraiment ? Tu devrais savoir que quand un de ses membres est en danger, la famille Harper rapplique.

— Contre moi.

— C'est ça.

Sam hocha la tête.

— D'accord, dit-il. Mais pour l'essentiel, cela ne concerne que Mia et moi.

— On pourrait le croire, mais il n'en est rien. Ce qui se passe entre vous deux affecte tout le monde. C'est ça, une famille, Sam.

Sur un plan intellectuel, Sam le comprenait. Pour le reste… non. Il n'avait pas grandi dans une famille comme les Harper. On lui avait appris à se débrouiller seul.

« Ne laisse personne s'approcher trop près de toi. Et

si quelqu'un pénètre sur ton territoire, ferme-toi comme une huître de façon à ce que l'on ne puisse t'atteindre. »

Il avait bien retenu les leçons paternelles. Jusqu'à ce qu'il épouse Mia en sachant pertinemment que leur mariage serait un fiasco. S'il avait des regrets, cela ne concernait que lui. Il n'allait pas perdre son âme pour la famille Harper.

— Si tu es venu pour me pousser à signer ces papiers, reprit-il, c'est peine perdue.

— Je ne suis pas venu dans ce but. Ma femme est très en colère contre toi.

— Je sais.

— Mais moi, je ne suis pas d'accord avec elle. En revanche, si tu le lui répètes, je dirai que tu mens.

— D'accord.

— Ton mariage avec Mia a été un véritable fiasco.

— Je te remercie, marmonna Sam en levant sa tasse de café en signe de toast.

— De rien, répliqua Joe d'un ton aimable. Mais un fiasco n'est pas la fin de tout. Mia et toi étiez bien, ensemble. Et puis… je t'aime bien.

Sam laissa échapper un petit rire.

— Et je t'en remercie.

— Je pense que tu ne devrais pas signer ces documents, enchaîna Joe. En tout cas, pas tout de suite. Écoute, vieux, la croisière va durer quinze jours. Saisis l'occasion. Parle avec Mia, essaie de comprendre ce qui a mal tourné, et tu pourras peut-être arranger l'affaire.

Sam savait déjà ce qui avait mal tourné. En parler ne changerait rien. Il n'était tout simplement pas fait pour le mariage. Et ne le serait sans doute jamais.

Il avait envie de faire beaucoup de choses avec Mia, mais lui parler n'en faisait pas partie.

— J'apprécie vraiment ton soutien moral, Joe. Mais je ne crois pas qu'il y ait quoi que ce soit à sauver dans ce mariage.

Joe lui jeta un regard dubitatif.

— Jusqu'ici, je ne te classais pas dans la catégorie des gens qui baissent les bras, dit-il.

— En effet, rétorqua Sam, vexé.

— Pourtant…

— Tu commences par me soutenir et puis tu m'insultes ?

— Tous les moyens sont bons pour te faire réagir, fit remarquer Joe. Cela ne me regarde pas, mais Mia et toi êtes tous les deux sur ce bateau. Vous feriez sans doute bien d'en profiter, non ?

Sam fronça les sourcils. Ce que Joe lui suggérait se rapprochait de ce qu'il avait pensé tout à l'heure : conclure un marché avec Mia. Joe ne pensait probablement pas à ce genre de choses, mais…

Manifestement, son interlocuteur n'attendait pas de réponse. Il se leva et éteignit la télévision.

— C'est l'heure de la bataille de neige, annonça-t-il.

— Ouais ! s'écria Charlie en se levant d'un bond, suivi de Chris. Au revoir, oncle Sam !

— À bientôt, Sam, dit Joe en se dirigeant vers la porte. Et… pense à ce que je t'ai dit, parle avec Mia. Qu'est-ce que tu as à perdre ?

Sam ne répondit pas.

Perdu dans ses pensées, il réfléchissait.

Avait-il intérêt à écouter le conseil de Joe ou bien valait-il mieux accorder tout de suite à Mia le divorce qu'elle réclamait ?

- 4 -

« Saisis l'occasion. »

Sam n'avait toujours pas décidé de ce qu'il ferait. Le conseil de Joe ne correspondait certainement pas au marché qu'il élaborait dans sa tête. Il n'empêche qu'au cours des deux prochaines semaines, Mia et lui seraient bloqués sur ce bateau. Et le *Fantasy Nights* n'était pas assez grand pour qu'ils puissent s'éviter et s'ignorer.

Et d'ailleurs, en quel honneur devraient-ils s'ignorer ? se demanda-t-il en contemplant le pont inférieur, où les équipes du bateau s'occupaient des passagers, riant et discutant avec eux.

Mia et lui n'étaient pas divorcés. Mais ils n'étaient plus vraiment mariés non plus.

Que voulait-il, exactement ?

La réponse s'imposa d'elle-même : il voulait Mia. Il l'avait toujours voulue. Dès leur première rencontre, il n'avait eu de cesse d'être seul avec elle, de l'attirer dans un lit et de l'y garder. Il n'avait pas varié d'un iota.

Leur mariage avait été un échec, cela ne faisait aucun doute. Mais cet échec n'avait pas tué son désir pour elle. Ne plus la désirer n'était pas envisageable.

Aujourd'hui, ils pouvaient s'offrir deux semaines ensemble. Il ne lui promettrait pas l'éternité. En revanche, il pouvait lui donner le présent.

Au moment même où il formulait cette pensée, il

se souvint de l'accusation de Mia : il ne pensait qu'au moment présent. Mais enfin, qu'existait-il, à part le présent ? Dans la vie, il n'existait aucune garantie pour l'avenir. Quant au passé, il était déjà mort. Alors pourquoi ne pas se concentrer sur le présent ?

Il suffisait de faire accepter cette évidence à Mia. Ce qui n'allait pas être facile ! Et s'il ne parvenait pas à la convaincre, peut-être pourrait-il exercer sur elle un petit chantage amical ?

Par exemple, il lui suggérerait d'emménager dans sa suite le temps de la croisière, en échange de quoi, il signerait les papiers du divorce.

Non. Impossible. S'il mourait d'envie d'attirer Mia dans son lit, il refusait que ce soit parce qu'elle n'avait pas d'autre choix. Il y avait des limites à ne pas dépasser.

— Pourquoi as-tu apporté ce lutin ? demanda Mia en regardant sa jumelle tourner dans leur suite.

— Je n'avais pas le choix. Tu veux que je dise aux enfants que le Père Noël n'existe pas ?

— Bien sûr que non !

Elle aimait ses neveux et adorait leur excitation à l'approche de Noël. Elle avait hâte de vivre cette période avec ses propres enfants.

— Tu sais que Buddy le lutin fait son rapport tous les soirs au Père Noël sur la conduite des enfants, et cela m'aide à canaliser l'énergie débordante et destructrice de Charlie et Chris, expliqua Maya, très sérieuse.

— Ce ne sont quand même pas des monstres ! s'exclama Mia en riant.

— Non, mais ce sont de petits enfants surexcités par Noël et les cadeaux. Par moments, ils deviennent ingouvernables. C'est là que Buddy devient un allié précieux pour les contenir !

— Nous sommes à bord depuis trois heures à peine. Qu'est-ce qui t'oblige à t'occuper de ça tout de suite ?

Maya soupira en caressant son ventre rond.

— Parce que Joe est parti avec les enfants explorer le bateau, donc je saisis l'occasion de chercher des cachettes pour ce lutin.

— Bon. Je vais t'aider.

— Il faut que la cachette soit assez facile pour que les enfants le trouvent le matin au réveil. Et il me faut plusieurs cachettes, pour la durée du voyage. Je peux réutiliser les endroits, les enfants sont trop petits pour les mémoriser, ils ne font pas vraiment attention. Mais il m'en faut au moins trois ou quatre. Tu veux dire que tu vas m'aider, aujourd'hui ?

Mia se mit à rire.

— Tu es vraiment grincheuse quand tu es enceinte ! dit-elle.

— Essaie d'avoir un petit bonhomme dans le ventre, qui saute sur ta vessie comme sur un trampoline, et tu m'en diras des nouvelles !

Maya sembla regretter aussitôt sa réponse.

— Excuse-moi, Mia.

— Pas de problème.

— Mais si, c'est un problème. Je ne suis pas vraiment en colère. Juste tendue. Je m'inquiète toujours à propos de Joe. Il était si fatigué en revenant de cet incendie meurtrier dans l'Idaho.

— Il a l'air d'aller beaucoup mieux, maintenant.

Mia le savait, sa jumelle s'inquiéterait toujours, de toute façon. Joe et plusieurs autres avaient été combattre un violent feu en Idaho. L'intervention avait duré cinq jours, durant lesquels sa sœur avait peu dormi. De sorte qu'elle avait autant besoin que son mari de cette croisière pour se reposer.

— Tu as raison, répondit Maya. Je m'inquiète sûrement trop. Ce sont les hormones.

— Et ton amour pour Joe.

— Bien sûr.

Mia se leva et se força à sourire.

— Allez ! Trouvons des cachettes pour Buddy, et ensuite nous irons nous détendre sur le pont, proposa-t-elle.

— Bonne idée !

Mia regarda autour d'elle. Il y avait deux chambres. Joe, Maya et les enfants en partageaient une, et elle occupait l'autre. Le salon était assez spacieux, et elles trouveraient certainement quelques bonnes cachettes.

— Au fait, il faut que tu saches que papa a l'intention de parler à Sam, annonça soudain Maya.

Mia soupira.

— Papa ne va pas le manger ! assura Maya.

— Ce n'était peut-être pas une très bonne idée que vous soyez tous venus sur cette croisière…

— Merci beaucoup ! Ta remarque me donne le sentiment d'être très précieuse.

— Tu comprends très bien ce que je veux dire. Me soutenir, c'est une chose, mais je ne m'attendais pas à ce que vous soyez une force d'attaque.

Maya éclata de rire.

— Ne la joue pas dramatique ! Personne n'attaque Sam. Pas encore, du moins, précisa-t-elle avec un sourire. On veut juste qu'il sache ce qu'il a perdu.

— Pourquoi ?

— Nous voulons l'irriter, rétorqua Maya en se

laissant tomber sur le siège le plus proche. Ma chérie, nous sommes de ton côté, nous ne ferons rien que tu ne veuilles pas que nous fassions. Nous sommes seulement ici pour que Sam ne te terrasse pas de nouveau.

— Je n'ai pas été terrassée !

— Je t'en prie, murmura Maya en levant les yeux au ciel.

Vaincue, Mia se tut. La fin de son mariage l'avait détruite. Mais elle avait davantage été éprouvée par ce qui aurait pu être que par ce qui avait vraiment été. Pour être honnête, le mariage en lui-même n'avait pas mérité ses larmes ; elle avait été seule la plupart du temps. Même quand Sam rentrait à la maison, elle éprouvait la même solitude.

Il se débrouillait pour être à la fois très proche et à des années-lumière. Tout s'était passé comme si, au moment où ils s'étaient mariés, il était rentré en lui-même en la laissant à l'extérieur. Pourquoi ? Elle ne l'avait jamais compris. Et ne le comprendrait sans doute jamais.

— Tu as raison, reprit-elle. Au début, ça a été horrible. La différence, c'est qu'aujourd'hui, je ne serai pas *terrassée*.

— Et comment comptes-tu t'y prendre ?

Parfois, Mia détestait sa sœur de la connaître aussi bien.

— Parce que je ne me le permettrai pas, répondit-elle. Je ne vais pas me remettre à croire en Sam.

Maya l'étudia en silence pendant quelques secondes, et finit par hocher la tête.

— D'accord, dit-elle. Je te le rappellerai, à l'occasion.

— Eh bien, je te parie vingt dollars que je quitterai ce bateau débarrassée de Sam, le cœur libre.

Au fond d'elle-même, elle n'en était pas si sûre. Le simple fait de penser à Sam, et elle se revoyait avec lui…

Une chaleur particulière lui courait dans les veines, une souffrance diffuse lui serrait le cœur. Durant cette croisière, à vivre si proche de Sam, elle allait connaître des jours très difficiles, elle le savait.

Mais cette fois-ci, elle cacherait sa peine à sa famille, l'enfouirait si profond au fond d'elle-même qu'elle n'aurait pas à y faire face.

— J'accepte le pari ! répondit Maya.

— Merci de ton soutien !

— Vingt dollars, c'est vingt dollars, assura Maya en riant. Et la vérité, c'est que Sam est ta kryptonite.

— Il *l'était*.

Elle s'efforça d'ignorer la bouffée de chaleur provoquée par le baiser qu'ils avaient échangé tout à l'heure. Elle ne permettrait pas à Sam de redevenir important.

Elle avait des projets pour l'avenir. Pour qu'ils se réalisent, elle devait faire signer ces papiers de divorce à Sam. Garder cette pensée à l'esprit l'aiderait à survivre à cette croisière sans mettre son cœur à la merci de son ex.

— Bon ! dit Maya. Maintenant que l'affaire est réglée, tu crois que ce serait mauvais pour l'éducation des enfants si je cachais Buddy dans le meuble à alcool ?

Mia se mit à rire et chassa Sam de ses pensées, pour se concentrer sur le lutin magique.

Au moins pour le moment.

Le lendemain du départ, Sam alla voir Kira Anderson, l'officier de navigation, à la proue du bateau. Au milieu du vent et de la mer battant avec violence les flancs du bateau, il se concentra sur les prévisions météorologiques qu'elle lui exposait.

— Il se peut que ça se calme, dit-elle en lui montrant

un graphique. La tempête n'est pas très forte, et elle s'éloigne assez vite. Il y a une demi-heure, le vent a tourné. Il existe encore un risque que le vent tourne à nouveau, mais pour le moment, cela n'en prend pas l'allure.

Sam étudia le papier qu'elle lui tendait. Ils n'étaient en mer que depuis deux jours, et déjà une tempête se profilait. Aussi bien sur le bateau qu'autour de lui, songea-t-il. Avec la présence de Mia, tout avait changé et il en était encore à chercher son pied marin. Il n'avait pas dormi, la nuit précédente ; chaque fois qu'il fermait les yeux, il voyait Mia. Leur baiser s'attardait toujours sur ses lèvres, le feu du désir courait toujours dans ses veines…

Secouant la tête, il chassa Mia de ses pensées et regarda Kira.

— Et si nous n'évitons pas la tempête ? demanda-t-il. Quelle sera sa force ?

Les yeux fixés sur l'océan, elle prit le temps de la réflexion, comme pour y chercher une confirmation, avant de répondre :

— Rien qui puisse mettre le bateau ou les passagers en danger. Mais le médecin du bord devra peut-être distribuer pas mal de pilules anti-mal de mer.

Sam hocha la tête. Quelle que soit la période où ils naviguaient, il y avait toujours au moins une nuit où les vagues étaient hautes et les vents assez forts pour transformer le marin le plus aguerri en une loque maudissant la mer.

— Très bien, dit-il enfin en rendant le document à la jeune femme. Faites-moi part de vos prévisions à 19 heures. Laissons aux passagers le temps de s'installer, je ne veux pas que les gens s'effraient outre mesure.

— Compris, monsieur, répondit Kira en s'éloignant.

De nouveau seul, Sam pensa à la tempête possible. Il ne s'inquiétait pas. Il avait navigué toute sa vie et avait affronté sa pire tempête à l'âge de quatorze ans.

Il avait pris tout seul son skiff, pour s'éloigner un moment de la maison familiale, qu'il ressentait comme une prison. Il naviguait depuis deux heures quand les nuages s'amoncelèrent au-dessus de sa tête. Les éclairs zébraient le ciel, la pluie tombait en rideau épais. Il avait vraiment eu peur.

La visibilité était si réduite qu'il ne savait plus dans quelle direction se trouvait le rivage. S'il prenait la mauvaise décision, son bateau serait poussé vers le large, et ses chances d'être secouru deviendraient minimes. Mais il ne pouvait rien faire. Les vagues battaient son frêle esquif au point qu'il craignait de le voir éclater en mille morceaux.

Il se décida donc à prendre la direction de ce qu'il pensait être le rivage. Il était seul au milieu de la tempête, pendant ce qui lui parut une éternité. En fait, au bout d'une heure, épuisé, trempé et glacé, il atteignit enfin la plage.

Le temps de rentrer chez lui, il était tard et son père l'attendait. Ce dernier ne voulut pas entendre parler de l'orage, et le traita d'irresponsable qui ne méritait pas d'avoir un bateau, et n'en aurait pas d'autre. Et puisqu'il n'était pas capable de rester à l'écart de l'océan pendant une tempête, il l'envoyait dans une école privée dans le désert. Ce jour-là, Sam avait vraiment compris à quel point il comptait peu dans l'ordre des priorités de son cher papa. Il était seul dans la vie, et plus vite il accepterait de ne compter pour personne, mieux il se porterait.

Peu à peu ce souvenir s'estompa dans son esprit, et

il regarda en direction du pont de la piscine. Il y avait des enfants partout, l'équipage de sécurité était en alerte rouge. Les adultes arpentaient le pont, se regroupaient autour du bar, ou tentaient de se baigner, en dépit des cris et des éclaboussures provoquées par les gamins. Le ciel était d'un bleu intense, parsemé de gros nuages blancs. Des vagues gonflaient et retombaient à la surface de l'eau. Se rapprochaient-ils de la tempête plus vite que ne le prévoyait Kira ?

Au milieu de la foule, il aperçut les parents de Mia. Appuyés à la rambarde, ils contemplaient l'océan. Henry Harper, sensiblement plus grand que son épouse Emma, lui entourait les épaules de son bras. Elle s'appuyait tendrement contre lui. Ils formaient une unité. C'est ainsi que Sam les voyait depuis le début. Ils auraient aussi bien pu être seuls au monde, et non sur un bateau envahi d'enfants surexcités par l'approche de Noël.

Une partie de Sam leur enviait cette unité. Quand il avait épousé Mia, Henry et Emma l'avaient accueilli avec chaleur. Bien entendu, il doutait à présent de bénéficier de leur indulgence. Il était même certain du contraire. Quand il avait quitté Mia, la famille Harper l'avait quitté aussi.

Pourtant, ils se trouvaient à bord, et essayer de les éviter pendant quinze jours serait ridicule.

En outre, songea-t-il en empruntant l'escalier le plus proche pour les rejoindre, ils devraient me remercier. Demeurer marié à Mia aurait été un désastre. En quittant leur fille, il lui avait épargné des souffrances supplémentaires. Un reste d'honnêteté le ramena pourtant vite à la réalité. Comment les Harper croiraient-ils une fable pareille ? Lui-même avait du mal à y croire.

Contournant la piscine, il se dirigea vers le couple.

Comme s'il sentait sa présence, Henry tourna la tête et lui jeta un regard froid.

Sam continua à avancer, comme en terrain miné.

— Bonjour, Henry. Emma.

Henry le salua de la tête. Emma ne bougea pas d'un pouce, comme s'il était invisible.

— Je ne m'attendais pas à te voir, dit Henry.

— Vraiment ? Je pensais que vous étiez venus tous les deux sur ce bateau avec Mia pour me voir, justement.

— Pas du tout. Nous sommes venus pour nous assurer que tu ne blesseras pas notre fille une seconde fois. C'est tout.

Parce qu'il respectait Henry, Sam ne fit aucun commentaire. Il refusait de discuter avec son ex-beau-père, et d'ailleurs, comment le pourrait-il ? Il avait en effet fait du mal à Mia. Mais il lui aurait fait encore plus de mal s'il s'était obstiné à rester marié avec elle.

Du coin de l'œil, il regarda Emma qui n'avait pas détourné ses yeux de l'océan, avant de reporter son attention sur Henry.

— Bien, dit-il. Dans ce cas, je ne m'attarde pas. Je voulais juste vous prévenir que nous nous dirigeons vers une possible tempête, plus tard dans la journée.

Henry évalua le ciel ensoleillé et la mer agitée mais peu menaçante et s'enquit :

— Ton bateau est-il capable de l'affronter ?

Sam laissa échapper un rire bref et enfonça ses mains dans ses poches.

— Tous les bateaux de la Compagnie Buchanan sont bâtis pour assurer stabilité et confort, assura-t-il.

— Stabilité, répéta Emma. Vraiment ?

Sam se tourna vers elle, mais elle ne le regardait toujours pas. Qu'à cela ne tienne !

— Nous serons en sécurité, mais il se peut que la nuit soit agitée, expliqua-t-il.

— Tu vas prévenir les autres passagers ? s'enquit Henry.

— Nous le ferons plus tard, si nous jugeons que nous ne pouvons éviter la tempête. Je ne vois pas la nécessité d'inquiéter tout le monde avant d'avoir des certitudes sur l'évolution de la météo.

— Mais tu n'as pas craint de nous inquiéter ? répliqua sèchement Henry.

— Je sais que vous n'êtes pas homme à dramatiser.

— Je vois. Tu penses me connaître, c'est ça ?

Désarçonné et prudent, Sam répondit :

— Je pense, oui.

— Eh bien… il fut un temps où je croyais te connaître, mais je me trompais. Il pourrait en être de même pour toi.

Que dire ? Rien ne lui venait aux lèvres de façon spontanée, mais il lui semblait devoir essayer.

— Henry…

— Non. Quand ce triste épisode a éclaté entre Mia et toi, je n'ai rien pu dire. Tu as quitté notre fille et tu as agi comme si nous n'existions pas.

— Je me suis imaginé que vous n'auriez pas envie de me voir.

— Tu ne te trompais pas.

Sam n'avait pas souhaité cette confrontation, mais il n'y avait plus moyen de l'éviter. Heureusement, le niveau sonore autour de la piscine était tel que personne n'entendrait l'échange qui s'annonçait. Il croisa les bras et regarda Henry bien en face.

— Votre fille m'a demandé le divorce, je me suis contenté de le lui accorder.

— Et pour quelle raison a-t-elle voulu divorcer, à

ton avis ? N'est-ce pas parce que tu avais accepté de te marier, mais ne voulais pas assumer les devoirs d'un homme marié ?

Le coup tapait un peu trop près de la vérité, et Sam se crispa.

— Je ne rentrerai pas dans ce débat avec vous, répliqua-t-il. Cela ne regarde que Mia et moi.

— Le fait que ma fille pleure à cause de toi, ça me regarde, crois-moi !

Elle avait pleuré, c'est sûr. Sam ne s'était pas autorisé à y penser ; imaginer Mia en larmes lui broyait le cœur. Surtout en sachant qu'il en était la cause. S'il ne l'avait pas épousée, rien de tout ceci ne serait arrivé.

Le désir l'avait aveuglé, des sentiments inconnus de lui jusqu'alors, et il n'avait pas su s'empêcher de se marier, alors même que le désastre se profilait à l'horizon. Il savait parfaitement que Mia n'appartenait pas à la catégorie des femmes qui se contentaient de liaisons passagères, c'est pourquoi il lui avait proposé le mariage ; il la désirait tellement qu'il avait pris ce risque.

De toute façon, maintenant, c'était terminé. Ils devaient continuer leur vie chacun de leur côté sans se retourner. Cela sonnait bien dans sa tête, sauf qu'il n'avait pas la moindre envie de continuer sans elle. Il ne songeait qu'à le retrouver et à l'embrasser… Retrouver la brûlure qu'il n'avait connue avec aucune autre femme.

Secouant la tête, il chassa ses pensées et regarda ses ex-beaux-parents. Il en avait assez de s'excuser d'avoir pris la bonne décision. Comme mari, il avait échoué. Aurait-il dû attendre plus longtemps pour que Mia le supplie de partir ?

— Écoutez, Henry, je ne peux vous faire changer d'avis à mon sujet, et franchement, je ne vais même pas essayer. Je voulais juste vous donner, à vous et toute votre famille, une information concernant la tempête éventuelle. Maintenant, je vous laisse profiter de votre croisière.

Henry faillit dire quelque chose mais n'en fit rien.

Sam allait partir quand Emma, toujours tournée vers l'océan, dit :

— Tu sais quoi, Henry ? Si Sam était là, je lui dirais à quel point il m'a déçue.

La flèche atteignit Sam en plein cœur. Emma avait toujours été très gentille avec lui. Il l'avait observée dans ses rapports avec ses filles, et cela avait été une révélation pour lui. Il n'avait jamais connu de vraie famille, et la découverte lui avait plu. Les Harper l'avaient accueilli comme un fils, tout comme Joe et Alan, le mari de Merry. Il n'avait compris à quel point cela comptait pour lui qu'au moment où il en avait été privé.

— Emma…, commença-t-il.

— Et, continua-t-elle sans le regarder, je lui dirais aussi que s'il fait mal à ma fille de nouveau, la tempête à venir ne sera pas son seul problème.

Impuissant à retourner la situation, Sam attendit en silence.

Emma leva la tête vers son mari.

— Allons faire une petite promenade, tu veux bien ? dit-elle.

Henry adressa un bref regard à Sam avant d'acquiescer.

— D'accord, chérie. Allons voir les petits dans la Snow Room.

— Bonne idée, répondit Emma, en s'éloignant de Sam comme s'il n'existait pas.

Pour elle, en effet, il n'existait pas plus qu'un fantôme,

songea-il. Le fantôme d'un homme qui avait fait des promesses qu'il n'avait pas tenues.

Il les suivit du regard en se passant une main fébrile dans les cheveux.

Quand son mariage avec Mia avait pris fin, le reste avait suivi. Il avait essayé d'être correct avec Henry et Emma mais ils avaient repoussé ses tentatives. Alors en quel honneur devrait-il poursuivre ses efforts ? Il était sur *son* bateau. Dans *son* monde. Eux ne s'y trouvaient qu'en tant que passagers.

Se retrouver ici avec Mia était un don du ciel. Entre eux, le feu brûlait encore, il le savait. Il mourait toujours d'envie d'être avec elle, et maintenant il tenait sa chance. L'an dernier, il l'avait épousée, poussé par son besoin désespéré d'elle. Aujourd'hui, son besoin demeurait aussi intense, et il ne voulait pas gâcher l'occasion qui se présentait. Une fois la croisière achevée, ils reviendraient à la réalité, et ne se reverraient plus jamais.

Peut-être était-il temps de reconsidérer le marché qu'il avait envisagé. Un type bien ne ferait pas une chose pareille. Mais de toute évidence, il n'était pas un type bien. Et cela lui ouvrait d'infinies possibilités.

Mia passa la plupart de la journée dans la cuisine du bateau. Elle connaissait plusieurs des chefs de l'époque où elle vivait avec Sam, et elle eut plaisir à les revoir. Mais la vraie raison de sa présence dans cette cuisine était ailleurs : c'était le dernier endroit où elle tomberait sur Sam par hasard.

Les bateaux de la Compagnie Buchanan étaient trop petits pour s'y cacher facilement. Il aurait été beaucoup plus aisé de se cacher dans la foule de milliers de personnes des grandes croisières.

Les chefs se mouvaient dans la cuisine comme un ballet bien chorégraphié. Des mètres de table de travail étaient chargés de plats que l'on préparait pour la salle à manger, et une douzaine de conversations s'entremêlaient.

— C'est très bien ! dit Holly Chambers, chef pâtissière à bord du *Fantasy Nights*.

Quand Mia et elle s'étaient connues, un an plus tôt, elles avaient sympathisé autour de la pâtisserie.

Your Daily Bread, la boulangerie de la famille Harper, se spécialisait bien sûr dans la confection de pain, mais au fur et à mesure que Mia et ses sœurs s'investissaient dans la marche de la boulangerie, elles y ajoutaient d'autres créations. Des biscuits italiens, par exemple, des scones anglais, des puddings et des tiramisus qui vous faisaient monter les larmes aux yeux.

Aujourd'hui, Mia enseignait à Holly la recette du pain au romarin de sa mère. Tout en pétrissant la pâte sur la table de travail, elle expliqua que c'était une des meilleures ventes de la boulangerie.

— Je l'aime déjà, alors qu'il n'est pas encore cuit ! s'exclama Holly tout en prenant des notes.

Mia sourit. Cette séance culinaire agissait comme une thérapie sur elle. Pétrir la pâte, créer quelque chose à partir de farine et d'herbes, c'était reposant et enrichissant.

— Cuit, ça sent délicieusement bon, ajouta-t-elle.

Si les enfants Harper s'y connaissaient en quelque chose, c'était bien la cuisson du pain ! Les trois sœurs avaient commencé à travailler à la boulangerie dès leur plus jeune âge. Elles avaient grandi autour des fours, de la salle de levage de la pâte, et du magasin où les clients faisaient la queue chaque matin pour acheter leurs pains spéciaux.

La grand-mère maternelle de Mia était moitié italienne moitié anglaise, ce qui expliquait l'éclectisme de leurs préparations. Les sœurs Harper avaient grandi en confectionnant ces gourmandises et en expérimentant de nouvelles recettes.

En ce moment, elles échafaudaient d'audacieux plans de croissance. Il ne s'agissait pas seulement d'ouvrir une nouvelle boulangerie, mais de créer un salon de thé à l'anglaise.

Tout cela prendrait un peu de temps, songea Mia. Elle devait d'abord avancer dans sa vie. Elle ne pouvait se lancer dans les affaires avant d'avoir mis son mariage et Sam derrière elle.

Cette pensée provoqua en elle une bouffée de désir.

Ridicule, ce qu'une phrase aussi simple que « mettre Sam derrière elle » lui rappelait l'époque où elle l'avait en effet mis derrière elle.

Sa respiration s'accéléra et elle s'efforça de se calmer. Elle dormait déjà très peu, ne pouvant ôter Sam de ses pensées. Les souvenirs s'amoncelaient dans son esprit, la forçant à évoquer non seulement les peines, mais aussi les joies, la passion, la…

Arrête !

Elle pétrit la pâte avec davantage de vigueur encore, et en fit une boule.

Perdue dans ses pensées, elle sursauta en entendant Holly s'écrier :

— Oh ! Bonjour, monsieur Buchanan !

- 5 -

Mia prit une profonde inspiration, mais cela n'empêcha pas son cœur de cogner dans sa poitrine, ni son sang de bouillir dans ses veines. Sam portait un costume, bien sûr. Bleu marine, coupé à la perfection, avec une chemise blanche et une cravate rouge. Croisière vers Hawaii ou pas, il était l'image de l'élégance professionnelle. Seuls ses cheveux un peu trop longs lui donnaient une touche pirate.

Avait-elle provoqué l'arrivée de Sam simplement en pensant à lui ? Non, c'était impossible. Ou alors il serait apparu constamment dans son appartement au cours de ces derniers mois. Il occupait le centre de ses pensées depuis leur première rencontre. Le divorce n'avait rien changé à cet état de fait.

Sam la regardait sans rien dire, le visage impénétrable. La croisière n'avait débuté que deux jours plus tôt, et elle le voyait beaucoup trop souvent pour son propre bien. Comment allait-elle survivre à deux semaines entières ?

— Bonjour, Holly, dit-il. Mia.

Les employés continuèrent à travailler. Ils avaient beaucoup à faire pour préparer le dîner. Personne n'avait le temps de parler. Sauf Holly. Ses pâtisseries n'étaient programmées que pour le lendemain matin, dans le merveilleux buffet du petit déjeuner.

— Bonjour, Sam, répondit Mia, avant de se retourner

vers Holly. Tu peux faire cuire la pâte en boule, comme ça. Ou alors, tu divises la pâte en trois, tu tresses les trois parts, et tu réunis les deux bouts en cercle. Non seulement c'est délicieux mais la présentation est très jolie.

— Je vois ça, répondit Holly avec un grand sourire.

— Une fois que la pâte aura levé, fais-la cuire environ une demi-heure à 200°, jusqu'à ce qu'elle soit croustillante et dorée.

— Compris, répliqua Holly en jetant un regard à la dérobée à Sam.

Elle semblait un peu embarrassée devant son patron, et Mia la comprenait.

— Tu me diras comment ça a marché, dit-elle en tapotant le bras de Holly.

Puis elle se dirigea vers Sam qui la dévisagea des pieds à la tête, comme si les dizaines d'employés de la cuisine n'étaient pas là. Elle regretta de ne pas porter un vêtement plus séduisant que son simple short blanc et son T-shirt jaune au décolleté arrondi. Ses cheveux étaient rassemblés en queue-de-cheval et elle portait une paire de tennis tout tachés de farine. Il avait l'air d'une photographie de mode, et elle… eh bien, elle était elle-même !

Sous le regard intense de Sam, elle sentit sa peau grésiller. Mais elle ne voulait pas qu'il s'en aperçoive. S'arrêtant en face de lui, elle dit à voix basse :

— Tu mets Holly et tous les autres employés mal à l'aise.

Sam lança autour de lui un regard circulaire, puis il haussa les épaules et rétorqua :

— Je ne suis pas venu pour eux, mais pour te parler.

— Comment as-tu su que j'étais ici ?

— C'est mon bateau, Mia. Je sais tout ce qui s'y passe.

Quelqu'un l'avait renseigné, évidemment. Elle soupira.

— Tu m'as trouvée, d'accord. Allons discuter ailleurs, tu veux bien ?

Sur ce, elle quitta la cuisine et entra dans la grande salle à manger. Des dizaines de tables étaient dressées, recouvertes de nappes blanches étincelantes. Les serveurs s'agitaient, plaçant les carafes d'eau sur les tables, tandis que d'autres disposaient les verres.

Elle n'avait pas besoin de se retourner pour sentir la présence de Sam derrière elle. C'était une force de la nature, c'est en tout cas ce qu'elle avait toujours ressenti. Une sorte d'ouragan personnel puissance 5.

Il s'était engouffré dans sa vie et avait tout balayé. Même quand il l'avait quittée, il avait laissé des décombres dans son sillage.

Encore une porte et ils se retrouvèrent dehors, sur le second pont. Dans l'espoir de s'éclaircir les idées, elle offrit son visage au souffle glacé. Se dirigeant vers la rambarde, elle contempla l'océan haché de vagues et se retourna vers Sam.

— Pourquoi me cherchais-tu ? demanda-t-elle.

— Je voulais te parler.

— Des documents ? Tu les as signés ?

— Non.

Elle soupira. Pourquoi rendait-il tout si difficile ?

— De quoi veux-tu parler, alors ?

— J'ai rencontré tes parents.

Imaginant la tournure qu'avait dû prendre la conversation, elle laissa échapper un petit rire. Ses parents en voulaient encore beaucoup à Sam, et rien de ce qu'elle avait pu leur dire ne les avait calmés. Elle savait pourquoi. Sa famille avait accueilli Sam à bras ouverts, il était devenu l'un des leurs à part entière. Puis il était parti, l'avait quittée, elle, et toute la famille. La blessure importait autant que la colère.

Peut-être n'avait-elle pas réussi à calmer ses parents parce qu'elle ne s'était pas calmée non plus.

— Eh bien, ça a dû être drôle, fit-elle remarquer.

Il haussa les épaules comme pour se décharger d'un poids.

— Une vraie partie de plaisir, répondit-il. Écoute, je voulais simplement les prévenir d'une possible tempête, cette nuit.

Elle tressaillit. Elle avait l'expérience des tempêtes en mer, ce n'était jamais drôle. Une tempête en début de croisière, c'était encore plus délicat. Les gens n'avaient pas encore pris leurs marques sur le bateau, ce n'était pas le bon moment pour affronter de grosses vagues et le mal de mer.

— Vraiment ? Deuxième nuit à bord et déjà un gros orage en vue ?

— Oui, je sais, dit-il en repoussant les cheveux que le vent lui rabattait sur le front. Nous y échapperons peut-être, mais vu comment ça tourne, je crois que nous n'y couperons pas.

Il fouilla l'horizon du regard comme pour y découvrir des signes avant-coureurs.

— Tu es inquiet ? s'enquit-elle.

Elle savait sa question délicate. Même s'il s'inquiétait, il ne le reconnaîtrait jamais.

— Pas du tout, répondit-il. Et si les choses deviennent sérieuses, nous préviendrons tous les passagers. Mais je voulais te prévenir en premier, ainsi que ta famille.

— J'apprécie.

Elle le regarda dans les yeux. Le calme qu'il affichait ne la convainquit pas du tout. C'était un mensonge, évidemment. Mais elle se mentait tellement au sujet de Sam…

— Je vais prévenir Maya et Joe, dit-elle, pour qu'ils s'y préparent, au cas où.

— N'en parle à personne d'autre. Pas encore.

— Entendu. Quand j'aurai parlé à ma sœur, j'emmènerai Charlie et Chris à la piscine. Je le leur ai promis, pour que leurs parents puissent avoir un peu de temps à eux.

— Tu as raison, ils ont sûrement besoin d'une petite récréation loin des gamins.

— Tu sais, ils aiment leurs enfants. Comme la plupart des gens.

— Pas tous, marmonna-t-il, le regard soudain sombre.

Elle connaissait cette expression particulière. Sam l'avait toujours tenue à l'écart de son passé.

Pendant presque un an, elle avait tenté de franchir le mur derrière lequel il se barricadait. Sans succès. Si elle y était parvenue, peut-être ne se seraient-ils pas séparés. Le regret et le chagrin refirent surface, mais elle s'efforça de les étouffer.

Il s'écarta un peu pour la laisser passer, puis se ravisant il l'attrapa par le bras.

— Mia…

La main de Sam sur elle… Elle sentit aussitôt sa peau la brûler et lui en voulut du pouvoir qu'il avait sur elle. Son regard alla de sa main aux yeux de Sam. Quand il la relâcha, elle le regretta aussitôt.

— Quelque chose d'autre, Sam ?

Il sembla vouloir en dire plus, mais non. Très vite il serra les lèvres et secoua la tête.

— Non, répondit-il.

Elle sentit sa gorge se serrer. Son cœur battait à tout rompre. Se tenir si proche de lui la déstabilisait. En serait-il toujours ainsi ? Dans trente ans, si elle rencontrait Sam par hasard, lui serrerait-elle la main en se dissolvant de désir ?

Cette pensée lui fit monter les larmes aux yeux, qu'elle refoula vivement. Trente ans sans Sam ? Alors qu'elle était séparée de lui depuis quelques mois seulement, et que son absence la déchirait ? Comme ferait-elle pour vivre le reste de sa vie sans lui ?

En se bâtissant une vie bien à elle.

Et cela débuterait en janvier. Il suffisait que Sam signe les documents du divorce. Et qu'elle survive à cette croisière… Ensuite, elle serait libre et prête à emprunter le chemin qu'elle s'était choisi.

— Alors merci de nous avoir prévenus, pour la tempête, murmura-t-elle.

Sur ce, elle s'éloigna rapidement. Si elle ne l'avait pas fait, elle aurait été capable de l'embrasser !

Et où cela l'aurait-il menée ?

Bien entendu, la tempête les heurta de plein fouet.

Demeuré seul, Sam se reprocha de ne pas avoir proposé son marché à Mia. Il y avait songé, mais le moment ne lui avait pas semblé propice. Et maintenant, cette manœuvre devait être repoussée à plus tard.

À 19 heures, les premières grosses vagues heurtèrent le bateau, comme pour le faire changer de direction. Mais le capitaine était expérimenté, un des meilleurs du pays. Sam et Mike n'embauchaient que les meilleurs. Combattant l'océan, le navire persistait dans sa direction.

D'énormes éclairs zébraient le ciel, illuminant les ponts désertés. Le tonnerre grondait. L'équipage s'activait, vérifiant l'état de tous les passagers, incitant chacun à garder son calme en chantant des chants de Noël dans la salle à manger. Les moniteurs occupaient les enfants avec des jeux. L'équipage se mobilisait aussi pour les passagers qui avaient décidé de rester dans leur suite.

Sam passa le début de la soirée sur la passerelle de commandement, d'où il observait l'équipage défier la tempête. Vers minuit, les vagues augmentèrent encore, les ponts étaient déserts. Il se lassa de demeurer rivé à la passerelle de commandement futuriste, semblable aux tableaux de bord d'un engin spatial.

Bravant le vent hurlant et les paquets d'eau qui balayaient les ponts quand les vagues giflaient la coque, il arpenta le bateau, vérifiant par lui-même la sécurité sur le navire. Se déplacer n'était pas facile, et plus d'une fois il dut se tenir à la rambarde. Mais il avait grandi parmi les bateaux, il avait le pied marin. Il ne rencontra pas âme qui vive avant d'atteindre le pont 2, où s'alignaient d'habitude les chaises longues qu'empruntaient de nombreux passagers pour admirer la vue spectaculaire de l'océan.

Ce soir, les chaises longues étaient pliées et rangées quelque part à l'abri. Le pont était désert.

À ce moment-là, il l'aperçut.

Son cœur bondit dans sa poitrine, son corps s'enflamma. Il sut qu'il était perdu. Il avait suffi d'un seul regard pour qu'un nœud d'émotions se forme dans son ventre, le plongeant à la fois dans la confusion et le désir.

Mia s'appuyait à la rambarde. Ses cheveux s'emmêlaient dans le vent. Elle portait un jean, des tennis et un coupe-vent qui ne lui servait pas à grand-chose.

Irrité de la voir seule au milieu d'une tempête, il ne pensa qu'à une chose : le danger qu'elle passe par-dessus bord. Personne ne la découvrirait à temps pour la sauver.

À cette pensée, des images effarantes lui glacèrent le sang. Poussé par la hantise de la perdre, il avança rapidement vers elle et la saisit par le bras.

Effrayée, elle sursauta.

— Bon sang, Sam ! Tu m'as fait une peur bleue !

— Dans ce cas, nous sommes à égalité. Quand je t'ai vue sur ce pont près de cette rambarde, j'ai failli avoir une crise cardiaque ! Qu'est-ce que tu fais dehors, dans une pareille tempête ?

— J'aime ça, répondit-elle en dégageant vivement son bras.

Sam lui reprit le bras. Le vent avait assez de force pour la soulever et la projeter par-dessus bord.

— Si tu tombais à l'eau, personne ne le remarquerait, lui fit-il remarquer.

— Je ne suis pas une imbécile ! rétorqua-t-elle sans se retourner. Je ne vais pas tomber à l'eau.

— Personne ne *prévoit* de passer par-dessus bord.

Dégageant de nouveau son bras, elle le regarda enfin et dit d'un ton tranchant :

— Tu n'es pas responsable de moi ! Tu n'as rien de plus important à faire ?

— Pas pour l'instant.

À presque minuit, le pont était calme, mis à part les coups de butoir des vagues contre la coque, et les grondements du tonnerre, qui semblaient s'éloigner un peu. Les lumières du pont trouaient l'obscurité, offrant à un éventuel passager kamikaze un repère dans la nuit.

— Je ne pouvais rester dans notre suite une minute de plus, expliqua-t-elle en haussant la voix pour dominer le bruit des vagues. Tu sais que j'aime l'orage, tu devrais t'en souvenir.

— Je m'en souviens parfaitement.

Chaque fois qu'un orage éclatait sur l'océan, elle sortait sur la terrasse de l'appartement pour l'admirer. La plupart des femmes de sa connaissance se souciaient de leur coiffure, de leur maquillage. Mia, elle, marchait sous la pluie, dans le vent, sans se préoccuper de son apparence physique. Cela l'embellissait encore.

Il se souvenait aussi d'une nuit comme celle-ci, au cours d'une croisière aux Bahamas. Ils étaient restés sur leur balcon privé et avaient joui de l'orage hurlant autour d'eux comme une chose vivante. Ils riaient comme des fous quand les vagues les aspergeaient, quand la pluie les trempait. Leur gaieté n'avait pris fin que quand ils avaient fait l'amour à même le sol glissant de leur pont privé.

À cette évocation, le corps de Sam se tordit, et la douleur qu'il ressentit le fit presque gémir. Cette nuit-là, Mia avait qualifié l'orage de magique. Mais c'était *elle* qui était magique. La laisser partir, voilà la chose la plus difficile qu'il avait jamais accomplie. Seulement rester avec elle aurait fini par ternir la magie. Il ne savait pas se comporter comme elle le souhaitait. C'est pourquoi il l'avait laissée partir. Pour son bien à elle.

— C'est dangereux, Mia.

— Je prends le risque.

Quelle femme entêtée ! Pourquoi aimait-il tellement ce trait de caractère ?

— Tu devrais retourner dans ta cabine, lui conseilla-t-il.

— Et toi, tu rentres dans la tienne ?

— Non, mais c'est mon bateau, j'ai quelques petites choses à vérifier.

— Ce n'est pas le travail de l'équipage ?

Éternel argument entre eux. Elle avait toujours pensé qu'il ne déléguait pas assez.

— Ils ont déjà beaucoup à faire, répliqua-t-il. Mais pourquoi es-tu dehors, toi ?

— Je te l'ai dit, j'aime les orages et les tempêtes.

Comme il la contemplait sans rien dire, elle saisit fermement la rambarde et reprit :

— Disons que les garçons ont eu le mal de mer, en plus des litres de chocolat ingurgités en début de soirée, tu vois ce que je veux dire. On a passé un sale moment avec eux. Maya était en train de tout nettoyer quand elle a été prise à son tour de vomissements. Entre le roulis et le vomi des enfants, je ne te fais pas un dessin. Joe a installé les petits dans ma chambre, pour que Maya puisse se reposer. Quant à moi, j'ai déménagé sur le canapé du salon.

— Tu vas dormir sur le canapé ?

Certes les sofas du bateau étaient confortables, mais ce n'était quand même pas l'idéal.

— Ce n'est pas si terrible que ça, dit-elle en haussant les épaules. Pour l'instant, tout au moins. On verra bien à la fin de la croisière. De toute façon les gémissements et les pleurs des enfants m'empêchaient de dormir. Je suis sortie pour être *seule*, figure-toi.

Il ignora cette allusion peu subtile.

— Je peux envoyer du personnel nettoyer votre suite, proposa-t-il.

— Merci, mais ce ne sera pas nécessaire. Robert, notre chef de cabine, nous a déjà aidés à nettoyer, Joe et moi.

Autrement dit, il n'était d'aucune utilité.

— Tu n'as pas besoin de coucher sur le canapé.

— C'est mieux que par terre ! répliqua-t-elle. Ce n'est pas la première fois que je dors sur un canapé.

La prenant par le bras, il l'obligea à se tourner vers lui.

Le vent leur giflait le visage, les paquets d'eau provenant des vagues contre la coque les éclaboussaient. Les longs cheveux de Mia s'emmêlaient sous les bourrasques, des gouttes d'eau coulaient le long de ses joues, ses yeux verts ressemblaient à une forêt au crépuscule.

Sam refusait en principe de ressentir le désir qu'il avait de Mia enfoncer ses crocs dans son ventre. Mais comment le faire disparaître ? Même s'il y était parvenu, cette féroce sensation lui aurait manqué. Ce qu'il éprouvait pour Mia ne ressemblait à rien de ce qu'il avait vécu auparavant. C'est peut-être même une partie de la raison pour laquelle il avait dû s'éloigner d'elle.

Son désir pour Mia semblait tout simplement inévitable. Dès le premier regard, elle avait eu cet effet sur lui. Depuis leur divorce, rien n'avait changé. La quitter n'avait pas eu l'effet escompté. Un divorce n'y changerait rien. Mia était son épouse. Mia était la femme qu'il voulait.

Celle qu'il ne pourrait avoir, une fois cette croisière terminée.

Le marché qu'il avait en tête le fit sourire. La situation dans laquelle se trouvait Mia en ce moment ajoutait des arguments à son plan.

— Tu n'es pas obligée de dormir sur le canapé, Mia.

— Je ne tiens pas à dormir dans la suite de mes parents. S'il leur prenait l'envie de…

— Je ne pensais pas à la suite de tes parents. Plutôt… la mienne. Pourquoi ne pas t'installer avec moi ?

Heurté par une grosse vague, le bateau se souleva et tapa contre l'eau, déstabilisant Mia. Pour garder l'équilibre, elle appuya ses deux mains sur son torse… et il retint un gémissement.

Comme si elle savait ce qu'il éprouvait, elle secoua la tête.

— Oh non, Sam ! Ce n'est pas une bonne idée du tout.

— Que se passe-t-il ? demanda-t-il, un sourire au coin des lèvres. Tu ne te fais pas confiance ?

— Cette remarque ne m'étonne pas de ta part, mais tu te trompes.

Il n'en crut pas un mot. Même au milieu du rugissement de l'océan, il percevait son souffle court.

— Dans ce cas, quel est le problème ? s'enquit-il.

— Nous sommes divorcés.

— Pas encore.

— Pas officiellement, c'est vrai. Mais c'est pareil.

— Ma suite comporte deux chambres. Tu aurais ton propre espace.

— Pour combien de temps ?

— Aussi longtemps que nous le souhaitons.

— C'est-à-dire dix secondes.

— Je pense que mon idée est excellente.

— Tu m'étonnes ! s'exclama-t-elle en écartant ses cheveux mouillés de son visage.

— Penses-y, dit-il en rivant son regard au sien.

Dans l'obscurité et malgré les arguments qu'elle lui opposait, il vit qu'elle était tentée.

Comme tout cela lui avait manqué. Le simple fait de lui parler, si près d'elle qu'il voyait son sang battre à ses tempes. Regarder au fond de ses yeux où dansait tantôt la magie tantôt la colère. Il détestait reconnaître à quel point elle lui avait manqué, à quel point elle lui manquerait sans doute toujours.

— Si tu t'installais avec moi, Joe et Maya jouiraient d'une chambre pour eux seuls, fit-il remarquer.

— Oui, mais…

— Ça ferait sûrement du bien à Maya.

Elle éclata de rire.

— Maintenant, tu veux faire une fleur à Maya ? rétorqua-t-elle.

— Je sais être humain.

— C'est ça, murmura-t-elle en hochant la tête.

Elle se tourna vers l'océan. Il ne pouvait voir ses yeux, mais il perçut l'hésitation dans sa voix quand elle reprit :

— Le fait de partager la même cabine ne ferait que multiplier les problèmes, Sam.

— En quoi ? Tu l'as dit toi-même, nous sommes divorcés, que pourrait-il arriver de pire ?

— Tu le sais très bien.

— C'est ce que je disais, tu ne te fais pas confiance.

— Ce n'est pas à moi que je ne fais pas confiance.

— Hé ! Je suis un vrai boy-scout ! s'exclama-t-il d'un ton faussement vexé.

— Pas dans mon souvenir, marmonna-t-elle.

Il sourit. Il savait mener à bien une négociation. La première règle était de dissimuler à quel point on souhaitait quelque chose. Il fallait toujours laisser une cible croire qu'elle maîtrisait les choses. Alors qu'en réalité il était maître du jeu. Il n'allait donc pas insister. Il savait qu'elle allait réfléchir à son offre un jour ou deux.

— Penses-y, dit-il simplement. Une chambre bien à toi. Ce devrait être mieux qu'un canapé dans la suite de Maya.

Secouant la tête elle s'éloigna de lui de quelques pas.

— Tu le fais exprès, Sam ?

— Tout à fait.

— Ça a au moins le mérite d'être honnête.

— C'est une nouvelle voie que j'essaie d'emprunter, répliqua-t-il en lui caressant le bras du bout des doigts.

Elle ne bougea pas.

— Tu me testes, fit-elle remarquer.

— Oui, répondit-il en se rapprochant.

— Tu vas m'embrasser, murmura-t-elle en passant sa langue sur sa lèvre inférieure.

Il sentit une boule de feu exploser en lui.

— Oui. Ça te pose problème ?

— Ça devrait… mais en fait, non, répondit-elle en secouant lentement la tête.

— Heureux de l'apprendre, dit-il en prenant son visage entre ses mains.

Il l'observa avec attention, imprimant de nouveaux souvenirs dans son esprit. La courbe de sa joue, son souffle, la courbe de sa lèvre supérieure, qui lui donnait envie de la mordre.

Lentement il se pencha vers elle et effleura sa bouche. Ce premier contact l'électrisa tout entier. Elle se laissa aller contre lui et il s'accrocha à elle comme si sa vie en dépendait. C'était peut-être le cas, d'ailleurs. Parce que l'embrasser, la sentir lui rendre son baiser faisait bondir son cœur dans sa poitrine. Chaque cellule de son corps renaissait, son désir d'elle s'amplifiait.

Elle lui entoura la taille de ses bras. Il passa ses doigts dans ses longs cheveux mouillés. Leurs langues se mêlèrent en un ballet érotique, leurs souffles se mélangeaient, ils ne faisaient plus qu'un, puis se séparaient, avant de reprendre leur chorégraphie d'amour.

Les secondes, les minutes s'écoulaient, mais pourtant, tout semblait s'être immobilisé. Quand il détacha sa bouche de celle de Mia pour la regarder, le vent et l'orage semblèrent s'arrêter. Ce fut comme si le monde retenait son souffle, tandis qu'un orage d'un autre genre faisait rage en eux.

— Nous sommes fous, murmura-t-elle.

— Je m'en moque.

- 6 -

Mia s'en moquait aussi.

Folle ou pas, elle désirait Sam de toutes ses forces, ne pensait à rien d'autre, ne voyait rien d'autre. Sa main dans la sienne, elle gravit avec lui à toute allure les escaliers menant à sa suite.

Le bateau montait et s'enfonçait au gré des grosses vagues, mais elle le remarquait à peine.

En haut de l'escalier, Sam chercha sa clé dans la poche de sa chemise. Impatiente, elle dansait d'un pied sur l'autre, sans songer à dissimuler son désir.

— Dépêche-toi, Sam.

Lui décochant un regard rapide, il sourit et ouvrit la porte.

La pièce était sombre, une pâle clarté venue des baies vitrées offrait le spectacle de l'océan en colère.

Elle s'en moquait. Elle n'avait pas besoin de lumière, ni de beauté. Ce dont elle avait besoin, c'était de *lui*.

— N'attends pas, Sam, murmura-t-elle. Maintenant.

— Tu as raison, marmonna-t-il en l'attirant dans ses bras.

Enfouissant son visage dans le creux de son cou, il piqua sa gorge de baisers brûlants. La tête rejetée en arrière, elle soupira de plaisir.

Cela avait été si long. Si long sans sentir sur elle les mains de Sam, sa bouche…

Il s'empara de ses lèvres, et dès que leurs langues se mêlèrent, elle se sentit perdue. Elle lui rendit ses caresses tandis qu'il la plaquait doucement contre la porte close. Il fit courir ses mains le long de son corps, lui emprisonna les seins, glissa entre ses cuisses une main fébrile. Tout son être tendu vers lui, elle se tordit contre lui.

Ça ne lui suffisait pas.

— Bon sang, murmura-t-elle. Nous n'étions pas censés en arriver là.

— Mon cœur, nous sommes nés pour faire ça.

Difficile de dire le contraire !

Elle lui déboutonna sa chemise, passa ses paumes sur le torse large dont elle se souvenait si bien. La respiration soudain sifflante de Sam la fit sourire. Elle adorait le sentir aussi impatient qu'elle. Il était beau, musclé, hâlé, et si fort… qu'elle en avait le souffle coupé.

— C'est ça, bredouilla-t-il. Au diable les vêtements !

— Oui, murmura-t-elle en lui faisant glisser sa chemise le long de ses bras.

Il fit de même pour elle, lui ôtant son coupe-vent, puis son chemisier. Enfin, de ses doigts agiles, il dégrafa son soutien-gorge et ses mains lui empaumèrent les seins.

— Sam…, gémit-elle.

De ses pouces, de ses doigts, Sam titilla les mamelons tendus. Sous la caresse si insistante elle se mordit la lèvre pour s'empêcher de gémir.

— C'est si bon, dit-elle d'une voix rauque.

— J'adore leur goût, murmura Sam en penchant la tête pour prendre un mamelon dans sa bouche.

De ses lèvres, de sa langue, de ses dents, il titilla ce bourgeon sensible, la rendant pantelante de plaisir.

Quand il lui suça les seins avec une langueur exquise,

elle lui prit la tête entre les mains et s'abandonna au vertige qui s'emparait d'elle.

— Sam… tu me tues…

— Non, lui chuchota-t-il à l'oreille. Je veux que tu vives et que tu cries mon nom.

— Il y a des chances que ça arrive.

Elle avala sa salive avec difficulté au moment où Sam déboutonna son jean et le fit glisser à terre, en même temps que sa culotte noire. Aussitôt elle lui livra son corps nu. La paume de Sam s'étala au creux de son intimité, du pouce il caressa le petit bourgeon dressé de désir, jusqu'à ce qu'elle gémisse et se torde sous sa main.

Tandis qu'il la menait peu à peu au sommet du plaisir, elle défit en hâte la fermeture Éclair de son pantalon, l'en débarrassa, lui ôta son boxer et prit entre ses mains son sexe frémissant et dur. Quand il grogna, elle ne put s'empêcher de sourire ; elle adorait le pouvoir qu'elle exerçait sur lui. Elle le caressa, lui frotta délicatement le gland, suspendue à sa respiration saccadée.

Elle tremblait de désir. Sentir la réponse de Sam à ses caresses, en lire l'effet dans ses yeux embués nourrissait la faim qui l'embrasait tout entière.

Lui empaumant soudain les fesses, il la souleva. Au comble de l'excitation, elle enroula ses jambes autour des hanches de son compagnon et sentit son érection effleurer le centre de son intimité.

— Nous n'atteindrons pas ma chambre, murmura-t-il.

— Impossible.

Il s'enfonça alors en elle, lui arrachant un cri étouffé.

Ces derniers mois, elle avait tant eu besoin de la façon qu'avait Sam de l'emplir. La façon dont leurs corps s'emboîtaient, comme s'ils étaient l'exact complément l'un de l'autre.

Elle prit une profonde inspiration, savourant la sensation de Sam enfoui si profond en elle. C'était magique, comme ça l'avait toujours été.

Puis il se mit à bouger en elle. Elle gémit, ne lui cachant rien de ce qu'elle ressentait, de l'effet qu'il lui faisait. La merveilleuse friction de deux corps l'un contre l'autre. Les doigts de Sam s'incrustaient dans ses fesses au point d'y laisser des empreintes. Il avait repris sa bouche et sa langue devint plus exigeante. Il réclamait tout d'elle. Et elle le lui donnait sans retenue. Leurs bouches fusionnaient, leurs langues se tourmentaient l'une l'autre en un ballet incandescent, leurs souffles courts glissaient de l'un à l'autre.

Les mains de Mia couraient le long du dos de Sam, ses ongles le griffaient, lui arrachant des grognements. Il s'enfonçait en elle en longs coups profonds. Elle se tordait contre lui.

— Plus fort, Sam, plus fort !

— Accroche-toi à moi.

Ils bougeaient l'un contre l'autre avec une sorte de désespoir. C'était tellement fort. Ça lui avait tant manqué. C'était le danger, avec Sam. Elle n'avait jamais rien ressenti de semblable avec un autre homme. Il était le seul à lui avoir procuré à la fois un plaisir physique et émotionnel infini.

Encore et encore il allait et venait en elle, la conduisant toujours plus loin, plus haut. Les talons noués autour des hanches de Sam, elle l'attirait au plus profond d'elle, exigeant davantage.

Elle voulait de toute son âme ce qui allait se produire. Elle voulait Sam. Il la conduisait au sommet, sans lui laisser une chance de penser, à peine le temps de respirer. Et elle s'en moquait. Qui songeait à respirer, en pareille occasion ?

Les doigts de Sam s'enfonçaient dans la chair de ses fesses, elle se tordait contre lui.

— Sam… Sam…

— Vas-y, mon cœur, laisse-toi aller, murmura-t-il en la regardant au fond des yeux. Regarde-moi. Laisse-moi te regarder.

Elle obéit ; elle acceptait de se mettre à nu devant lui. En cet instant, seul Sam comptait pour elle, et ce qu'ils s'offraient l'un à l'autre. Elle lut dans son regard affamé, et il ne lui en fallut pas plus pour basculer dans la volupté qui s'emparait d'elle.

S'accrochant à lui, elle cria le nom de Sam tandis que le plaisir explosait en elle. Vague après vague, des sensations inouïes la secouèrent, au-delà de ce qu'elle pensait pouvoir supporter.

Elle ne le lâchait pas. Lui, son seul point fixe dans son univers bouleversé. Des moments tels que celui-ci lui avaient tant manqué. La sensation des mains de Sam sur elle, la douce chaleur de sa bouche, l'explosion de plaisir pur qu'ils partageaient.

Tout de suite après, Sam s'abandonna à son tour au plaisir enivrant qu'elle vivait. Le serrant contre elle, elle jouit des mouvements convulsifs de son corps, du voile qui obscurcissait son regard d'une passion sans mélange.

Il cria son nom dans ses bras.

Quand ses idées s'éclaircirent, Sam regarda Mia dans les yeux et lui sourit. Leurs corps étaient toujours unis. Il baignait dans une plénitude absolue. Se retrouver dans les bras de Mia, c'était comme si après des mois d'un froid glacial, il retrouvait un feu qui réchauffait chaque parcelle de son corps et de son âme.

Très vite, le désir s'insinua de nouveau en lui. Il ne se lasserait jamais d'elle.

Il empauma ses fesses, son sexe se durcit en elle.

— C'était…

— Oui, vraiment, répondit-elle.

— Mais je n'en ai pas fini, précisa-t-il en l'embrassant une fois, deux fois.

Il voulait davantage de ce feu qui brûlait entre eux.

— Il faut que je parte, dit-elle d'une voix douce.

Une déception fulgurante le traversa, mais cela ne dura pas, car elle ajouta aussitôt :

— Mais je ne vais pas partir. Moi non plus, je n'en ai pas fini.

— Merci mon Dieu, murmura-t-il en resserrant son étreinte tout en la décollant du mur.

Elle se mit à rire, et le frémissement de son corps l'électrisa.

— Je peux marcher, Sam.

— Je sais, mais j'aime te porter.

— Difficile de protester, avoua-t-elle tandis qu'il traversait le vestibule obscur pour rejoindre la chambre.

Se tortillant contre lui, elle poussait de petits gémissements.

— Doucement, marmonna-t-il, sans ça cette fois-ci non plus nous n'arriverons pas jusqu'à mon lit.

Elle hocha la tête et sourit.

— Alors dépêche-toi !

C'était quelque chose qu'il avait toujours aimé en Mia : sa façon de ne pas dissimuler à quel point elle aimait faire l'amour. Toujours prête à tout essayer.

Sur-le-champ, son esprit s'emplit de souvenirs d'elle

dans son lit, contre un mur, par terre, sur le comptoir de la cuisine, allongée comme une déesse attendant l'adoration. Et il avait fait de son mieux. Tout cela hantait sa mémoire, l'obsédait depuis leur séparation.

Cette merveilleuse époque n'avait pas duré. Il l'avait perdue. Il avait tout perdu, parce que, aussi extraordinaire qu'était la sexualité entre eux, cela n'avait pas suffi à Mia. Mais cette période de deux semaines avec elle s'annonçait différente. Rien n'y serait permanent. Ce serait parfait.

Il avait Mia pour lui de nouveau, et il ne voulait pas perdre une seconde de sa présence.

Poussant la porte de sa chambre, il la déposa sur son lit. Leurs corps étaient toujours unis. Il détesta rompre ce lien intime, mais il le fit quand même. Le soupir de déception de Mia ne lui rendit pas la tâche plus facile.

— Ne pars pas, supplia-t-elle en se cambrant contre lui. Viens en moi, Sam. J'en ai besoin.

— Moi aussi, Mia.

À genoux au-dessus d'elle, il prit un de ses mamelons durs dans sa bouche. Il aimait son goût, depuis toujours. L'odeur de sa peau lui embruma le cerveau.

Quand elle poussa un long gémissement de plaisir, il sentit son sexe durcir jusqu'à la douleur, son sang brûler dans ses veines. Il se força à la lenteur, le temps d'apprécier tout ce qui lui avait si cruellement manqué. Elle avait la peau si douce, le corps si voluptueux et ferme à la fois, elle se donnait avec un tel abandon…

Il fit glisser sa bouche le long de son ventre.

— Sam ?

— J'ai faim de toi, dit-il en la regardant.

Puis il s'agenouilla entre ses jambes, lui écarta les cuisses et couvrit son intimité de sa bouche.

— Sam !

De sa langue, il lécha son intimité, la titilla. Les cuisses de Mia tremblaient entre ses mains, mais elle souleva ses hanches avec ferveur, s'offrant au plaisir. Il suça le bouton dur qui frémissait sous sa langue, sentit le corps de sa compagne se tendre, sa respiration s'accélérer à chaque caresse de sa bouche.

Les gémissements de Mia et son exigence de plaisir immédiat alimentaient le feu qui le parcourait. Il enfonça deux doigts dans la profondeur de son fourreau tout en continuant à titiller son bouton de sa bouche, l'amenant à la limite de l'orgasme.

Puis il s'arrêta.

— Quoi ? murmura-t-elle, le regard soudain égaré. N'arrête pas maintenant ! Que me fais-tu, Sam ?

— Je jouis de toi, Mia.

Ce disant, il l'attrapa par les hanches et la retourna sur le ventre.

Rejetant ses cheveux en arrière, elle le regarda par-dessus son épaule. Un petit sourire aux lèvres, elle passa sa langue sur ses lèvres, puis, très lentement, se mit à genoux, et Sam lui caressa les fesses.

— Tu es à moi, murmura-t-il.

Puis il la pénétra.

Elle rejeta la tête en arrière et colla son corps au sien, puis elle se mit à bouger au rythme qu'il lui imposait.

De nouveau enfoui dans la profondeur de son fourreau, il s'enivra du moment. Puis, allant et venant en elle à grands coups puissants, il les conduisit tous les deux aux frontières d'un plaisir jamais atteint auparavant.

— Sam ! Sam !

Elle tremblait, criait son nom encore et encore.

Au moment de la rejoindre, il changea encore de

position. Se dégageant d'elle, il la remit sur le dos et s'allongea sur elle. Au fond d'elle une nouvelle fois, il planta son regard dans ses yeux ombrés de passion et s'abandonna enfin à une volupté infinie qui semblait ne jamais devoir s'arrêter. Une extase qu'il n'avait connue avec nulle autre femme.

Exténuée et revigorée à la fois, Mia demeurait étendue sur le grand lit de Sam et regardait par la baie vitrée. Le verre en avait été traité, de sorte que personne ne pouvait voir à l'intérieur de leur suite. Elle se sentait un peu décadente, allongée nue contre son amant, son mari, étalée aux yeux d'un monde qui ne pouvait l'apercevoir.

Elle n'avait pas prévu ce qui venait de se passer. Sans doute était-ce ainsi que tout se terminerait toujours entre eux : dans un lit. Sam et elle avaient toujours entretenu une relation très physique. Quand tout avait commencé à se décomposer entre eux, le sexe avait conservé toute sa magie.

Tournant la tête sur son oreiller pour regarder l'homme étendu à côté d'elle, elle ne put s'empêcher de sourire. Même dans le sommeil, il était comme ramassé à l'intérieur de lui-même. Pas de jambe jetée sur les siennes, pas de bras tendu dans sa direction. Cela lui serra un peu le cœur, comme toujours. Elle aurait tant voulu savoir pourquoi il dépensait tant d'énergie à la tenir à distance. Interrogé, son frère Mike lui avait répondu que c'était à Sam de raconter sa propre histoire.

Malheureusement, Sam ne lui parlerait jamais de lui. Tant qu'elle ne saurait contre quoi se battre, comment pourrait-elle gagner ? C'était impossible. Pour cette raison, elle avait fini par accepter sa défaite et demandé le divorce.

Dehors, la tempête s'était éloignée, le clair de lune commençait à faire place aux premières lueurs de l'aube. Cette constatation la propulsa hors du lit, ce qui réveilla aussitôt Sam.

— Où vas-tu ? demanda-t-il en s'appuyant sur un coude.

Elle repoussa ses cheveux de son visage et répondit :

— Je dois retourner sur le canapé dans la suite de Maya.

— Pourquoi ? Reste plutôt ici.

Elle se mit à rire et secoua la tête.

— Pas question ! Maya n'a pas besoin de savoir ce qui s'est passé.

Il ne manquerait plus que ça ! N'était-ce pas exactement ce que Maya avait prédit ? Elle n'avait pas du tout envie d'entendre les réprimandes de sa sœur sur le sujet.

— Tu as honte ? demanda-t-il.

— Non.

Cette réponse minimaliste reflétait tout ce qu'elle ressentait. Elle n'était ni honteuse ni gênée, ou quoi que ce soit d'autre dont Sam puisse l'accuser. Comment regretter ce qui venait de se produire, alors qu'elle ne s'était pas sentie aussi bien depuis des mois ? Son corps était apaisé, libre, son esprit empli de souvenirs nouveaux qu'il faudrait entretenir tout le restant de sa vie. Parce que cet épisode érotique n'avait rien changé à leur situation.

— Parfait, dit-il. Dans ce cas, reste ici.

Elle soupira. Il était presque impossible d'argumenter avec cet homme, tant il était ancré dans son propre point de vue. Il en avait été ainsi au cours de leur mariage.

Sam faisait ce qu'il voulait, quand il le voulait. Il n'avait jamais appris à plier, à faire des concessions.

Elle avait besoin de davantage.

— Je ne peux pas, répondit-elle en sortant nue de la chambre.

Dehors, le ciel s'illuminait, bientôt les garçons se réveilleraient, et Maya juste un peu plus tard. Elle devait se dépêcher.

Bien entendu, Sam la suivit au salon, aussi nu qu'elle, une vraie tentation… qu'elle s'efforça de réprimer.

Près de la table, elle remarqua l'enveloppe contenant les documents du divorce.

— Tu as signé les papiers ? demanda-t-elle.

— Pas encore.

Elle ramassa son jean encore mouillé et sa culotte, les enfila et frissonna.

— Qu'est-ce qui t'en a empêché ? s'enquit-elle.

— Il n'y a rien d'urgent.

Elle soupira et ramassa son soutien-gorge en dentelle, qu'elle attacha.

— J'ai des projets qui débutent en janvier, expliqua-t-elle. J'ai besoin que tu signes ces documents.

— Quels projets ?

— Ça ne te regarde pas.

— Ça me regarde, si tu veux que je signe ces papiers.

— Pardon ? Tu me fais du chantage, maintenant ?

— Attends, je n'ai pas encore énoncé les termes du chantage.

Elle enfila son chemisier, regarda Sam fixement quelques instants, puis hocha la tête.

— Tu es sérieux, à ce que je vois.

— Tout ce qu'il y a de plus sérieux, assura-t-il en se rapprochant d'elle.

Elle recula. Sam nu était beaucoup trop dangereux.

— Tu veux ma signature sur ces documents, dit-il. Moi je veux passer plus de temps au lit avec toi. Et je veux aussi connaître tes grands plans secrets.

— Sam…

— Réfléchis-y. Tu t'installes dans ma suite pendant la durée de la croisière, et quand nous atteignons Long Beach, je signe les papiers, et nous sommes quittes.

Le cœur de Mia battait à tout rompre, son cerveau tournait à cent à l'heure. Elle aurait dû s'y attendre ! N'essayait-il pas de l'attirer dans sa luxueuse cabine depuis le début ? Bien entendu, un homme d'affaires comme lui était prêt à utiliser tous les stratagèmes pour parvenir à ses fins.

— Si je comprends bien, tu me fais du chantage pour que je fasse l'amour avec toi en échange de la signature de ces papiers, afin que tu obtiennes ce que tu veux, fit-elle remarquer.

— Pour obtenir ce que nous voulons *tous les deux*, Mia.

Comment pourrait-elle le contredire ? Il y a simplement quelques instants, elle avait clairement prouvé à quel point elle le désirait.

Elle réfléchit. Ils ne passeraient ensemble que quinze jours sur ce bateau. Allait-elle prétendre qu'ils ne referaient pas l'amour pendant cette période ? Tenait-elle à faire semblant qu'elle ne se glisserait pas toutes les nuits hors de la suite de sa sœur pour rejoindre Sam, avant de retrouver le canapé de Maya à l'aube ?

Sam se rapprocha. Elle aurait dû reculer, mais n'en fit rien. Il était un peu tard pour se monter prudente.

Quand il glissa ses mains sous son chemisier, elle

soupira. Inutile de nier les faits : elle voulait Sam plus que jamais. Et pour toujours.

Si elle ne parvenait à obtenir de lui que ces deux semaines, elle deviendrait, à ses propres yeux, la première victime consentante d'un chantage.

— Qu'en dis-tu, Mia ?

Il pencha la tête vers elle et fit remonter ses lèvres le long de son cou gracile, jusqu'à sa bouche, la faisant frissonner de plaisir. Elle fut incapable de dire autre chose que ce qu'il attendait.

— D'accord, répondit-elle.

Quand il plongea son regard dans le sien, elle essaya d'y lire le fond de sa pensée… mais en vain ; il était maître dans l'art de la négociation, de la dissimulation. Rien ne transparut de sa satisfaction.

— Tu déménages ici ce soir, donc, dit-il.

Ce n'était pas une question.

— D'accord.

Regardant autour d'elle, elle aperçut ses chaussures. Elle les enfila et contempla Sam. Sa sœur avait raison : il était sa kryptonite. Même en cet instant précis, elle ne souhaitait qu'une chose : se jeter dans ses bras et refaire l'amour avec lui.

— Et tu signeras les papiers, ajouta-t-elle.

Ce n'était pas une question non plus.

Les yeux de Sam lancèrent des éclairs mais il hocha la tête.

— Entendu.

— Très bien. À tout à l'heure.

Tant qu'elle en avait encore la volonté, elle ouvrit la porte, se glissa à l'extérieur et se hâta vers la suite de Maya.

L'après-midi suivant, ce fut comme si la tempête n'avait pas existé.

Les passagers s'amusaient autour de la piscine, des spas et des boutiques sur le Sun Deck. À une extrémité du pont, des passagers se massaient autour des petits bars qui offraient des sushis, des sandwichs et des gaufres. Sam eut le sentiment que chacun à bord du bateau célébrait la fin de la tempête et le retour d'une navigation tranquille.

Il se promena parmi la foule, convaincu depuis toujours que pour connaître le degré de satisfaction des passagers, il fallait se mêler à eux, les observer dans leur interaction avec les équipes du bateau, prendre des notes sur ce qu'il convenait d'améliorer.

Il régnait une atmosphère de fête. Même lui ne put s'empêcher de sourire au petit groupe d'enfants qui s'amusaient autour d'un des sapins de Noël. Quand il s'en rendit compte, son sourire s'évanouit. S'attendrir devant des gosses, vraiment ? Qu'est-ce qu'il lui prenait ?

Secouant la tête, il poursuivit son chemin, observant sans en avoir l'air les serveurs, les stewards, les chefs s'activant dans les échoppes. Aucun détail ne lui échappait. Il remarqua que les échoppes étaient un peu trop proches les unes des autres pour la bonne circulation des clients.

Les serveurs traversaient la foule, apportant repas et boissons. Le thème de Noël semblait très bien marcher. La liste des passagers se composait essentiellement de familles. Sans doute était-il temps de songer à organiser davantage de croisières familiales.

En excluant les enfants de la plupart de leurs voyages, ils se privaient de centaines de milliers de clients potentiels. Son frère Mike le lui avait fait cent fois remarquer, sans le convaincre. Leur père avait commencé par des croisières pour adultes seulement, et Sam n'avait jamais vu l'intérêt de changer quelque chose qui marchait très bien.

Mais maintenant, il le reconnaissait, les croisières familiales pouvaient représenter un grand avantage pour la Buchanan Line. Il en parlerait à Mike.

— Sam !

Il s'arrêta, regarda autour de lui et aperçut Joe Rossi, assis à une table avec Henry. Joe le salua de la main.

— Viens t'asseoir une minute avec nous !

Sam hésita, cherchant une excuse. Mais il n'en trouva aucune. Que lui coûterait une conversation de quelques minutes ? Il se fraya donc un chemin parmi les tables occupées et s'arrêta devant Joe et Henry. Chacun des hommes avait une bière en face de lui, et au milieu de la table trônait un grand plat d'amuse-gueules.

— Vous avez bien supporté la tempête ? s'enquit-il.

— Ça secouait pas mal, à un moment, mais maintenant c'est bien dégagé, répondit Joe. Assieds-toi, Sam.

Sam regarda Henry qui acquiesça d'un signe de tête. Il prit place en face d'eux et héla un serveur pour commander une bière. Un peu d'alcool l'aiderait.

— Mia m'a dit que les enfants et Maya avaient été malades, la nuit dernière, dit-il.

— C'est exact, mais ça va beaucoup mieux. Ma super belle-mère a pris les enfants en charge, et Maya et Mia se détendent au spa.

Cela expliquait pourquoi Sam n'avait aperçu Mia nulle part pendant son tour sur les ponts.

— Quand as-tu vu Mia hier soir ? s'enquit Joe.

Sam lança un regard furtif dans la direction de Henry. Que savait-il de ce qui s'était passé la veille ?

— Pendant la tempête, hier soir tard, répondit-il.

Bien entendu, ce n'était qu'une partie de la vérité, mais les deux hommes n'avaient pas besoin d'en savoir davantage.

Joe fit la grimace.

— C'est sûrement notre faute, fit-il remarquer. Entre les gamins et Maya malades…

Henry but une gorgée de bière sans quitter Sam du regard avant de préciser :

— Mia a toujours adoré les orages. Et en Californie, elle n'a pas beaucoup l'occasion d'en vivre.

— Elle adore le vent et la pluie, c'est vrai, renchérit Sam.

Il se souvenait d'elle sur la terrasse de son appartement, assistant avec enthousiasme aux rares orages qui se présentaient.

— Je voulais te parler, Sam, dit soudain Henry. Sans les femmes.

Le serveur apporta sa bière à Sam et disparut. Sam porta la chope à ses lèvres et but une gorgée en attendant la suite.

— J'écoute, dit-il d'une voix tendue.

Il n'avait aucune envie d'entendre encore les reproches de son ex-beau-père sur sa rupture avec Mia, ni de remarques sur le fait qu'il n'avait pas encore signé ces satanés documents de divorce, mais par respect pour le père de Mia, il écouterait sans broncher.

Il espérait juste que Henry ne savait pas ce qui s'était passé la veille.

— Tu as fait une grave erreur, Sam.

— Je ne le pense pas, Henry.

Henry laissa échapper un petit rire en secouant la tête.

— C’est parce que tu ne vois pas assez loin dans le temps.

— Henry…

Sam s’interrompit, but une gorgée de bière, prenant le temps de réfléchir à sa réponse. Mais Henry le devança.

— Écoute ce que j’ai à te dire, Sam, c’est tout ce que je te demande. Je veux que tu saches que Emma t’en veut toujours beaucoup.

— Cela ne m’a pas échappé, hier.

Sa belle-mère avait parlé de lui comme s’il n’existait pas.

— Elle protège nos filles, répondit Henry, comme si c’était une excuse. Quand l’une d’elles souffre, alors gare à celui qui est cause de sa douleur.

— J’en sais quelque chose ! intervint Joe. Maya et moi sommes mariés depuis huit ans et Emma ne m’a toujours pas pardonné d’avoir posé un lapin à sa fille lors d’une de nos premières rencontres !

— Tu plaisantes ?

— J’aimerais bien !

— En fait, je te comprends, Sam, reprit Henry.

Sam ne s’attendait pas à la tournure que prenait soudain la conversation.

— Vraiment ? demanda-t-il, étonné.

— Tu n’es pas le premier homme à avoir une peur bleue du mariage.

Sam prit cela comme une insulte. S’il avait eu peur du mariage, il n’aurait pas épousé Mia. Il avait plutôt eu peur de contaminer Mia avec ses propres problèmes. Il l’avait assez désirée, aimée, pour tenter le mariage, malgré ses doutes. Une part de lui-même avait espéré qu’elle le guérirait de ses traumatismes. Mais il n’avait pas été capable de la laisser s'approcher suffisamment pour y parvenir.

— Je ne suis pas du genre à avoir peur, Henry, répliqua-t-il. Et je n'ai jamais eu peur de Mia.

— J'ai seulement dit que tu avais eu peur *du mariage*.

— Et vous vous trompez. Je ne suis tout simplement pas fait pour le mariage.

— Tu ne t'es pas donné beaucoup de temps pour y parvenir, rétorqua sèchement Henry.

— Bien assez de temps.

Reposant sa chope sur la table, Sam regarda Henry bien en face. Il n'avait jamais aimé s'expliquer et n'avait aucune intention de le faire maintenant, mais peut-être devait-il faire une exception pour son ex-beau-père.

— J'ai pensé qu'il valait mieux que je parte quand je l'ai fait, plutôt qu'attendre plus longtemps, dit-il.

— Je vois, marmonna Henry d'un ton moqueur.

— Oui, Mia a été blessée, mais si j'étais resté, cela n'aurait fait qu'empirer.

Joe laissa échapper un long sifflement. Sam le regarda, interloqué. Que voulait-il dire ?

— Alors, c'est toi, le héros de l'histoire, si je comprends bien ? s'enquit Joe.

— Je n'ai pas dit ça !

— Laisse-moi te dire ma pensée, Sam, poursuivit Joe. Tu as trahi ce que tu aurais pu vivre avec Mia. Je ne pense pas que tu sois conscient de ce que tu as fait.

— Peut-être pas, répondit-il, mais c'était ma décision. La mienne et celle de Mia.

— La tienne seulement. Si elle avait eu son mot à dire, Mia n'aurait pas divorcé.

— C'est pourtant elle qui a demandé le divorce.

— Exact, mais elle ne s'attendait pas à ce que tu acceptes aussi facilement.

— Vous devriez lui demander ce qu'elle en pense aujourd'hui, marmonna Sam en buvant une gorgée de bière.

Un silence s'installa entre eux, et Sam allait se lever pour partir quand Henry reprit :

— Ce que j'essaie de te dire, c'est que tu devrais profiter de cette croisière pour réfléchir à ce que tu as abandonné. Et te poser la question « Ai-je bien fait ? ».

Sam se posait cette question depuis des mois ! Et n'avait toujours pas la réponse.

— Encore une chose, dit Henry. Si à la fin de cette croisière, tu n'arrives toujours pas à voir quel trésor est ma fille, alors signe ces documents et laisse-la partir pour toujours.

- 7 -

Tandis que Joe et Henry buvaient une bière, les enfants participaient à une chasse au trésor de Noël. Sous la supervision de membres de l'équipage, ils parcouraient tout le bateau à la recherche d'objets notés dans leur liste.

La chasse terminée, Emma emmena ses petits-enfants dans une salle dédiée à la confection des cadeaux de Noël. Ce qui laissa à Mia et Maya du temps libre pour passer la journée au spa. Après les soins du visage et une séance de manucure et pédicure, les deux sœurs s'allongèrent sur de luxueuses chaises longues, le temps que leurs ongles sèchent.

Pour la dixième fois de la journée, Maya répéta :

— Tu n'es pas obligée de dormir sur le canapé. Maintenant que les garçons vont mieux, récupère ta chambre.

Ce matin, Mia avait réintégré le canapé avant que la petite famille se réveille, et elle s'en réjouissait.

— Il vaut mieux que Joe et toi ayez votre propre chambre, répondit-elle. Les garçons discutent et rient une bonne partie de la nuit.

— C'est certain, mais tu mérites mieux qu'un canapé.

— Je suis d'accord, et… c'est pourquoi je me suis trouvé une chambre, dans laquelle j'emménage dès aujourd'hui.

Bien entendu, sa sœur n'allait pas se contenter de

l'histoire qu'elle lui servait sans poser de questions. Elle avait redouté cette conversation tout le matin. Cependant, qu'elle le veuille ou non, le moment était venu. De toute façon, quoi que dise sa sœur, elle irait s'installer dans la suite de Sam parce qu'elle avait envie d'être avec lui. Cette parenthèse ne durerait pas éternellement. Juste le temps de cette croisière. Son besoin de lui était tel qu'elle acceptait à l'avance le chagrin inévitable qui s'ensuivrait.

Maya se redressa et la regarda.

— Comment as-tu pu trouver une chambre ? s'enquit-elle. Le bateau est plein. Tu as jeté quelqu'un par-dessus bord ?

— Non.

— Qu'est-ce qui se passe ? Tu as l'air très calme, comme quand tu étais petite et que tu projetais de faire quelque chose sans moi.

Mia se força à rire.

— Tu es paranoïaque ! s'exclama-t-elle.

— Non, simplement enceinte jusqu'au cou et à bout de patience. Alors, allons droit au but et dis-moi ce qui se passe.

Mia se redressa à son tour et regarda sa jumelle bien en face.

— Hier soir, j'ai rencontré Sam, dit-elle.

— Quand ?

— Après l'épisode qui a suivi l'excès de chocolat des garçons.

— Ah. Je ne peux pas t'en vouloir d'être sortie. Et où as-tu vu Sam ?

— Dehors, sur le Sun Deck. Et…

— Et ?

Maya la fixa en plissant les yeux.

Pourquoi se sentait-elle coupable ? se demanda Mia.

Avant de divorcer pour de bon, Sam et elle étaient encore mariés, non ? Alors qu'y avait-il de mal à faire l'amour avec son mari ? Et pourquoi s'inquiétait-elle de le dire à sa jumelle ?

— Et nous sommes allés dans sa suite, conclut-elle.

— Je n'y crois pas ! Vous avez fait l'amour, je parie ? s'exclama Maya en essayant en vain de se redresser.

Elle tendit une main à Mia qui l'aida à trouver une bonne position assise.

— J'oublie ce que c'est que s'asseoir comme on veut, où on veut, grommela-t-elle.

Puis d'une voix plus forte, elle enchaîna :

— J'avais repéré ton air de « je viens juste de faire l'amour », mais je pensais me tromper, ne jugeant pas ma sœur assez idiote pour se jeter tête baissée dans le lit de Sam.

— Je ne suis pas idiote !

— En chaleur, alors ?

Exaspérée, Mia s'écria :

— Maya ! Il est encore mon mari, je te rappelle.

— Ce n'est qu'un détail technique.

— Un détail qui a son importance, affirma Mia en arpentant la petite salle privée.

Les box du spa étaient très luxueux, reposants, avec leurs murs couleur crème ornés de peintures pastorales, et leur épaisse moquette bleue. Tout était conçu pour le repos, la relaxation. Mais il en fallait davantage pour calmer Maya.

— Mia, tu es censée oublier cet homme. Nous t'avons accompagnée sur cette croisière pour qu'il signe les papiers du divorce, et te laisse commencer ta nouvelle vie. Et toi, tu compromets tout en dormant avec lui ?

— Nous n'avons pas dormi, répliqua Mia sans pouvoir réprimer un demi-sourire.

— Inutile de te vanter. Il a signé les papiers ?

— Pas encore, mais il va le faire.

— Comment peux-tu le savoir ?

— Parce qu'il me l'a dit. Il signera quand nous arriverons à Long Beach.

Maya l'observa avec attention.

— Pourquoi en es-tu si sûre, tout d'un coup ? demanda-t-elle.

— J'en suis sûre, Maya, contente-toi de cette réponse.

Elle n'avait aucune envie d'avouer le chantage que Sam lui avait fait. Certes, cet accord arraché lui donnait une excuse pour faire ce qu'elle avait toujours eu envie de faire, mais s'avouer victime consentante était une humiliation difficile à admettre devant les siens.

— Je ne peux pas, répondit Maya.

— Envisage les choses de cette façon : si je suis proche de Sam, je peux m'assurer qu'il signera les papiers.

— Tu veux me faire croire qu'en partageant une cabine avec lui, tu vas parler *affaires* ?

— Il sera un peu prisonnier, non ?

Mia voulait mettre sa jumelle de son côté, mais en fait, elle avait déjà pris sa décision. Coucher sur le canapé ne lui convenait pas. Partager une suite avec sa sœur et sa famille se révélait plus difficile que prévu. Le seul problème de la salle de bains la confortait dans sa décision.

Elle se mit presque à rire en songeant à ces explications ridicules. La vérité toute simple, c'était son désir d'être avec Sam. Ils passeraient cette croisière ensemble, et ensuite ce serait la fin.

Elle voulait profiter de cette période avec lui.

Cependant… quand ils étaient mariés, Sam était rarement là. Il passait peu de temps avec elle, sauf la nuit dans leur chambre. Sans doute en serait-il de même maintenant. Mais le bateau était petit, et il aurait du mal à l'éviter, surtout si elle partageait sa cabine.

— Mon Dieu ! s'exclama Maya en secouant la tête. C'est bien ce que je craignais.

— Quoi ?

— Tu le *veux* toujours.

— Je n'ai pas dit ça !

— Ça se comprend tout seul.

— Tu te trompes, mentit Mia avec conviction. Ce que je veux, c'est l'avenir que j'ai envisagé. Et pour l'obtenir, je dois traiter avec Sam.

Et c'est tout ce qu'elle allait faire. Elle avait déjà posé des jalons pour aller de l'avant. Cela commencerait en janvier, et elle ne laisserait personne se mettre en travers de ses plans.

— Écoute, reprit-elle, si je vais dans la suite de Sam, cela arrange tout le monde. Joe et toi aurez votre chambre bien à vous, et moi je ne coucherai plus sur le canapé. Pourquoi ne pas m'installer avec lui ? Il a une cabine, et nous sommes encore mariés.

— Et il fait tout ça pour t'être agréable ?

— Tu es vraiment très soupçonneuse.

— Ce n'est pas faux. Ce qui me déplaît, c'est que tu reviennes à la situation difficile dont tu as eu tant de mal à t'extraire. Je ne veux plus te voir pleurer à cause de lui, Mia.

Elle non plus ne le voulait plus. Mais existait-il un moyen de l'éviter ? Elle allait payer plus tard pour ce qu'elle voulait aujourd'hui ? Eh bien, elle paierait ! Sam lui avait trop manqué pour qu'elle renonce à cette chance d'être avec lui, même pour une période courte. Il en valait la peine. Il représentait tout pour elle.

— Ta sollicitude me va droit au cœur, ma sœur. Vraiment. Mais c'est à moi de décider.

Maya hocha la tête sombrement.

— Et tes projets pour janvier ? s'enquit-elle. Ils sont toujours dans l'air du temps ?

— Oui, répondit Mia. Rien de changé. Je veux toujours avoir des enfants. Je garde mon rendez-vous avec la banque de sperme. Mais il faut que Sam signe les papiers du divorce, pour qu'il n'y ait pas confusion légale quand je serai enceinte.

Elle ne voulait pas risquer d'être encore mariée au moment où elle tomberait enceinte avec le sperme d'un donneur. Cela créerait une multitude de difficultés. Non, elle resterait avec Sam jusqu'à ce qu'il signe les documents, ensuite, rien ne s'opposerait à ce qu'elle fonde la famille dont elle avait toujours rêvé. Si elle devait le faire seule, elle était prête. Sa famille la soutiendrait, et même si son bébé n'avait pas de père, elle ferait tout pour qu'il se sente aimé et désiré.

— D'accord, dit Maya. Je n'en parlerai plus…

— Merci.

— Mais…

— Je le savais, marmonna Mia.

— Si Sam te fait pleurer de nouveau, je ne promets rien.

Elle s'arrangerait pour ne pas pleurer devant sa sœur !

— C'est si raisonnable de ta part, Maya, dit-elle d'un ton moqueur. Je me demande si c'est bien toi qui parles.

Maya se mit à rire, puis elle termina son verre d'orangeade et se leva en déclarant :

— Allons préparer tes affaires pour ton voyage hormonal.

— Maya…

Après sa conversation avec Joe et le père de Mia, Sam en eut par-dessus la tête des rapports humains. Il retourna dans sa suite et consacra son attention à son prochain bateau.

Tout en buvant un café, il contempla les détails complexes des plans du prochain Clipper de la compagnie Buchanan.

Mais il eut un mal fou à se concentrer.

À l'époque où Mia et lui vivaient ensemble, il n'avait aucun mal à se livrer corps et âme à son entreprise. Il n'avait eu qu'à se dire que leur mariage était condamné ; cela avait suffi à lui faire consacrer tout son temps aux affaires. Mia désirait fonder une famille, et lui ne pouvait se résoudre à faire tomber les murs qu'il avait dressés autour de lui. Il n'arrivait pas à faire exception pour elle ; ces murs étaient trop solides, trop implacables. Mais à l'époque, il n'avait pas peur.

Peur ? Il ricana et but une gorgée de café froid.

Reposant la tasse sur la table, il repoussa les plans détaillés qu'il avait tenté d'étudier et sortit sur sa terrasse privée.

Le vent l'accueillit comme un vieil ami perdu de vue depuis longtemps. Il contempla un instant l'océan, entendait le brouhaha lointain des gens qui prenaient du bon temps et se sentit soudain étranger à tout cela.

Il n'était en phase avec personne. Ni avec les passagers, ni avec la famille de Mia. Ni avec Mia elle-même. Et pourtant il ne pensait qu'à elle, même si le reconnaître lui coûtait. Mais comment faire pour occulter une vérité si criante ?

Les yeux de Mia, son sourire éclatant, son rire le hantaient jour et nuit. Sa façon de bouger, de siroter un bon verre de vin avant de se lécher langoureusement la lèvre inférieure. Les petits bruits qu'elle laissait échapper quand ils faisaient l'amour. Ses cheveux qui tombaient en vagues sur ses épaules.

Ces derniers mois sans elle n'avaient pas été faciles, mais au moins son absence lui avait-elle permis de croire qu'il s'était trompé : il avait embelli son bref mariage avec Mia ; les choses n'avaient pas été aussi roses qu'il voulait se le faire croire.

Hélas, la retrouver le contraignait à reconnaître l'évidence : non, il n'avait pas repeint le passé en rose. Tout ce dont il se souvenait était bien réel. Chaque souvenir, chaque rêve. Et maintenant elle s'installait avec lui dans sa cabine. Pourquoi, au juste ? Pour le torturer un peu plus ? Et lui, pour quelles raisons acceptait-il ce retour en arrière ?

Le sexe.

Pourtant, vivre ces quinze jours près de Mia ne changerait rien. Il ne serait toujours pas fait pour le mariage. Or Mia méritait d'avoir un mari attentionné et des enfants. Il était déjà un mauvais mari, mais il ferait un père encore pire. Il n'était pas dans sa nature d'échouer, aussi refusait-il de commettre les mêmes erreurs une seconde fois. Il n'aurait jamais dû épouser Mia alors qu'il savait qu'il courait à l'échec. Il savait maintenant avec certitude qu'il ne pouvait combler les vœux de la jeune femme. Dans ces conditions, pourquoi vivre cette croisière avec elle, pour ensuite de nouveau couper les liens et partir ?

Un coup frappé à la porte le tira de la dérive de ses pensées. Traversant la salle de séjour il ouvrit la porte et se trouva en face de Mia. Elle portait une chemise jaune pâle à manches courtes, un pantalon crème, et des sandales à talons hauts qui découvraient ses orteils peints en violet.

Ses longs cheveux tombaient en cascades sur ses épaules et encadraient son beau visage. Elle posait sur lui ses yeux verts, et il nota de petites taches de rousseur sur son nez et ses pommettes.

Elle juchée sur ses talons, ils étaient presque de la même taille. Il avait toujours aimé qu'elle soit grande, cela facilitait les baisers.

— Tu vas te contenter de me regarder ou m'aider à rentrer mes affaires ? demanda-t-elle

— Les deux, répondit-il en se penchant pour prendre sa valise.

Il lui fit signe d'entrer et referma la porte derrière eux.

— J'ai pensé que je mettrais mes affaires dans la seconde chambre, dit-elle.

— Pourquoi ?

— Parce que nous n'allons pas jouer au couple installé, Sam. C'est la sexualité qui nous pousse l'un vers l'autre, pas une vraie intimité.

— Je trouve qu'hier soir, nous étions très intimes.

Et il avait hâte de retrouver cette intimité.

— Nos corps, oui, répondit-elle en posant son sac à main sur la table. Mais c'est tout.

— Cela ne te suffit pas ?

Bien entendu, il connaissait la réponse. Non, cela ne lui suffisait pas. La sexualité qu'ils avaient partagée au cours de leur mariage était plus que gratifiante, mais cela n'avait pas suffi. Elle avait quand même voulu partir.

— Cela ne peut suffire à personne, répliqua-t-elle.

— Très bien. Installe-toi où tu veux.

Il n'allait quand même pas la supplier de venir s'installer dans sa chambre !

— Mais quel que soit l'endroit où tu dors, cela ne remet pas en cause notre accord, ajouta-t-il.

— Je ne trahirai pas mon engagement. Et toi ?

— Moi non plus.

— Bien ! Dans ce cas, tout est clair.

Il la suivit quand elle entra dans la seconde chambre, et déposa sa valise sur le lit.

— Ça te convient ? demanda-t-il.

Elle se tourna vers lui, et ses cheveux voletèrent autour de son visage.

— C'est parfait.

— Qu'as-tu dit à ta sœur ?

— La vérité.

— Je suppose qu'elle n'a pas été heureuse de l'entendre.

Mia esquissa un bref sourire.

— Crois-le ou pas, Sam, elle t'aimait beaucoup, au début.

— Elle le cachait bien !

Pourquoi se montraient-ils si polis, tout d'un coup ? Qu'était devenue la femme libre et ouverte de la veille ? Regrettait-elle leur accord ? Dans ce cas, pourquoi venir le retrouver ?

— Pourquoi es-tu ici, Mia ?

— Tu connais la réponse. J'ai besoin que tu signes les papiers du divorce.

— Et…

Elle prit une profonde inspiration, et expira lentement avant de répondre :

— Et je te veux. Je n'ai jamais cessé de te vouloir.

— Je ressens la même chose, avoua-t-il. Mais il faut que tu comprennes bien que quand nous arriverons à Long Beach, tout sera de nouveau fini, entre nous.

Elle laissa échapper un petit rire bref et secoua la tête.

— Tu crois que je me fais des idées, Sam ? Détrompe-toi, j'ai appris la leçon. Tu es un excellent professeur.

Les sentiments qu'il lut dans les yeux de Mia lui déchirèrent le cœur. Peine. Colère. Déception. Avant qu'elle ne dissimule le tout sous un petit sourire et un regard froid.

Il passa ses doigts dans ses cheveux, se frotta la nuque tout en cherchant les mots appropriés.

— Je ne voulais pas te blesser, Mia.

— Ah bon ? Qu'est-ce que ça aurait été si tu avais voulu me faire mal, rétorqua-t-elle avec ironie.

Ces mots le blessèrent plus qu'il ne l'aurait souhaité.

— Mia, je savais avant que nous nous mariions que cela ne marcherait pas entre nous.

Le regard qu'elle lui jeta fut une véritable torture.

— Oh Sam, murmura-t-elle. C'est pitoyable. Si tu étais si sûr de l'échec de notre mariage, pourquoi avoir essayé, alors ? Pour te prouver que tu avais raison ?

Ouvrant sa valise, elle commença à ranger ses affaires dans la penderie.

Appuyé contre le chambranle de la porte, il réfléchit à ces paroles. Jamais auparavant il n'avait envisagé les choses sous cet angle, et cela ne l'intéressait toujours pas. De plus, la cause de l'échec de leur mariage importait-elle ? Le fait est que leur mariage avait échoué. Une seule chose l'intéressait : maintenant.

— Et d'ailleurs, reprit-elle, pourquoi m'as-tu épousée ?

— Tu veux vraiment une réponse ?

— Mieux vaut tard que jamais. Tu dis que tu savais

que nous échouerions, et tu l'as fait quand même. Pour quelle raison ?

— Parce que je te désirais.

— Ce n'est pas une réponse satisfaisante.

Il se passa une main nerveuse dans les cheveux.

— Je voulais… trouver ma place.

— Oh ! Sam, avec moi, tu étais vraiment à ta place. Et tu m'as laissée partir.

En effet, mais elle ne savait pas à quel point cela lui avait coûté. La perdre avait été comme s'arracher son propre cœur de la poitrine. Pourtant, s'il l'avait laissée partir, c'est parce que cela valait mieux pour eux deux.

— Ton projet, c'est de me faire passer du mauvais temps ? demanda-t-il.

— Je ne crois pas être en charge du mauvais temps.

— Très drôle ! Réponds à ma question.

— Détends-toi, Sam. Je ne vais pas te torturer. Tu te tortures suffisamment toi-même.

Elle transporta ses affaires de toilette dans la salle de bains.

— Un peu petite, fit-elle remarquer.

— Tu pourras te servir de la mienne.

— Merci, je le ferai éventuellement. De toute façon, tu m'écoutais à peine lorsque nous étions mariés, pourquoi m'écouterais-tu maintenant ?

— Mais si, je t'écoutais !

Elle leva les yeux au ciel.

Bon sang ! Ce séjour de Mia dans sa cabine, ce n'était peut-être pas une très bonne idée, après tout.

Désireux de changer le cours de la conversation, il reprit :

— J'ai pensé que nous pourrions dîner sur ma

terrasse ce soir. Je demanderai au chef de nous servir ses spécialités.

— Oh !

— Il y a un problème ?

— J'ai déjà commandé un repas, il devrait arriver dans quelques minutes.

Il sourit, soudain soulagé. Un dîner intime tous les deux, et puis le lit. Cela lui convenait en tout point.

— Formidable ! dit-il. Je suis content que tu te sentes à l'aise ici.

On frappa à la porte.

— Le dîner ! annonça Mia.

Il n'était que 17 heures, mais qu'importe, se dit Sam. Si elle souhaitait dîner tôt, il se débrouillerait pour avoir faim. Plus tôt ils mangeraient, plus vite ils se retrouveraient au lit.

Il la suivit jusqu'à la porte et découvrit deux membres de l'équipage portant des plateaux. Des plateaux très chargés.

— Merci, Brian, dit Mia. Pouvez-vous les déposer les plateaux sur la table de la salle à manger ?

— Bien sûr, madame Buchanan.

Sam se précipita pour enlever les plans du bateau toujours étalés sur la table.

— Avez-vous besoin d'autre chose ? demanda le premier steward.

— Est-ce que Steve arrive ?

— Oui madame. Et Devon apporte le reste de votre commande.

— Parfait ! dit Mia en lui décochant un grand sourire qui le fit rougir.

— Quel reste ? s'enquit Sam.

Brian s'éclipsa avant de répondre.

— Tu verras bien, répondit Mia.

Sam regarda les deux plateaux d'un air intrigué.

— Qu'as-tu commandé pour dîner ? demanda-t-il.

— C'est aussi une surprise, répondit Mia en souriant, avant de se tourner vers la porte.

Une jeune femme en uniforme d'équipage s'approchait, tenant deux enfants par la main. Bon sang ! Les gamins de Maya…

— Salut tante Mia ! s'écria Charlie en s'élançant vers elle.

Mia se pencha pour le serrer contre elle, puis accueillit Chris de la même manière.

— Bonjour mes chéris ! Vous êtes prêts pour votre fête ?

— Où est le sapin ? demanda Chris en regardant autour de lui.

— Il arrive, mon chéri. Mais d'abord, si nous mangions ? J'ai commandé des hot-dogs.

— Ouais ! s'exclama Charlie en se précipitant vers la table, abandonnant derrière lui son pull et quelques flocons de neige. Salut, oncle Sam !

— Des hot-dogs ? demanda Sam en regardant Mia.

— J'ai pensé qu'il serait généreux de notre part d'offrir une soirée libre à Maya, Joe et mes parents. Nous passons un peu de temps avec les enfants, et pendant ce temps-là, les adultes peuvent aller dîner tranquilles, expliqua-t-elle en lui adressa un sourire charmeur.

— Oh non…, marmonna Sam.

Un coup d'œil à Charlie le mobilisa soudain. Debout sur une chaise, le gamin tentait de soulever le couvercle posé sur les plateaux. Il se précipita, souleva le lourd couvercle et ordonna à Charlie de s'asseoir.

— Je veux du ketchup, dit Chris en bataillant pour s'installer à table.

— Le mien est à la moutarde, tante Mia, n'oublie pas.

— Oui, mon chéri.

Elle disposa des assiettes pour les deux enfants et prépara un hot-dog pour chacun.

— Voilà un peu de fromage pour aller avec, dit-elle. N'utilise pas tes doigts, Charlie. Chris, tu en veux un peu plus ? Et nous avons des jus de fruits quelque part, ajouta-t-elle en soulevant un autre couvercle, qui révéla jus de fruits et verres, ainsi que des glaçons et des cookies au chocolat.

Chris attrapa un pack de jus de fruits et remplit son verre à ras bord. Un filet de ce qui semblait être un jus de cerise se répandit sur la table et coula par terre sur le tapis fait main.

Avec un grognement étouffé, Sam épongea le désastre avec des serviettes en papier. Il n'était décidément pas formaté pour de très jeunes enfants.

— Je veux plus de jus, demanda Chris en pleurnichant.

— Mais oui, mon chéri, dit Mia en le resservant.

Sam observait la scène avec horreur. Son espace personnel avait été envahi par une horde de barbares et il ne pouvait que subir.

— On peut regarder un film de Noël parce que nous allons décorer un sapin, et où est ton sapin, oncle Sam ? demanda Charlie.

Les oreilles de Sam tintaient, il fixait Mia comme s'il ne l'avait jamais vue auparavant.

— Un arbre de Noël ? répéta-t-il.

Elle lui sourit de nouveau et expliqua :

— Puisque je vais séjourner chez toi, il faut que nous fêtions l'esprit du moment.

— Mia…

Il ne fêtait jamais Noël, elle le savait parfaitement. Que manigançait-elle ? Voulait-elle à tout prix l'entraîner dans des festivités qu'il abhorrait ? Utilisait-elle ses neveux pour lui donner mauvaise conscience et l'inciter à s'incliner ?

— Steve va nous apporter un des sapins qui n'ont pas été utilisés sur le bateau, dit-elle. Vous aviez commandé beaucoup trop d'arbres, Steve m'a dit qu'ils étaient stockés dans la soute.

— Un film ! cria Chris en mordant dans son hot-dog.

— Mange de petits morceaux, Chris, lui conseilla Mia, et mâche bien avant d'avaler.

Sam considérait le petit garçon comme s'il était une bombe sur le point d'exploser. Il ne manquerait plus qu'un gamin s'étouffe en mangeant un hot-dog !

Mia s'empara d'une télécommande et alluma le grand écran de la télévision. Elle chercha la chaîne pour enfants, et ils se mirent à rire au moment même où ils reconnurent leur classique de Noël favori.

Après avoir disposé quelques coussins en soie pour le confort des enfants, elle se retourna vers Sam et poursuivit :

— Steve apporte le sapin, et Devon m'a dit qu'il trouverait des décorations.

— Je sais très bien décorer, annonça Charlie. Est-ce qu'on peut aller prendre de la neige dans la salle de neige, pour mettre sur l'arbre ?

— Non, répondit Sam aussi sec.

Puis se tournant vers Mia, il demanda :

— Tu as mis mes employés dans cette combine ?

— Ils ont été très coopératifs. Tout le monde avait très envie d'aider la femme du patron.

— C'est un coup monté…

— Tu as tout compris, répondit-elle avec un sourire enjôleur en lui caressant le bras.

Elle tartina un hot-dog de moutarde et le lui tendit.

— Maintenant, tu n'as plus qu'à profiter de la fête, conclut-elle.

Profiter d'un sapin de Noël ? De décorations ? De gosses qui hurlent et bougent dans tous les sens ? Très peu pour lui !

— Je ne…

— Tu n'aimes pas Noël, je le sais. Mais il ne s'agit que d'un arbre, Sam. Tu ne veux pas de hot-dog ?

Comme il refusait, elle poursuivit sans se départir de son sourire :

— Tu veux nous décevoir, les enfants et moi ? Ou bien acceptes-tu de te déguiser en lutin de Noël ?

— Notre lutin a nagé dans les toilettes aujourd'hui ! intervint Charlie, la bouche pleine. Chris a dit que Buddy voulait nager, donc il l'a mis dans la cuvette des toilettes, parce que c'est comme une petite piscine pour lutins.

— Maman l'a séché avec son sèche-cheveux, mais il est encore mouillé. On va le faire bronzer au soleil demain.

— Bronzer, répéta Sam qui se demanda, un instant, s'il n'était pas passé dans une autre dimension.

— Oui ! Maman m'a expliqué que les lutins ne savent pas nager, reprit Chris, et que je n'aurais pas dû le mettre dans la piscine des toilettes.

Sam respira profondément plusieurs fois.

Des lutins dans les toilettes, des arbres de Noël, des hot-dogs…

Il regarda Mia et perdit la partie. Dans ses beaux yeux verts, il lut une envie de rire à peine réprimée. Tout cela l'amusait beaucoup, apparemment. Les cris, les gosses qui donnaient des coups de pied dans les chaises, le film à un niveau sonore insupportable.

Qu'est-ce qu'un homme pouvait faire en face d'une femme pareille ?

Un coup frappé à la porte provoqua l'excitation des deux garçons.

— Le sapin ! crièrent-ils ensemble.

Mia regarda Sam, attendant visiblement sa réaction.

Il pouvait partir. Prétexter un rendez-vous urgent avec le capitaine. S'enfermer dans sa chambre pour passer des coups de fil. Mais il n'en fit rien. Il avait fait du chantage à Mia pour qu'elle s'installe chez lui. De son côté, elle semblait vouloir lui imposer des choses qu'il n'aurait jamais faites en temps ordinaire. N'était-ce pas de bonne guerre ?

Alors il alla ouvrir la porte et réceptionna le sapin.

- 8 -

Trois heures plus tard, les deux garçons étaient épuisés, l'arbre de Noël rutilait, et dans l'air planait une forte odeur de hot-dog.

Mia souriait d'aise. La soirée avait dépassé ses espérances. Certes, Sam avait été contraint d'accepter, mais il avait fini par participer de bonne grâce aux festivités. Après avoir disposé les guirlandes lumineuses, il avait regardé les enfants décorer l'arbre aussi haut que le leur permettait leur petite taille. Ensuite, il avait mangé des cookies avec eux en regardant *Le Petit Renne au nez rouge* à la télévision.

Le plus touchant avait été de voir Chris grimper sur le canapé pour se blottir contre Sam qui avait spontanément passé son bras autour de l'épaule du petit garçon. Il n'y avait sans doute pas prêté attention, mais Mia avait savouré cette image avec un plaisir sans mélange.

Quand Maya et Joe vinrent chercher leurs enfants, Joe prit Chris dans ses bras, tandis que Maya jetait un regard au désordre qui régnait dans la pièce.

— On dirait que tout le monde s'est bien amusé, fit-elle remarquer en regardant Sam bien en face.

— Ça a été très chouette, renchérit Mia en se penchant pour embrasser Charlie.

— Merci de les avoir gardés, dit Joe. Ça m'a fait du bien de dîner en n'ayant que ma propre viande à couper !

Sam se mit à rire et Mia le gratifia d'un grand sourire. Elle l'avait trouvé formidable avec les enfants, et son cœur débordait de plaisir. Elle avait rêvé d'une scène semblable tout au long de leur mariage ; c'était ce qu'elle désirait le plus au monde. Et ce qui lui arrivait en cet instant précis… l'inquiétait un peu. Elle retombait amoureuse de Sam.

Inutile de se voiler la face, il était tellement obnubilé par son travail qu'il en oubliait la plupart du temps le monde autour de lui. Mais quand il était détendu et qu'elle parvenait à capter son attention, il faisait naître dans son esprit d'infinies possibilités.

Dans ces moments-là, il lui rappelait à quel point elle l'aimait.

Son cœur tressauta dans sa poitrine : elle était en danger. Alors qu'elle avait entrepris cette croisière pour faire signer à l'homme qu'elle aimait les documents de leur divorce, elle n'attendait qu'une chose : qu'il l'empêche de partir, qu'il refuse de rompre avec elle, qu'il lui déclare son amour.

Qu'il veuille vivre avec elle.

Quelles étaient les chances que cela se produise ?

Très minces, reconnut-elle. Il ne fallait donc pas oublier les raisons pour lesquelles elle tenait à divorcer : ce n'était pas faute de ne plus l'aimer, mais par lassitude d'être mariée toute seule.

Le visage de sa sœur traduisait son scepticisme, comme si elle ne croyait pas vraiment ce qu'elle avait sous les yeux. Mia ne pouvait lui en vouloir. Au fond d'elle-même, elle avait cru que Sam s'éclipserait de cette soirée de fête. Après tout, lorsqu'ils vivaient ensemble, il avait abusé des occasions de disparaître.

Ce soir, pourtant, il l'avait surprise, et Maya semblait tout aussi étonnée qu'elle.

— Merci, répéta Maya tout en caressant son ventre arrondi. Nous allons donner le bain à ces deux-là et les mettre au lit.

— Bonne idée, répliqua Sam. Nous avons tous de la moutarde, du ketchup et du fromage sur nos vêtements.

Maya se mit à rire.

— Un dîner d'enfants typique, dit-elle en prenant Charlie par la main.

Joe se dirigea vers la porte, suivi de sa femme. Mais Charlie lâcha la main de sa mère et se précipita vers Sam, dont il enserra les jambes de ses petits bras.

— Merci oncle Sam, c'était super !

Un peu gêné, Sam ébouriffa les cheveux du petit garçon.

— Avec plaisir.

Charlie lui décocha un grand sourire puis se précipita vers sa mère en demandant :

— Est-ce que Buddy est sec ?

— Allons vérifier, répondit-elle en souriant à Sam.

Mia referma la porte sur eux et s'y adossa en soupirant. Étonnant de constater à quel point deux petits garçons pouvaient vous épuiser en quelques heures ! Elle adorait ses neveux, mais se réjouissait du silence qui régnait dans la pièce.

— On appelle les cuisines, pour qu'ils viennent débarrasser les plateaux ? demanda-t-elle.

— Non, ils viendront demain matin. J'ai vu assez de monde pour aujourd'hui.

— Moi aussi, murmura-t-elle en se rapprochant de lui.

Sa chemise était tachée de moutarde, une traînée de ketchup lui barrait le menton, une pâte chinoise était collée sur le col de sa chemise. Mia la prit et la lui montra en souriant.

— C'est un look différent de tes costumes sur mesure… mais ça me plaît, dit-elle.

— Comment est-ce possible ?

— Si on s'approche trop des enfants, on en sort couvert de tout un tas de choses !

— Où trouvent-ils cette énergie débordante ?

— C'est un éternel mystère, répondit-elle en lui entourant la taille de ses bras.

Il la serra contre lui et posa son menton sur sa tête.

— Tu as pris du plaisir à cette soirée ? demanda-t-il.

— Énormément. Et toi ? Tu as été malheureux tout le temps ?

— Tu sais très bien que non.

— Je voulais te l'entendre dire.

— C'était… amusant, avoua-t-il. Les gamins occupés à décorer l'arbre tout de travers, les hot-dogs pour le dîner. Même le film m'a plu.

Surprise, elle leva la tête vers lui.

— Tu n'avais jamais vu ce classique avant aujourd'hui ? s'enquit-elle.

— Pourquoi l'aurais-je vu ? Je n'ai jamais fêté Noël.

— Parfois tu me surprends.

— Merci ! De toute façon, ce n'était pas aussi horrible que ce que j'avais imaginé.

— C'est vraiment un compliment ! dit-elle en se haussant sur la pointe des pieds pour lui planter un baiser rapide sur les lèvres. J'ai autant besoin d'une douche que les garçons !

— Prenons-la ensemble.

— Je n'attendais que ça, murmura-t-elle en le regardant dans les yeux.

— Pardon ?

— J'espérais que tu prendrais cette douche avec moi, si tu n'es pas trop fatigué.

Un sourire éclaira le visage de Sam.

— Je suis en train de retrouver toute ma vigueur, figure-toi.

— Ravie de l'apprendre. Nous utiliserons ta salle de bains, nous allons avoir besoin d'espace.

En quelques secondes ils se débarrassèrent de leurs vêtements et pénétrèrent dans la grande salle de bains. Le mur de verre d'une des parois de la douche offrait une vue stupéfiante de l'océan miroitant sous la lune.

Le carrelage chauffé était délicieux sous leurs pieds. La douche tout en verre jaillissait du flanc du bateau, de sorte que l'on pouvait regarder l'océan en se douchant. Bien entendu le verre était traité de façon à ce que personne ne puisse voir à l'intérieur.

Elle se tourna vers Sam, des papillons dans l'estomac. Aucune tension entre eux. Juste un désir commun.

La rejoignant, il dit à haute voix :

— Douche en marche.

Aussitôt, l'eau à la température idéale jaillit de six pommeaux placés à des hauteurs et des angles différents.

Surprise, Mia rit en rejetant ses cheveux mouillés de son visage.

— Une douche activée par la voix ? s'enquit-elle.

— Mains libres, pour que je puisse m'activer d'une autre façon…

Joignant le geste à la parole, il versa une dose de gel douche dans sa paume, et en savonna le corps de Mia.

Chaque caresse de Sam la conduisait sur le chemin pour lequel elle se sentait fin prête. Elle passa ses mains sur ses seins, puis en transféra la mousse sur le torse de Sam. Elle sourit en sentant la respiration de ce dernier s'accélérer.

Puis elle le savonna, suivant chaque muscle, chaque courbe de son corps fabuleux. Quand elle se concentra sur son membre érigé qu'elle commença à caresser, elle observa son visage, jouissant de ses grognements étouffés.

L'eau chaude cascadait sur leur peau tandis qu'ils se savonnaient mutuellement.

Mais cela ne suffisait pas.

— Stop douche, ordonna Sam.

L'eau s'arrêta de couler sur-le-champ.

Quand il la souleva, Mia soupira contre son cou, lui léchant les lèvres et la gorge. Son cœur battait à tout rompre, son sang bouillonnait dans ses veines. Sam regagna la chambre, où il étendit Mia sur le lit. Elle lui tendit les bras.

— Une minute, murmura-t-il.

Tâtonnant dans le tiroir de sa table de chevet, à la recherche d'un préservatif, il le mit en place en murmurant :

— La dernière fois, nous avons oublié. Cela n'aurait pas de sens de prendre des risques.

Elle éprouva une légère déception qui disparut dès que Sam prit un de ses mamelons dans sa bouche.

Puis il s'accroupit sur le lit et l'installa à califourchon sur ses genoux. Elle lui sourit, se cala contre lui, passa ses mains dans ses cheveux et l'embrassa. Un long baiser passionné.

Elle ne comprenait pas pourquoi elle ne se lassait jamais de lui. Elle aurait voulu le caresser sans fin, le garder dans ses bras, sentir sa bouche contre la sienne, leurs corps emmêlés. Pour toujours…

Galvanisée par cette pensée, elle se dressa un peu

sur ses genoux et s'empala lentement sur l'érection de Sam. Avec une extrême lenteur elle se mit à bouger.

Jusqu'à ce que Sam ordonne d'une voix rauque :

— Assez !

L'attrapant par les hanches, il s'enfonça alors en elle d'un coup de reins profond.

Sous le choc, elle gémit. Elle rejeta la tête en arrière et se mit à onduler, créant entre eux une friction délicieuse. Quand elle rencontra le regard de Sam, elle y vit un feu sans limite.

— Tu as bien récupéré de ta fatigue, murmura-t-elle.

— Toi aussi, répliqua-t-il en posant ses lèvres à la base de son cou.

Frémissante, elle se remit à bouger sur lui.

Avec un grognement, Sam la serra de plus près et imposa un rythme plus rapide. Les bras de Mia se nouèrent autour du cou de Sam, elle plongea son regard dans le sien et sentit les premières ondes de l'orgasme monter en elle.

— Laisse-toi aller, mon cœur, murmura-t-il.

— Non. Cette fois-ci, jouissons ensemble. Tous les deux ensemble.

D'un geste vif, il la fit tomber sur le lit et la recouvrit de son corps.

Elle enroula ses jambes autour des hanches de Sam qui replongea en elle avec une force qui lui coupa le souffle. Sa tête retomba sur l'oreiller, elle contempla le plafond comme une aveugle tandis qu'il allait et venait en elle au rythme frénétique de son désir.

Le corps de Sam se tendit, ses muscles se raidirent, il était aussi proche qu'elle du vertige final. Leurs corps en sueur claquaient l'un contre l'autre, les yeux dans les yeux ils perdaient le contrôle.

— Ensemble, murmura-t-il entre ses dents serrées.

— Maintenant, supplia-t-elle.

— Maintenant.

Accrochés l'un à l'autre comme si leurs vies en dépendaient, leurs corps ondulèrent dans une même frénésie, toujours plus fort, toujours plus loin. Et quand enfin leurs tremblements cessèrent, ils retombèrent l'un contre l'autre comme deux noyés.

Sam se couvrit les yeux d'un bras et attendit que le rythme de son cœur se calme. Avec Mia, c'était toujours comme la première fois. Faire l'amour avec elle nourrissait son désir au lieu de l'apaiser. Le sourire de Mia le fit sourire aussi. Quel mystère que cette femme. Chaque fois qu'il pensait en avoir fait le tour, elle lui dévoilait un aspect différent qui le mettait K.-O.

La plupart des femmes qu'il avait connues auraient utilisé ces moments après l'amour pour lui soutirer des promesses qu'il n'avait pas l'intention de tenir. Mais pas Mia. Depuis la toute première fois, elle s'était toujours contentée de jouir de la douce torpeur de l'après.

Elle avait souffert de leur divorce et maintenant elle était là, oubliant le chantage qu'il lui avait fait pour l'attirer dans son lit. Au lieu de ça, elle profitait de leur présent ensemble, sans se préoccuper du temps que cela durerait.

— Tu réfléchis, murmura-t-elle.

— Je crois, oui.

Elle tourna la tête vers lui, un sourire aux lèvres, ses beaux cheveux éparpillés sur l'oreiller blanc. Le cœur de Sam se serra.

— Tu es belle, Mia.

Le compliment parut la surprendre. Ne le lui avait-il jamais dit auparavant ? se demanda-t-il. Avait-il gardé pour lui son admiration, même quand elle lui coupait le souffle ? Lui était-il si difficile de faire un compliment ?

— Ah ! Tu te renfrognes, dit-elle. Que se passe-t-il ?

— Bonne question.

Il n'était pas sûr d'avoir la réponse, et cela le contrariait. L'indécision, il ne connaissait pas, et cela le mettait mal à l'aise. Il décida de détourner la conversation.

— Je suis curieux de savoir pourquoi tu as voulu divorcer.

— Pardon ?

— Tu m'as bien entendu, dit-il en se redressant sur un coude. Je n'ai pas compris, à l'époque. Oh ! je n'ai pas été surpris, mais je n'ai pas compris ton raisonnement. Nous ne nous sommes presque jamais disputés. Nous faisions très bien l'amour. Quel était le problème ?

Secouant la tête, elle se redressa à son tour.

— Laisse-moi te répondre par une question. Te souviens-tu du soixantième anniversaire de mariage de mes grands-parents ?

— Non.

— Tu sais pourquoi ? C'est parce que tu n'y as pas assisté. Tu m'avais promis de venir, mais au dernier moment, tu as dû te rendre en Floride pour une réunion avec Mike.

Il grimaça. Il se souvenait, à présent. La vérité était simple : même après leur mariage, il avait continué à consacrer toute son énergie à son entreprise. Le travail était la seule chose sur laquelle il pouvait vraiment compter. Son mariage finirait par échouer, à un moment ou à un autre. Tandis que Buchanan Cruises continuerait à exister, aussi longtemps qu'il serait un bon administrateur.

— Parfois les affaires passent avant tout, dit-il.

— Ceci n'est qu'un exemple de tes disparitions à répétition. Sans te soucier le moins du monde du mal que cela me faisait.

Elle haussa les épaules. Pourtant il était clair qu'elle prenait cette conversation au sérieux.

— Ce jour-là, tu aurais pu prendre l'avion pour la Floride un peu plus tard, reprit-elle. Mais cela ne t'est pas venu à l'esprit.

— Mia, j'ai une entreprise dont je dois m'occuper.

— Tu avais aussi un mariage dont il fallait prendre soin. Tu étais tout le temps pris, Sam. Et puis… quand nous sortions dîner en ville, c'était parce que *tu* l'avais décidé. Quand j'ai voulu m'acheter une voiture, j'en ai tout de suite trouvé une dans notre allée.

Il s'en souvenait. Il lui avait acheté un SUV rouge vif, parce que c'était la voiture la plus sûre du marché.

— C'était une bonne voiture, fit-il remarquer.

— La voiture que *tu* pensais que je devais acheter, alors que je voulais une VW.

— Le SUV était plus sûr.

— Mais ce n'était pas la voiture dont j'avais envie. Tu n'écoutais jamais ce que je te disais. Tu n'en faisais qu'à ta tête, en t'attendant à ce que je te suive.

Il ne fit aucun commentaire.

— C'était ma faute aussi, poursuivit-elle. Parce que je t'ai toujours suivi, en effet. Pendant un moment. Mais le fait de t'aimer ne signifiait pas que je n'avais pas une volonté propre. Le vrai problème, c'est que tu n'as jamais appris à faire des concessions. En fait, j'en ai eu assez d'être seule dans notre mariage. C'est dur d'être toujours celle qui donne sans rien recevoir en retour.

Il resta silencieux ; il avait du mal à admettre… qu'elle avait raison.

— Et puis, Sam, je voulais des enfants, dit-elle d'une voix douce en le regardant dans les yeux. Je voulais fonder une famille avec toi, et toi, tu n'en avais pas envie.

Ce ne fut pas tant ce qu'elle disait que l'expression de son visage qui le bouleversa. Dans les yeux de Mia il lut l'ombre du chagrin ancien, et il comprit une réalité simple : elle avait eu autant de mal à s'exprimer sur ce sujet qu'il avait eu du mal à être attentif à ses aspirations profondes.

Il eut envie de se défendre. Il avait toujours su qu'il serait un mauvais mari. Ce mariage, à ses yeux, était un pari perdu depuis le début. À l'époque, il l'avait épousée quand même, parce qu'il l'aimait.

Bien entendu, pas un mot ne sortit de sa bouche. Il aurait eu l'impression de se chercher des excuses, et c'était une chose qu'il ne faisait jamais. Il assumait ses actes, en endossait l'entière responsabilité. C'était la raison pour laquelle il avait accepté le divorce dès qu'elle avait abordé le sujet, la première fois.

Il avait échoué. Cela ne lui arrivait pas souvent, et il n'en était pas fier. Mais il était de son devoir de réparer son erreur.

— Je ne dis rien de tout cela pour t'accuser, reprit Mia en posant sa main sur son bras.

La douceur de sa main lui apporta un immense réconfort.

— Il y a des mois que j'ai accepté la fin de notre mariage, poursuivit-elle. Je ne suis plus brisée.

Brisée ?

Il détesta ce mot. Mia était si forte, si sûre d'elle, jamais il n'aurait imaginé qu'il avait le pouvoir de la briser. Apprendre qu'il l'avait fait fut comme un coup de poignard en plein cœur.

Seule la clarté de la lune trouait l'obscurité de la chambre, et dans cette faible lueur, les yeux de Mia étaient voilés, impossibles à déchiffrer. Peut-être était-ce mieux ainsi ?

À leur arrivée à Long Beach, il signerait les papiers du divorce, comme promis. Ils ne seraient plus liés l'un à l'autre de quelconque façon. Elle avait des projets, elle le lui avait répété plusieurs fois, des projets d'avenir qui ne l'incluaient pas.

Il eut soudain envie d'en savoir davantage.

— Tu parles tout le temps de tes projets, dit-il. Quels sont-ils au juste ?

— Pourquoi veux-tu le savoir ?

— Si je comprends bien, quand je ne m'intéresse pas à tes projets, cela ne te convient pas, et dès que je montre de l'intérêt et pose des questions, cela ne te plaît pas non plus.

— Un point pour toi, marmonna-t-elle. Si tu veux vraiment savoir, j'ai besoin de ta signature parce que j'ai un rendez-vous le 25 janvier.

— Quelle sorte de rendez-vous ?

— Dans une banque de sperme. Je veux avoir des enfants aussi vite que possible.

Quoi ? Cela dépassait tout ce qu'il avait pu imaginer ! Bien sûr, il connaissait le désir d'enfant de Mia, mais le faire toute seule ? Avec le sperme d'un étranger ?

— Pourquoi faire une chose pareille ? s'enquit-il.

— Pourquoi pas ? Je voulais des enfants de toi, mais pas toi.

Un sentiment de culpabilité enfoui en lui depuis des mois resurgit en lui.

— D'accord. J'aurais dû te prévenir de ma position avant notre mariage, dit-il. Ce n'est pas que je n'aime pas les enfants, les gamins de ta sœur sont adorables. C'est juste que je serais un aussi mauvais père que j'ai été un mauvais mari.

— C'est idiot ! Tu as été super avec les enfants, ce soir.

— Pour trois heures. Et ce n'étaient pas mes enfants.

— En effet. Je les aime beaucoup, mais ce ne sont pas mes enfants non plus. Je veux avoir les miens. Pourquoi devrais-je attendre de trouver quelqu'un d'autre à aimer ?

Cette déclaration le heurta de plein fouet.

— Pourquoi une telle précipitation, Mia ?

— J'ai trente ans, et je n'ai pas envie d'attendre quarante ans pour devenir mère.

Prenant une profonde inspiration, elle ajouta :

— Je prends mon destin en main.

— Tu veux être enceinte d'un inconnu qui a déposé un peu de son sperme dans une coupelle ? Je n'arrive pas à y croire. Faire ça toute seule, Mia ? Ce ne sera pas facile.

— Rien de ce qui vaut le coup n'est facile. Et je ne serai pas vraiment seule, toute ma famille sera avec moi.

Sur ce point, elle avait raison !

L'espace d'un instant, il se demanda ce que cela faisait de pouvoir compter sur les autres.

— Tu as bien dit *des* enfants ? reprit-il. Ça veut dire que tu vas faire ça plusieurs fois ?

— J'ai toujours voulu avoir trois enfants.

— Tu as toujours eu l'intention de les faire toute seule ?

— Bien sûr que non ! Je voulais les faire avec mon mari !

Pour éviter de dire une énormité, il grinça des dents.

— Mais le fait d'être seule ne va pas m'arrêter, conclut-elle.

Le cerveau de Sam bruissait de trop de pensées. Comment interpréter tout cela ? Mia enceinte d'un autre homme lui serrait le cœur, lui tordait les tripes. Mais il valait sans doute mieux une fécondation in vitro qu'imaginer Mia nue dans le lit d'un autre homme.

Cela ne le concernait pas, cela dit. Mia et lui ne formaient plus un couple. Certes ils étaient toujours mariés, mais uniquement sur un bout de papier. Alors pourquoi prendre à ce point ombrage des projets de Mia ?

Il se leva et se dirigea vers la baie vitrée donnant sur le balcon, qu'il ouvrit. L'air froid envahit la chambre. Aussitôt, Mia jaillit du lit, s'enveloppa dans un plaid étendu sur le canapé et le rejoignit.

— Pourquoi ce projet te perturbe-t-il autant ? demanda-t-elle.

— Je ne sais pas, répondit-il en se passant une main nerveuse dans les cheveux.

— Bonne réponse…

— Qu'attends-tu de moi, Mia ?

— Ce que j'ai toujours attendu de toi : l'honnêteté.

— Tu veux que je sois honnête ?

Une pensée jaillit à son esprit et franchit ses lèvres comme une fusée.

— Quand nous avons fait l'amour, le soir de la

tempête, nous n'avons pas utilisé de préservatif. Tu espérais tomber enceinte ?

Mia écarquilla les yeux, l'outrage se lisait sur son visage.

— Bien sûr que non ! s'exclama-t-elle. Je n'ai pas pensé à me protéger, mais toi non plus !

Elle n'avait pas tort. Cette première nuit, un préservatif était le cadet de ses soucis. Il mourait d'envie de faire l'amour avec elle, aucune pensée rationnelle ne lui avait traversé l'esprit.

Et pourtant…

— Je te l'accorde, dit-il. Mais tu n'aurais rien contre le fait de tomber enceinte.

— Tu parles comme si tu étais choqué. Sam, j'ai déjà fait les démarches pour fonder ma propre famille, c'est pour ça que la signature des papiers du divorce est très importante pour moi. Je ne veux aucun problème légal par la suite. Mais en effet, si je tombe enceinte de toi maintenant, cela ne me dérangera pas le moins du monde. Je serais enceinte de mon mari.

— Mais tu n'arrêtes pas de dire que nous ne sommes pas mariés !

— Oh ! Sam, pour l'amour du ciel ! Je veux des enfants, tu le sais. Tomber enceinte de toi ne me poserait aucun problème, mais je n'attendrais rien de toi.

— Ce qui veut dire ?

— Tu serais déchargé de la reconnaissance de cet enfant et de sa responsabilité. Je l'assumerais seule.

— Tu m'utilises et tu me chasses comme ça, d'un claquement de doigts ?

— Tu ne veux pas d'enfants ! Moi, si.

Il ne pouvait pas laisser passer ça ! Elle ne l'écarterait pas d'un revers de la main. Il allait lui dire ce qu'il pensait. Honnêtement.

Lui soulevant le menton, il plongea son regard dans le sien.

— Si tu es enceinte de moi, Mia, il se pourrait que tu découvres que je ne suis pas quelqu'un que l'on écarte à sa guise.

- 9 -

Ignorant la dernière réplique de Sam, Mia le regarda dans les yeux et demanda :

— Pourquoi ne veux-tu pas d'enfant ? Pourquoi détestes-tu Noël ? Jamais tu ne me l'as expliqué.

— Pourquoi le ferais-je maintenant ?

— Une fois ce bateau à quai, nous ne nous verrons plus. Tu ne trouves pas que je mérite une explication ?

— Peut-être.

La mâchoire serrée, il contempla l'obscurité un instant puis soupira.

— Noël n'a jamais rien signifié pour moi, dit-il. Les décorations, tout le tralala, ça n'a aucun sens à mes yeux. C'est comme mettre un masque sur l'ordinaire, pour faire croire qu'il est spécial.

— Je ne comprends pas…

— Mon père était très pris par ses épouses successives, puis par ses petites amies, expliqua-t-il avec un rire triste. Chez nous, pas de Noël, pas de Père Noël, pas de lutins. La femme de ménage installait un arbre, mais la maison était vide.

Le cœur de Mia se serra. Elle imagina ce petit garçon, seul et oublié, observateur passif de ce que le monde célébrait autour de lui mais sans lui.

— La femme de ménage a essayé, au moins, fit-elle remarquer.

— Sans doute, mais cela ne faisait que souligner le vide.

Dans ses yeux brillait une peine ancienne qui alerta Mia.

— Les guirlandes et toutes les décorations ne signifient rien pour moi, parce qu'elles n'ont jamais accompagné une vraie célébration, poursuivit-il. D'un autre côté, ne pas décorer la maison me rappelle l'absence de fête. Donc pour moi, il n'existe pas de bonne solution à Noël.

— Ensemble nous aurions pu nous créer de nouveaux souvenirs.

— Je ne connais que le vide, marmonna-t-il. Crois-moi, Mia, tu ne veux pas pour tes enfants un père qui a été élevé par mon père.

— Tu te trompes sur toute la ligne, Sam.

Le gâchis lui donnait envie de hurler. Il avait renoncé à elle à cause des Noël ratés de son enfance ?

— Je suis désolée, Sam.

— Je n'ai pas besoin de ta sympathie.

— Dommage, répliqua-t-elle en lui caressant la joue. Je suis désolée pour le petit garçon que tu as été, mais furieuse contre l'homme adulte que tu es devenu.

— En quel honneur ?

— Parce que tu as permis à ce petit garçon de décider de ta vie d'homme. Tu t'es muré dans le passé au point de ne pas entrevoir un avenir, de refuser de t'en construire un.

Elle secoua la tête et ajouta :

— Tu aurais dû me faire confiance, Sam. Tous les deux, nous aurions trouvé un chemin.

— C'est de la folie, Mia !

Le lendemain, le cerveau de Mia bruissait encore de sa conversation avec Sam. La présence de sa famille en cet instant mettait ses nerfs à rude épreuve.

— Pas du tout, répliqua-t-elle en affrontant le regard inquiet de sa jumelle. Et cela ne nécessite pas une *intervention,* comme vous dites, ajouta-t-elle en se tournant vers ses parents.

Elle adorait sa famille, mais parfois ils lui compliquaient sérieusement la vie !

Maya l'avait invitée à prendre un café avec des beignets, mais en entrant dans la suite de sa sœur, elle avait découvert ses parents assis autour de la table. Joe avait conduit les enfants à la Snow Room, et Merry participait à la réunion par l'intermédiaire de son ordinateur, sur FaceTime.

Ils avaient tous quelque chose à dire sur sa relation avec Sam. Mais réunir tout le clan parce qu'elle avait emménagé chez lui, c'était un peu trop.

— Une « intervention » n'est pas le mot, ma chérie, lui fit remarquer sa mère en lui caressant la main.

— C'est pourtant le terme exact, maman.

Mia se tourna vers son père. Dans une maisonnée de femmes, Henry Harper avait toujours représenté la raison.

— Papa, tu ne peux pas être d'accord avec ça, si ?

— Je ne veux pas que tu souffres de nouveau, Mia. Mais il s'agit de ta vie, et tu dois la vivre comme tu le souhaites. Ta mère et tes sœurs veulent juste discuter avec toi. Elles s'inquiètent, c'est tout.

— Je suis d'accord, intervint Merry depuis l'ordinateur ouvert sur la table.

— Merci de ton bon sens, répliqua Mia d'un ton moqueur.

— Tu ne nous aides pas, Merry, marmonna Maya. Notre sœur est de nouveau amoureuse de Sam, et ne songe pas aux conséquences.

— Je ne suis pas idiote, Maya ! rétorqua Mia sèchement. J'aime Sam, mais je n'attends plus rien de lui.

Surtout après leur dernière conversation !

Une fois qu'il lui avait confié ses secrets, il avait repris ses distances, tout comme au bon vieux temps. Certes il avait fait tomber les murs qu'il avait érigés autour de lui, mais il se tenait encore davantage sur la défensive.

— C'est là que tu commets une erreur, intervint Merry.

Toutes les têtes se tournèrent vers l'écran de l'ordinateur.

— Que veux-tu dire ? s'enquit Mia.

Avec un petit soupir, Merry s'expliqua.

— Mon chou, tu aimes Sam. Mais au lieu de te battre pour le garder, tu es partie.

— C'est lui qui est parti, je te rappelle.

— Non, mon chou. *Tu* as demandé le divorce, il n'a fait que l'accepter.

Sa sœur n'avait pas tort, songea Mia. Elle n'avait jamais regardé les choses de cette façon.

— Si tu veux Sam, dis-le-lui, reprit Merry.

— Pour qu'il me réponde « non merci » ?

— Mia, avant d'essayer tu ne peux pas savoir ce qu'il va dire. Si tu l'aimes, dis-le-lui, et vois ce qui va se passer. Si cela ne l'intéresse pas, tu n'iras pas plus mal que maintenant.

En effet, vu sous cet angle…

Elle n'avait encore jamais songé à prendre cette direction. Redevenir l'amante de Sam était une situation temporaire. Elle avait accepté tout en sachant que cela n'avait pas d'avenir. Mais… se trompait-elle ?

Maya se pencha vers l'écran de l'ordinateur et s'exclama :

— Quelle sorte de féministe es-tu, Merry ?

— Oh ! arrête, Maya ! Ici, il s'agit d'amour…

— Vraiment ? Pourquoi une femme voudrait-elle d'un homme qui ne veut pas d'elle ?

Merry se mit à rire.

— Depuis que vous m'avez tous appelée pour me dire que Sam et Mia faisaient chambre commune, on peut raisonnablement penser que Sam *veut* Mia. Non ?

Maya fit la grimace.

— Je ne lui fais pas confiance, marmonna-t-elle.

— Cela ne te regarde pas, lui fit remarquer Merry.

— Cela ne regarde aucun d'entre nous, intervint leur mère, à la surprise de Mia.

Sa mère lui sourit avant de reprendre :

— Votre père m'a convaincue que même si je veux protéger Mia, sa relation avec Sam ne me regarde pas. Ce n'est pas à nous de prendre une décision, les filles, c'est à Mia, et à elle seule. Et quoi qu'elle décide, nous serons tous là pour la soutenir.

Belle concession de la part de sa mère, songea Mia. Mais quc décider ?

— Mia, cesse de trop penser et accorde-toi le droit de ressentir, reprit Merry. Tu étais malheureuse dans ton mariage, et j'en suis triste pour toi. Mais maintenant, tu es peut-être enfin prête à te battre pour ce que tu veux.

— Pourquoi devrais-je me battre ? demanda Mia. Il m'aime ou il ne m'aime pas.

— Ma chérie, il faut savoir lutter pour ce qui en vaut la peine, lui fit remarquer sa mère.

Prenant un beignet, Mia cessa d'écouter sa famille occupée à disserter sur sa vie.

Les mots de sa sœur aînée lui trottaient dans la tête. En effet, elle ne s'était pas vraiment battue pour son mariage. Elle n'avait pas exigé l'attention de Sam, ne lui avait pas expliqué ce qu'elle attendait de leur mariage ;

elle avait juste demandé le divorce. Sam non plus ne s'était pas battu, mais maintenant elle en savait assez sur son enfance et la façon dont il avait été élevé pour comprendre son problème. Il ne savait pas se laisser aimer. De son côté, peut-être s'était-elle comportée exactement comme il s'y était attendu depuis le début…

— Nous accostons à Hawaii aujourd'hui, Merry, annonça Emma. Nous y restons quelques jours puis reprenons l'avion pour la maison.

Bientôt ses parents ne seraient plus là, songea Mia. Peu de temps après, le bateau atteindrait Long Beach, et son interlude avec Sam prendrait fin.

Elle avait deux options : soit retourner à sa vie sans savoir ce qui aurait pu se passer si elle avait parlé à Sam, soit prendre le risque de lui avouer son amour. Dans ce dernier cas, elle obtiendrait peut-être ce dont elle rêvait ?

Quand le portable de Sam sonna, il leva les yeux au ciel et répondit :

— Oui ? Tout va bien, Mike ?

— Comment ça va avec Mia ?

Sam s'était levé très tôt et avait quitté sa suite avant le réveil de Mia. La conversation de la nuit dernière lui trottait dans la tête et l'avait empêché de dormir. Des images l'avaient hanté. Mia enceinte d'un autre que lui. Mia élevant seule des enfants. À moins qu'elle ne rencontre un autre homme, et élève ses enfants *à lui*. Tandis que lui, il poursuivrait sa vie, aussi terne qu'aujourd'hui. Seul. Mais n'était-ce pas mieux ainsi ? Il avait déjà prouvé son incapacité à être le mari que Mia souhaitait et méritait.

— Laisse tomber, Mike.

— Bon sang, Sam ! Cette croisière est l'occasion rêvée de surmonter le mal que notre père adoré a fait à ton cerveau, pour te permettre de vivre une vraie vie.

— J'ai déjà une vie, merci, et elle va comme je veux.

— C'est ça, seul pour l'éternité.

— Je ne suis seul que quand je le souhaite.

— Super ! Tu vas faire comme notre père, avoir une longue liste de femmes de passage, dont aucune ne s'intéressera vraiment à toi.

Cette remarque fit mal à Sam, mais en vérité, il avait été élevé pour devenir ce genre d'hommes.

— À part me donner des coups, tu avais une autre raison d'appeler ? s'enquit-il.

— Je voulais t'annoncer que notre dernier bateau sera prêt avant la date prévue, dans six mois environ.

— Enfin une bonne nouvelle !

— Puisque tu es enfin content, je tente le coup une seconde fois. Ne gâche pas cette seconde chance avec Mia, mon vieux. Tu ne peux pas prendre la suite de notre père.

Quand son frère raccrocha, Sam contempla l'océan. Mike ne comprenait pas. Mais tandis qu'il se tenait à la proue du bateau, à contempler les vagues, une idée germa en lui.

Une très bonne idée, même. Pourvu que ça marche mieux, cette fois-ci.

Il fallait juste convaincre Mia.

Parvenus au port d'Honolulu, les passagers quittèrent le luxueux bateau pour explorer l'île.

Mia regarda sa famille partir pour la journée. Elle ne s'était pas jointe à eux dans le but de rencontrer

Sam. Devait-elle suivre le conseil de Merry ? Risquer son cœur une nouvelle fois lui paraissait une épreuve insurmontable. Perdre Sam une fois l'avait presque tuée. Si elle s'autorisait à espérer et perdait une seconde fois, la douleur serait intolérable.

D'un autre côté, il n'était pas dans sa nature d'abandonner. Elle avait eu du mal à reconnaître l'échec de leur mariage, mais elle y était finalement parvenue. Et maintenant, elle était censée prendre un nouveau risque ? Elle nageait en pleine incertitude.

— Tu as l'air plongée dans tes pensées.

La voix de Sam la fit frémir. Elle se tourna lentement vers lui. Il était surprenant de le voir vêtu d'un pantalon kaki, d'une chemise vert foncé à manches courtes et de chaussures de sport. Tellement différent de ses élégants costumes habituels.

— Tu ne travailles pas, aujourd'hui ?

— Non, répondit-il en s'accoudant à la rambarde à côté d'elle.

Du port, ils apercevaient les surfeurs et les plaisanciers aux voiles de toutes les couleurs. Le ciel était d'un bleu profond, troublé de quelques nuages blancs. Un véritable tableau de rêve.

— Où est ta famille ? demanda-t-il en regardant autour de lui comme s'il s'attendait à voir surgir Maya.

— Tous à terre, dans les magasins ou à la plage.

— Et toi, tu n'es pas descendue.

— Non… je voulais… peut-être te parler encore une fois.

— Tu ne penses pas que nous en avons assez dit hier soir ?

— Je ne sais pas.

La nuit dernière, il avait abattu les murs dont il

se protégeait, et peut-être s'ouvrirait-il davantage aujourd'hui ? S'il ne le faisait pas, insisterait-elle ? Le sexe avec Sam était merveilleux, mais il ne résolvait pas les problèmes. Au contraire !

— Bon ! Si nous allions à terre, nous aussi ? proposa-t-il. Nous pourrons parler en marchant.

Comme ils l'avaient fait au cours de la croisière où ils s'étaient rencontrés…

— Bonne idée !

Il lui prit la main en souriant.

— Alors allons-y.

Sam conduisit Mia dans tous les endroits qu'ils avaient visités un an plus tôt. Depuis les plages du rivage nord jusqu'aux boutiques et restaurants du centre-ville, ils sillonnèrent l'île dans leur voiture de location. Loin du bateau, toute tension semblait les avoir quittés. Ils riaient et parlaient comme lors de leur première rencontre, et quand ils s'arrêtèrent pour déjeuner, Mia lui sourit et le remercia.

— De rien, répondit-il. C'est un plaisir pour moi aussi. Te revoir m'a remis en tête beaucoup de choses que je me forçais à oublier.

— C'est la différence entre nous, dit-elle en avalant une gorgée de thé glacé. Moi, je ne voulais pas oublier.

— Je n'ai pas dit que je voulais oublier. Je me *forçais* à oublier.

— Pourquoi ?

— Parce que nous n'étions plus ensemble. Se souvenir ne servait à rien. C'était douloureux.

— Douloureux, vraiment ?

Il grinça des dents et choisit ses mots avec soin.

— Tu croyais vraiment que rompre ne signifiait rien pour moi ?

— Ça n'a pas eu l'air de te déranger, fit-elle remarquer à voix basse, pour ne pas être entendue.

Le restaurant était petit et charmant, destiné aux touristes. Les serveurs se montraient amicaux, la vue était superbe.

— Dans quel but aurais-je cédé au chagrin, puisque c'était fini ? demanda-t-il.

Il se souvint du visage de Mia quand elle lui avait demandé le divorce. Il avait tout de suite compris, parce qu'il s'y préparait depuis qu'ils s'étaient mariés. Il avait souffert, bien sûr, mais il s'y attendait.

— Dans ce cas, pourquoi n'as-tu pas signé les papiers du divorce quand je te les ai apportés ? s'enquit-elle.

Il n'avait pas de réponse à cette question. Connaissait-il d'ailleurs la raison pour laquelle il avait retardé cette signature ? Pas vraiment.

— Qu'importe, dit Mia avec un geste de la main. Déjeunons et profitons de la journée.

Il sourit.

— Tu veux dire, profitons du présent ? Bienvenue dans mon monde, dit-il en levant son verre de bière.

Elle l'imita et se retourna à moitié pour admirer la vue.

Il la contempla un instant en silence. Les moments qu'ils avaient passés ici l'an dernier se confondaient avec ceux d'aujourd'hui.

— Viens dîner avec moi ce soir, dit-il soudain.

Surprise, elle le regarda et cligna des yeux.

— Dîner ?

Il haussa les épaules pour donner moins de profondeur à ce qu'il ressentait.

— Oui. Pourquoi ne pas continuer à jouir de l'instant présent ?

Mia le regarda pendant ce qui sembla une éternité. Elle essayait sans doute de deviner ses pensées. Il lui souhaita bonne chance, lui-même ne parvenant pas à les démêler. Mais finalement, elle hocha la tête.

— D'accord, répondit-elle.

Et ensuite, se promit-il, ils feraient ce qu'ils savaient le mieux faire ensemble.

— Est-ce que je t'ai déjà dit que tu es belle ?

Mia sourit à Sam.

— Tu l'as déjà mentionné, mais merci, ça fait toujours plaisir à entendre.

Elle portait une robe sans manches d'un jaune éclatant et une paire de hauts talons assortis. Ses cheveux libres lui tombaient sur les épaules.

De son côté, Sam était très séduisant dans son costume sombre, avec une chemise d'un blanc étincelant et une cravate magenta.

Le décor du restaurant était à la fois attrayant et curieux. Situé au bord d'une falaise, il offrait une vue à couper le souffle sur l'océan et la plage tout en bas. Le patio pavé de pierres comprenait une douzaine de tables sur lesquelles des bougies dans des photophores donnaient une lumière douce et vacillante. Ils étaient les seuls clients.

Au crépuscule, la vue était renversante, teintée d'or, de rouge et de violet, se souvint Mia. Elle se rappelait chaque détail de la nuit qu'ils avaient passée ici, un an plus tôt, quand Sam l'y avait invitée pour la demander en mariage.

Le souvenir demeurait vivace dans son esprit, mais elle l'écarta. En revanche, elle se demandait toujours pourquoi il l'avait invitée dans ce restaurant particulier ? Jusqu'à maintenant, il n'avait fait preuve d'aucun sentimentalisme. Alors pourquoi ?

Sirotant son verre de vin blanc, elle le dévisagea ouvertement.

— Quoi ? dit-il, visiblement gêné.

— Je... je suis contente que tu m'aies invitée à dîner ici.

— C'est le meilleur restaurant de la ville.

— Nous sommes ici pour cette unique raison ?

— Non, répondit-il en détournant le regard vers l'horizon. Aujourd'hui, nous étions dans les souvenirs, alors j'ai pensé que finir la journée ici serait une bonne idée.

Elle en ressentit à la fois de la tristesse et de la joie. Pour lui, ce restaurant n'était qu'un souvenir ? Ou souhaitait-il revivre cette nuit-là ? Elle aimerait pouvoir le croire...

— Si tu voulais vraiment revivre notre première soirée ici, il faudrait d'autres clients, fit-elle remarquer.

Sam regarda autour de lui et haussa les épaules.

— Retenir le restaurant entier pour toi et moi m'a semblé une bonne idée, répondit-il. De la sorte, nous pourrons discuter sans être entendus.

De quoi voulait-il lui parler de si confidentiel ? Allait-il suggérer de rester ensemble pour avoir ces bébés qu'elle désirait tant ? Se rendait-il compte que la vie sans elle était un désert ? Elle aimerait tellement le croire ! Contre sa volonté, son cœur se mit à battre plus fort.

Sans doute Merry avait-elle raison. Le moment était peut-être venu d'avouer à Sam qu'elle l'aimait. Qu'elle ne souhaitait pas divorcer.

— Tu voulais parler de quoi ? s'enquit-elle.

Tendant la main, il prit la sienne.

— Mia, je voulais te dire que ces derniers jours avec toi ont été…

— Je le pense aussi.

— Tant mieux, dit-il en plongeant son regard dans le sien. Parce que depuis la nuit dernière, j'ai pensé à beaucoup de choses.

Le cœur de Mia battit encore plus fort.

Le serveur apporta leurs plats, et Sam lui lâcha la main.

— Quand tu m'as expliqué que tu allais contacter une banque du sperme, ça m'a profondément déplu, avoua-t-il.

Elle ne s'attendait pas à cette déclaration.

— Désolée, mais c'est mon choix.

— Je comprends le pourquoi de ta décision. Cela dit, ton projet m'a fait réfléchir une grande partie de la nuit. Aujourd'hui, une idée m'est venue, et elle me court dans la tête au point que je ne peux penser à rien d'autre.

Mia retint sa respiration. L'espoir était une chose dangereuse. Trop peu d'espoir, et la vie ne valait pas d'être vécue. Trop d'espoir et vous vous exposiez à des déceptions constantes.

— De quoi parles-tu, Sam ?

Négligeant leur repas, ils se regardaient dans les yeux. Autour d'eux, le ciel devenait lavande, et la flamme dansante des bougies se reflétait dans leurs iris.

— Je parle de ce qui s'est passé la nuit de la tempête, répondit-il.

— Je ne comprends pas… Tu parles de quand nous avons fait l'amour ?

— Sans protection.

Le cœur de Mia galopait. Où voulait-il en venir ?

— Tu pourrais être enceinte, maintenant, dit-il d'une voix tendue.

Jusqu'à cet instant, elle ne s'était pas permis d'envisager cette éventualité. En vérité, elle adorerait porter l'enfant de Sam. Cela n'avait pas fait partie de ses projets, mais si cela arrivait, elle ne serait nullement déçue. Même si c'était toujours sans avoir Sam auprès d'elle.

— Peut-être, murmura-t-elle en portant d'instinct sa main à son ventre.

— En me rendant compte de ça, j'ai pris une décision, annonça-t-il en lui prenant de nouveau la main. Tu veux des enfants ? Alors fais-les avec moi.

Elle eut un haut-le-corps. Avait-elle bien entendu ? L'avait-il invitée dans cet endroit si précieux pour la redemander en mariage ? Pour renouveler ce qu'ils s'étaient promis un an plus tôt ?

— Tu… tu es sérieux ? balbutia-t-elle.

— Pourquoi ne le serais-je pas ?

Il lui serra la main un peu plus fort, comme s'il craignait qu'elle refuse avant qu'il ait terminé. Il n'avait pourtant rien à craindre, songea-t-elle. Maintenant qu'il avait commencé, elle voulait entendre la suite.

— Nous sommes toujours mariés, Mia.

— Oui, mais…

— Nous sommes bien ensemble.

— En effet.

Tout se mêlait en elle, la confusion, l'espoir. Elle devait attendre la suite, continuer à espérer.

— Donc, restons mariés et fais des enfants avec moi, conclut-il.

— Tu veux que nous revivions ensemble, que nous fondions une famille ?

— C'est ce que je suis en train de te dire.

— Qu'est-ce qui sera différent, cette fois-ci ?

— Tu auras les enfants que tu souhaites.

Le ballon d'espoir de Mia se dégonfla brusquement.

— *Mes* enfants, murmura-t-elle. Pas *nos* enfants *?*

— Mia, je te l'ai déjà dit, je ne sais pas être père. Tout ce que j'ai appris à ce sujet, c'est en observant mon père, et crois-moi, c'était un modèle déplorable. Mon père était un salaud, et je n'ai pas d'autre référence.

— Tu n'es pas lui, Sam.

— Je n'en sais rien, et ce n'est pas juste d'exposer un enfant innocent au danger d'un père indigne. Je préfère ne pas tenter le coup.

Il se trompait sur toute la ligne, songea-t-elle. Elle l'avait vu avec les enfants de Maya. Et les garçons l'adoraient. Les enfants sont toujours de bons juges dans ce domaine. S'ils aimaient Sam, cela signifiait qu'il était meilleur qu'il ne le pensait.

— Charlie et Chris t'aiment, fit-elle remarquer. Et les enfants de Merry aussi.

Sam lui lâcha la main et s'appuya au dossier de sa chaise.

— Ça c'est différent. Être un oncle n'exige pas autant de patience, et… abrégeons, je ne vais pas répéter tout ça.

— Tu as peur que je parvienne à te convaincre ?

— Ne transforme pas ce que je te propose en autre chose.

— Dans ce cas, soit plus précis. Que me proposes-tu ?

— C'est simple. Nous restons mariés, tu fais autant d'enfants que tu veux, et nous continuons comme avant.

Elle sentit un grand vide en elle.

— Non, Sam. Je ne peux pas accepter. Notre mariage était vide et ça m'a brisé le cœur.

— Enfin, Mia, notre mariage ne fonctionnait pas si mal. Nous avons passé du bon temps ensemble.

— Quand tu étais là, précisa-t-elle d'une voix douce. Mais tu étais loin les trois quarts du temps. Et maintenant tu veux revenir à la situation qui m'a fait tellement souffrir ? Sans parler de nos enfants qui seraient malheureux d'avoir un père toujours absent.

Un voile glacé ternit le regard de Sam.

— Je m'assurerais qu'ils ne manquent de rien, rétorqua-t-il. Ils auraient tout ce dont ils auraient besoin.

— Sauf l'amour.

Elle soupira et tourna la tête vers le coucher de soleil. Les couleurs flamboyantes s'étaient déjà dissipées, l'océan s'assombrissait.

— Nous l'avons manqué, murmura-t-elle.

— Manqué quoi ?

— Le coucher de soleil. Nous nous disputions et nous avons raté ce beau spectacle.

— Il y en aura un autre demain.

Elle le regarda et se retint de pleurer. Pour cela, elle attendrait d'être seule.

— Tu ne comprends pas, Sam ? Rater ce coucher de soleil, c'est une métaphore de ce que seraient nos vies, si j'acceptais ton projet.

— Qu'est-ce que tu racontes ?

— Si nous refaisions ce que nous avons déjà raté une fois, nous raterions aussi la beauté.

— Quelle beauté ?

— Celle de la famille, de l'amour, être vraiment ensemble.

— Mia, tu…

— Laisse-moi finir. Je t'aime, Sam. Je t'ai toujours aimé, et cela ne va sans doute jamais s'arrêter. Mais je ne peux choisir sciemment de retomber dans le même chagrin. Tu considères toujours le mariage comme un cauchemar, et moi, je veux toujours une famille.

— Je peux te donner cette famille, Mia.

— C'est tentant, Sam, parce que je t'aime tant. Mais je ne peux pas accepter. Je mérite mieux. Nous méritons mieux tous les deux. Tu ne comprends pas ? Si tu avais des enfants sans t'impliquer, sans tout partager avec eux, tu ferais exactement ce que ton père t'a fait. Tu prétends ne pas vouloir prendre le risque d'être comme lui, mais ton offre, ça revient à ça.

Il se raidit. Elle avait tapé dans le mille.

— Tu ne le veux pas, n'est-ce pas, Sam ?

— Non, évidemment, marmonna-t-il.

— Excuse-moi, mais je n'ai pas la force de recommencer à me battre pour obtenir ton attention. Et je ne veux pas que mes enfants vivent ce cauchemar.

— C'est donc non.

Ce n'était pas une question.

— C'est non, répéta-t-elle tristement en prenant son sac à main. Si cela ne te dérange pas, je n'ai plus vraiment faim. Reste ici, je vais appeler un taxi pour retourner au bateau.

— Ne sois pas ridicule, dit-il en se levant.

Il appela le serveur, lui mit dans la main deux cents dollars en lui disant de garder la monnaie.

Ils sortirent ensemble, mais séparés. Il en serait toujours ainsi, désormais, songea Mia.

Cela lui brisa le cœur pour la seconde fois.

- 10 -

Sam conduisait en silence. Qu'aurait-il pu dire ? songea-t-il en lançant un regard à Mia. Il avait essayé. Il lui avait offert une vie, les enfants qu'elle désirait. Cela n'avait pas suffi.

Le silence persista, impossible à ignorer, difficile à interpréter.

Du coin de l'œil, il épiait Mia. Raide, le regard fixé sur la route. Elle serrait contre elle son sac à main comme on s'accroche à une bouée de sauvetage.

La journée avait mal tourné.

À un feu rouge, ses doigts tambourinèrent sur le volant, mais s'arrêtèrent net quand Mia déclara :

— Ce soir, je retourne dans la cabine de Maya.

Il jura entre ses dents, incapable de former une pensée cohérente. Il ne savait qu'une chose : il refusait de la renvoyer coucher sur le canapé de Maya. Sans doute ne partageraient-ils plus jamais un lit, mais ce n'était pas une raison. Sa suite comportait deux chambres. Aussi difficile soit-il de la savoir toute proche sans pouvoir la toucher, il lui offrirait l'hospitalité.

— Non, dit-il en se tournant vers elle.

— Sam…

— Laisse-moi finir.

Le feu passa au vert, il se dirigea vers le port.

— Pas question que tu couches sur le canapé de ta sœur, tu prendras ma chambre d'amis.

— Je me débrouillerai très bien, dit-elle d'un ton ferme.

— Tu peux même fermer ta porte à double tour, si tu en éprouves le besoin.

— Il ne s'agit pas de ça. Je veux juste que ce ne soit pas trop difficile pour nous deux.

— Tu veux vraiment expliquer à Maya la raison qui te pousse à revenir sur son canapé ?

— Non, avoua-t-elle. Pas ce soir, en tout cas.

Elle laissa sa tête retomber sur l'appui-tête de son siège en soupirant.

— Alors reste. Bon sang, Mia, nous sommes des adultes. Je peux me trouver dans la même pièce que toi sans te sauter dessus. Et de toute façon, si je le faisais, tu saurais très bien me dire non.

— Je sais, mais… je ne veux pas que nous soyons gênés. Rester dans ta suite sans que nous soyons ensemble, même temporairement, ça va être pénible.

— Détends-toi, Mia. Nous y arriverons. Il n'y a qu'à revenir à la case départ, au début de la croisière. Dès que nous serons sur le bateau, je signerai tes satanés papiers. Partager ma suite n'implique pas nécessairement d'être intimes. Nous nous éviterons le plus possible, voilà tout.

Quel mensonge ! Elle allait terriblement lui manquer. Ne plus la caresser, ne plus la tenir contre lui représenterait un calvaire de tous les instants.

Il ressentait déjà la perte, alors que la vraie torture n'avait pas encore commencé.

— Tu signeras les papiers avant notre retour à Long Beach ? s'enquit-elle, dubitative.

— Ça servirait à quoi d'attendre ?

— À rien, je suppose, répondit-elle d'une voix douce.

— Voilà. Il n'y a rien de nouveau pour nous dans cette situation.

Et pourtant, si. Il lui avait offert une famille, des enfants, tout ce dont elle rêvait. Et elle avait refusé. Cette cruelle vérité s'enfonça comme une griffe au creux de son ventre.

— Nous y parviendrons, conclut-il sans vraiment y croire.

Le silence s'installa de nouveau entre eux. Un silence derrière lequel ils se réfugièrent.

Pendant deux jours, Sam se comporta comme un fantôme ; il sortait et entrait furtivement dans sa cabine, s'efforçant d'éviter Mia. Il agissait de façon à rendre la situation le moins pénible possible pour eux.

Mia ne savait que penser. Exprimer sa colère ? Le remercier de sa délicatesse ?

Comme il lui manquait… Ne pas le voir était difficile. Pourtant, passer du temps en sa compagnie en sachant que tout était fini aurait été bien plus violent.

— Il t'a demandé de rester mariée avec lui ? lui demanda Maya.

Mia regarda sa sœur et hocha la tête.

— Et d'avoir des enfants avec lui ?

— Oui.

— Et tu as refusé.

Après une profonde inspiration, elle répondit :

— Oui. Ça fait au moins dix fois que tu m'en parles en deux jours, tu ne peux pas changer de sujet, Maya ?

Tu ne vois pas que je n'ai vraiment pas envie de broder sur ce thème ?

— Je suis toujours sous le choc. Sam a fait un pas dans ta direction, Mia, il a donné son accord pour que vous ayez des enfants.

— Mais il n'a pas l'intention de fonder cette famille avec moi.

La peine était toujours aussi vive dans son cœur. En plus, depuis qu'elle avait annoncé sa rupture définitive avec Sam, Maya lui posait des questions dignes de la CIA !

— Pourtant, tu couches toujours dans sa suite, lui fit remarquer sa sœur.

— Maya, je t'en supplie…

— Sans que vous vous *amusiez* ensemble, conclut son impitoyable jumelle.

Mia soupira. Sa sœur ne lâcherait pas le morceau de sitôt. Elle non plus, d'ailleurs. Sam lui manquait atrocement. Chaque fois qu'elle prenait une douche, elle se rappelait ses mains sur son corps, caressant ses seins jusqu'à la rendre folle.

Curieusement, ce qui lui manquait le plus, ce n'était pas le sexe, mais prendre son café avec lui le matin, rire avec lui, se blottir contre lui au réveil, contempler les étoiles en sa compagnie le soir, sur leur balcon privé. Tout lui manquait.

— Tu sais qu'il a conduit Charlie et Chris sur le pont, hier ? annonça Maya tout en secouant la tête comme si elle ne parvenait toujours pas à y croire.

— Ah bon ?

— Il a même demandé au capitaine de les laisser piloter le bateau à tour de rôle.

Le cœur de Mia se serra.

— Il ne me l'a pas dit…, murmura-t-elle.

— Évidemment, vous ne vous parlez plus !

— C'est vrai. En deux jours je l'ai à peine aperçu.

— Les enfants étaient si excités après l'épisode avec le capitaine que Sam leur a offert une glace.

— Pardon ? s'exclama Mia.

Cela ressemblait si peu à Sam… Que fallait-il en penser ? Elle se sentit encore plus triste et désespérée de constater qu'il savait y faire avec les enfants, contrairement à ce qu'il prétendait.

— Étonnant, je sais, fit remarquer Maya. C'est pour cette raison que je te demande ce qui s'est passé. À mon avis, on dirait qu'il t'aime.

— Tu le défends, maintenant ?

— Oui. Et je m'étonne moi-même, figure-toi. Quand vous avez rompu, j'étais furieuse, tu t'en souviens ?

— Tu voulais même lui jeter un sort.

Ignorant la remarque, Maya poursuivit :

— Si j'étais aussi furieuse, c'est parce que j'aimais beaucoup Sam. Quand il t'a fait souffrir, j'étais en colère contre moi de ne pas l'avoir vu venir.

Mia sourit à sa sœur et lui prit la main. Sa famille avait beau parfois être irritante, elle ne saurait se passer d'une jumelle qui la défendait bec et ongles.

Mais Maya n'en avait pas fini.

— Reprenons, dit-elle. Nous arrivons à bord de ce bateau et j'observe Sam te regardant, je m'aperçois qu'il t'aime toujours. Vous refaites une tentative. Ensuite vous rompez une nouvelle fois, et pourtant il t'aime encore, et il est gentil avec mes enfants. Cela me rend de nouveau folle de colère.

Mia se plongea dans ses réflexions. Sa famille et elle subissaient des hauts et des bas psychologiques depuis bien trop longtemps, à cause de son mariage raté, et ces poussées d'adrénaline les épuisaient. Quant à elle, elle avait pleuré toutes les larmes de son corps.

— Décompresse, Maya. Tu es bouleversée par ce qui m'arrive, et je t'aime pour ça, mais le bébé que tu portes a besoin de tranquillité et de paix.

— Dans ce cas, il frappe à la mauvaise porte, marmonna Maya.

Assises sous un parasol, elles observaient les baigneurs de la piscine. La brise était légère, la croisière se dirigeait vers l'île de Kaua où le bateau ferait escale pendant deux jours. Pour la première fois depuis le début du voyage, Mia avait envie que la croisière s'achève. Mais il restait encore une semaine avant le retour. Réussirait-elle à vivre tout ce temps dans la suite de Sam ?

Heureusement, ses parents avaient repris l'avion la veille, pour aller aider Merry. Elle n'avait plus à supporter que la sympathie et la colère de Maya. C'était déjà ça !

— Je sais que tu ne veux pas revenir dans notre suite, reprit cette dernière. Je te comprends, le canapé n'est pas très confortable. Mais tu pourrais t'installer dans la cabine de papa et maman.

— Impossible. J'ai déjà vérifié, la suite est louée depuis une semaine.

— Alors prends ça comme un signe.

— Un signe de quoi ?

— Peut-être que l'univers entier se ligue pour que Sam et toi résolviez votre problème. Dans ce but, il vous confine dans la même cabine.

— Que l'univers aille au diable ! De plus, n'est-ce

pas toi qui me conseillais de m'éloigner de Sam en courant, il y a seulement quelques jours ?

— C'est vrai, reconnut Maya. Mais j'ai changé d'avis.

— Aussi historique que soit ce changement, je ne pense pas que parler avec Sam modifiera quoi que ce soit.

— Entendu. Tout ça me fatigue, je laisse tomber.

— Merci.

— Après t'avoir dit…

— Maya…

— Après avoir dit que je te soutiens à 100 % dans cette histoire. Quoi que tu fasses.

Mia lui sourit. En toutes circonstances, elle pouvait compter sur sa sœur. Sur toute sa famille, en fait. Elle continuerait donc à pleurer en cachette pour ne pas les inquiéter. Et le 25 janvier, elle entamerait tout le processus pour fonder une famille bien à elle. À partir de là, Sam ne serait plus qu'un souvenir.

Un merveilleux souvenir qui la hanterait.

— Madame Buchanan ?

Elle leva les yeux vers le serveur qui se tenait près de sa chaise longue.

— M. Buchanan m'a demandé de vous donner ceci, dit-il en lui tendant une enveloppe avant de tourner les talons.

— Il ne veut vraiment pas te parler, fit remarquer Maya.

Sans tenir compte de la remarque de sa sœur, Mia ouvrit l'enveloppe et en tira un unique feuillet.

Mia, j'ai pris un vol de bonne heure ce matin. Le travail m'appelle aux Bermudes. Dispose de ma suite.

J'ai eu plaisir à être avec toi de nouveau, même pour si peu de temps.

Sois heureuse.

Sam.

— Il est parti..., murmura-t-elle.

Agacée, Maya lui arracha la feuille.

— Comment ça, parti ? s'exclama-t-elle. Sans un mot ?

— Il m'a envoyé un mot, Maya, tu l'as entre les mains.

— Attends un peu... il ne pouvait pas te le dire en face ?

— C'est bien fini...

Effondrée, elle acceptait enfin les faits : Sam ne voulait pas la même chose qu'elle. Ils n'éprouvaient pas les mêmes sentiments.

— Je change encore d'avis à son sujet ! décréta Maya.

— C'est inutile. Accepte plutôt les choses comme elles sont : Sam et moi n'étions pas faits l'un pour l'autre.

Ces mots lui brisèrent le cœur. Elle s'était autorisée à espérer, et même s'il ne lui restait rien à quoi s'accrocher, elle éprouvait encore de la difficulté à renoncer pour toujours à Sam. Devant elle s'étalaient les longues années de vide qui l'attendaient...

Mais tant pis ! Elle fonderait sa propre famille, elle aimerait ses enfants et rêverait à ce que Sam et elle auraient pu faire s'il lui avait fait confiance comme elle l'avait espéré.

Sam était aux Bermudes. Il passait les trois quarts de son temps sur les chantiers navals, à consulter les constructeurs, suivant de près chaque détail de la construction.

Il s'abrutissait de nouveau de travail pour ne pas avoir à penser à Mia et au vide que serait sa vie sans elle.

Il séjournait dans la maison que les Buchanan possédaient sur l'île. Son grand-père l'avait construite parce qu'il passait le plus clair de son temps sur les chantiers navals. Et son père l'avait utilisée pour y séjourner avec ses nombreuses maîtresses.

Mais chaque année, Mike et lui y passaient une semaine ensemble, à se comporter comme les frères que leurs parents les avaient empêchés d'être. Si bien que la maison recélait de nombreux souvenirs heureux pour lui. Il essayait de se concentrer sur eux, pour garder à distance la pensée de Mia.

Sans grand succès.

Il ne s'était pas attendu à ce qu'elle lui manque autant. Se réveiller près d'elle, discuter en buvant leur café du matin, écouter son rire…

Lui revenait en tête la soirée avec les garçons, passée à décorer le sapin, en compagnie de Mia qui rayonnait. Pourquoi le nier ? Pour la première fois de sa vie, les décorations de Noël lui avaient semblé… belles.

Dans la journée, il parvenait à ne pas penser à elle, mais la nuit, durant son sommeil, elle envahissait son esprit. Toujours. Ses soupirs, ses sourires, la façon dont elle réagissait à ses caresses… Le matin, il se réveillait le cerveau embrumé, le cœur serré, comme s'il avait retenu sa respiration toute la nuit. C'était d'ailleurs peut-être le cas.

Il n'avait qu'une certitude : oublier Mia lui prendrait des années.

— Tu as l'air perdu dans tes pensées.

Sam se retourna. Son frère se tenait dans l'embrasure de la porte. Jamais il ne s'était senti aussi heureux de voir quelqu'un.

— Je tournais en rond, dit-il. Maintenant que tu es là, ça va peut-être s'arrêter.

Mike alla prendre deux bières dans le réfrigérateur et lui en tendit une.

— Alors, de quelles pensées essaies-tu de te débarrasser ? s'enquit-il. Voyons voir… ne s'agirait-il pas de Mia ?

— Laisse tomber, Mike. Je viens de te dire que j'étais content de ne plus tourner en rond. Pas d'avoir à discuter.

— Dans ce cas, je vais parler pour toi, suggéra Mike en prenant un siège. Je pense que Mia te manque. Je crois que vous avez passé de très bons moments ensemble sur le bateau, et que tu n'avais pas envie de la quitter.

— Et moi, je pense que tu devrais te mêler de tes propres affaires.

— Tu es mon frère, vieux. Ce qui te concerne, ça fait partie de mes affaires.

Sam détourna la tête pour cacher à son frère qu'il avait vu juste.

— Tu n'as pas une fiancée qui réclame ta présence ? demanda-t-il pour changer de conversation.

— Alice est folle de moi, répondit Mike. C'est de toi que nous parlons.

— Je n'ai rien à dire.

— D'accord. Tiens ! Quand as-tu repeint la pièce ?

— Dès mon arrivée.

Il avait loué les services d'une entreprise pour refaire le bureau de son père. Voilà des années qu'il projetait ce changement, sans jamais trouver le temps. Cette fois-ci, le marron foncé des murs et la moulure blanche lui avaient donné le sentiment d'étouffer.

Son père aimait les couleurs sombres qui le calmaient, disait-il. Pourtant, Sam ne se souvenait pas d'avoir vu son père calme ou détendu. Et cela avait imprégné jusqu'aux murs de cette pièce.

Écœuré du côté sombre des lieux, il avait chargé l'entreprise de changer les couleurs non seulement du bureau mais de toute cette satanée maison. À présent, les murs étaient couleur crème, les moulures bleu pâle. Au fur et à mesure que les pièces prenaient une autre allure, Sam sentait ses épaules s'alléger d'années de dépression.

— C'est bien mieux ainsi, fit remarquer Mike. J'aimerais que toi aussi tu ailles mieux.

— Peut-être que moi aussi j'ai besoin d'un bon coup de peinture.

— Nous savons tous les deux ce dont tu as besoin, vieux frère.

Sam soupira et contempla sa bière.

— J'ai eu un coup de fil de mon avocat ce matin, dit-il. Il a bien reçu les papiers, le divorce sera officiel dans deux mois.

— C'est une bonne nouvelle ?

Sam lui jeta un regard noir.

— Bien sûr, répondit-il. Mia veut une famille et des enfants, et moi, je ne peux pas.

— Tu ne *peux* pas ou tu ne *veux* pas ?

— C'est la même chose.

— Pas du tout ! Examine ton attitude : tu choisis de dire non à une femme que tu veux. Cela s'appelle « ne pas vouloir », et non « ne pas pouvoir ».

— Je lui ai proposé de lui donner la famille qu'elle veut, elle a refusé !

En prononçant ces mots, le chagrin lui enserra de nouveau le cœur, mais il le repoussa.

— Parce qu'elle te veut, Sam. Elle veut que tu fasses partie intégrante de la famille que vous formeriez.

— Bon sang, Mike ! J'ai été élevé par notre père, et tu sais très bien quel genre de modèle il était !

— Et pourtant, tu lui permets de décider de ta vie. Même s'il est mort.

— Oh ! Arrête cette psychanalyse à deux balles !

— Réfléchis ! Tu t'éloignes d'une femme que tu aimes sous prétexte que tu agiras comme notre père.

— Et selon toi, ce ne sera pas le cas ?

Sam en avait assez, de cette discussion qui ressemblait à une séance de torture. Il sortit dans le jardin et contempla le gazon impeccable, les arbustes et l'océan. Ici, c'était une sorte de paradis, et pourtant, il avait le sentiment de vivre dans un garage avec pour toute vue un mur de béton !

— Je peux te donner au moins un exemple prouvant que tu n'es pas comme papa, dit Mike, qui l'avait rejoint.

— Lequel ?

— Tu as épousé Mia, alors que notre père ne s'est jamais marié par amour.

— Il y a quand même eu maman.

Il est vrai qu'il n'avait jamais ressenti beaucoup d'amour, dans la relation de ses parents.

Mike laissa échapper un rire sans joie et demanda :

— Tu trouves qu'ils ont fait un mariage d'amour ?

Quand je me suis fiancé à Alice, maman m'a dit qu'elle en était très heureuse. Quand papa et elle ont divorcé, tu sais ce qu'il lui a dit ? Qu'il ne l'avait épousée que sur ordre de son père, pour qu'il ait des enfants et assure la succession Buchanan.

Cette nouvelle choqua Sam. Il ressentit pour sa mère un élan de sympathie instantané, et se réjouit qu'elle ait enfin trouvé le véritable amour avec un homme.

— Toi, tu as épousé Mia parce que tu l'aimais, poursuivit Mike.

— Cela ne m'a pas empêché d'échouer.

— Parce que tu as abandonné la partie.

— Qu'aurais-je pu faire ? Elle voulait divorcer !

— Parce que tu étais un mari absent.

Mike se planta devant lui, l'obligeant à le regarder en face.

— Tu avais si peur d'échouer que tu t'es tenu à distance autant que tu as pu, déclara-t-il. Vraiment stupide de ta part !

— Merci, marmonna Sam en buvant une gorgée de bière.

Même la bière manquait de goût ! Elle était fade… comme le reste de sa vie.

— Maintenant, poursuivit Mike, il existe une solution. Analyse ton comportement passé, vois ce que tu as mal fait et change de direction.

— Elle veut des enfants.

— Toi aussi. Tu as juste peur d'échouer, là aussi. Écoute-moi bien : dans ce domaine, tout le monde a peur d'échouer. Alors tu t'y mets, tu aimes ton enfant et tu fais de ton mieux. Je te connais comme ma poche, vieux. Quand tu fais de ton mieux, tu réussis toujours.

Sam haussa les épaules et ne répondit pas. Son frère avait-il raison ?

Durant la plus grande partie de sa vie, il s'était efforcé de ne pas devenir comme son père. Pourtant il n'avait pas remarqué à quel point il était différent de lui. Cette maison en était la preuve. La noirceur dont son père s'était entouré, il venait de la bannir de la maison une fois pour toutes. Pourrait-il faire de même pour sa vie ?

Évoquant le visage de Mia, il sentit son cœur se serrer. Quoi qu'il fasse dans l'avenir, rien ne serait aussi important que la décision qu'il devait prendre maintenant.

— Elle a signé les papiers du divorce, marmonna-t-il.

— Vous avez deux mois avant que le divorce soit effectif.

Pensif, il regarda Mike.

— Tu me fais réfléchir… je te remercie, dit-il.

Mike lui donna une tape dans le dos.

— Avec plaisir, grand frère ! Au fait, je t'ai dit que Mia venait à mon mariage ?

Sam ne put s'empêcher de sourire. Tout à coup, il respirait mieux, la journée lui semblait moins lugubre.

Mia avait tenu à se rendre au mariage de Mike.

Elle avait toujours aimé le frère de Sam, et sa fiancée était charmante. De plus, malgré sa rupture avec Sam, il n'existait aucune raison objective de renoncer à sa relation avec Mike.

En revanche, revoir Sam et se retrouver dans la même petite église avec lui s'annonçait beaucoup plus difficile qu'elle ne l'avait cru.

Les papiers étaient signés, le divorce serait prononcé dans deux mois, mais l'amour dans son cœur palpitait toujours. Elle avait vécu Noël en famille, s'arrangeant pour ne pas gâcher la joie des autres avec son chagrin.

Elle était revenue chez elle sans espoir, si ce n'est la mince possibilité d'être enceinte de Sam. Une fois ce dernier espoir réduit à néant, elle avait accepté l'inévitable. Désormais elle se préparait pour son rendez-vous à la fin du mois. Elle accueillerait son enfant et commencerait à fonder la famille qu'elle souhaitait si fort.

Sam n'en ferait pas partie, et elle en souffrirait toujours. Mais envers et contre tout, elle continuerait à sourire et à vivre la vie qu'elle se choisissait.

Au cours de la cérémonie, elle essaya de se concentrer sur les mariés, mais malgré elle son regard se dirigeait sans cesse vers Sam. Si grand, si beau dans son smoking, il se tenait à côté de son frère. Pensait-il à leur mariage à eux ? Elle, elle y pensait et les souvenirs se bousculaient en elle, si vivants, si nets, qu'elle avait du mal à respirer.

Bien sûr, les deux mariages étaient très différents. Le leur avait été célébré sur une falaise de Laguna Beach, un matin de décembre étincelant. Celui de Mike et Alice se déroulait le soir. Il était beaucoup plus élégant, dans cette minuscule église qui croulait sous les fleurs blanches et jaunes.

Souhaitant éviter Sam, elle se glissa hors de l'église avant que les mariés en sortent.

Elle se précipita vers une des voitures destinées à transporter tout le monde sur le lieu de la réception qui se déroulait sur un des bateaux de croisières des

Buchanan. En arrivant, elle admira les ballons, les guirlandes, les fleurs enroulées autour de la passerelle.

Une fois à bord, des serveurs accueillaient les invités avec des plateaux d'argent chargés de flûtes de champagne. Mia en saisit une et en avala une longue gorgée. Elle en aurait besoin si elle croisait Sam. Ce qui ne manquerait pas d'arriver.

Des gerbes de fleurs pavaient le chemin vers la salle de la réception, où un orchestre jouait une musique enjouée. Chaque table était décorée de fleurs et de bougies dont la flamme dansait dans les photophores.

Pour éviter la foule, elle sortit sur le pont, sa flûte à la main. Ici en Floride, le temps était doux, même en cette soirée de janvier, et une petite brise océane l'enveloppait.

— Ne m'oublie pas.

Suffoquée, elle perdit un peu l'équilibre, prit une profonde inspiration et se rattrapa en posant une main sur la rambarde devant elle.

Sam. Là, juste derrière elle.

— Mia…

Sans se retourner, elle supplia :

— S'il te plaît, ne me fais pas ça. Laisse-moi profiter du mariage de Mike et Alice avant de rentrer chez moi.

— Je ne peux pas, répondit-il d'une voix douce, en posant ses mains sur ses épaules pour la faire pivoter vers lui.

Il était beau à couper le souffle. Et il ne lui appartiendrait jamais. Même la douce chaleur de ses mains sur ses épaules n'était que passagère.

— Excuse-moi, Mia.

— De quoi ? demanda-t-elle en avalant une gorgée de champagne.

La libérant, Sam se passa une main dans les cheveux en haussant les épaules.

— De tout, répondit-il. Et surtout de t'avoir fait sentir que tu n'étais pas importante pour moi, alors que c'est tout l'inverse. Tu es la personne la plus précieuse de ma vie.

Mia le contemplait avec prudence, essayant de déchiffrer son regard. Trop d'émotions s'y mêlaient pour qu'elle parvienne à toutes les identifier. Incertaine, elle choisit d'attendre.

Il laissa échapper un petit rire avant de reprendre :

— Avant de dire quoi que ce soit… tu es si belle que mon cœur se serre.

Elle se mit à rire. Elle n'était pas idiote et se savait jolie, ce soir. Sachant qu'elle verrait Sam, elle avait soigné sa tenue. Qu'il la voie, qu'il éprouve des regrets de l'avoir laissée partir.

Elle avait donc acheté une robe fourreau rouge sans manches, un bijou de raffinement qui épousait ses formes au plus près. Ses talons aiguilles la hissaient presque à hauteur de Sam.

— Merci, dit-elle d'un ton léger. J'ai acheté cette robe avec soin, pour te faire souffrir.

Il rit de nouveau.

— Eh bien, mission accomplie, répondit-il.

— Que veux-tu, Sam ?

— Toi.

Le cœur de Mia se serra.

— Sam, nous avons déjà vécu tout ça et je…

— Non, tu ne sais pas ce que je vais dire.

Elle retint sa respiration.

— Je t'écoute, murmura-t-elle.

— J'ai enfin compris que je ne suis pas seulement

le fils de mon père mais aussi celui de ma mère. Ma mère a survécu à sa vie avec mon père, elle a trouvé l'amour avec un second mari, et ils sont heureux. Contrairement à moi, Mike a été élevé dans un monde de rêve.

— Je sais que ton père était dur, et j'en suis navrée pour toi.

— Il ne s'agit plus de lui, Mia, dit-il en lui prenant le visage entre ses mains. Je me suis enfin détaché de ce passé. Je comprends enfin que ce sont mes propres choix qui doivent façonner ma vie, et non la personnalité de mon père.

Plongeant son regard dans les yeux de Sam, elle n'y lut que de l'amour. Son cœur se mit à battre la chamade, l'espoir fleurit de nouveau dans sa poitrine.

— Je veux te croire, Sam, vraiment.

Mais comment serait-ce possible ? Il avait si souvent choisi son travail. Pouvait-il vraiment changer ?

— Crois en moi, Mia. Donne-moi une nouvelle chance. Cette fois, je ne te laisserai pas tomber. Je suis fatigué du vide. Je veux la magie que tu représentes, des vrais Noël, des rires. De la joie, de la passion. Tout ça, c'est toi.

Le portable de Sam sonna. Il le sortit de sa poche et sans un regard à l'écran, le jeta par-dessus bord.

— Tu es fou ? s'écria-t-elle en se penchant par-dessus la rambarde. C'est peut-être un appel pour ton travail !

— J'espère bien, répondit-il en l'attirant dans ses bras pour la regarder au fond des yeux. Je déteste l'idée que tu sois surprise que je te choisisse, au lieu de répondre à un appel professionnel. C'est déplacé de ta part. Tu pourrais t'attendre à ce que ton mari, car nous sommes encore mariés, te donne la préférence dans quelque domaine que ce soit.

Après un bref silence, il conclut :

— Excuse-moi de ne pas avoir compris ce que j'avais, quand je l'avais.

— Oh ! Sam…

Le cœur de Mia se gonfla d'amour, ses mains se mirent à trembler au point de renverser une partie de son champagne.

Sam lui prit la flûte des mains et la lança aussi par-dessus bord.

— Sam ! Arrête de faire ça ! Je n'ai jamais souhaité que tu négliges ton travail. Moi-même, j'aime beaucoup ce que je fais à la boulangerie. Je voulais juste sentir que moi aussi, j'étais importante à tes yeux.

— Tu es la chose la plus importante au monde pour moi, ma chérie, murmura-t-il en prenant son visage en coupe.

Mia avait du mal à respirer, son cœur battait à tout rompre, l'espoir renaissait.

— Ce qui veut dire… ? murmura-t-elle

— Que je veux rester marié avec toi. Disons à nos avocats de détruire les papiers signés avant qu'ils arrivent à la Cour.

— Sam…

— Reste auprès de moi, Mia, dit-il en l'embrassant. Faisons des bébés ensemble.

Les yeux de Mia s'emplirent de larmes, qu'elle fit un effort surhumain pour refouler.

— Je veux fonder une famille avec toi, poursuivit-il. Je l'ai peut-être toujours voulu, mais j'avais trop peur pour l'envisager.

Il l'embrassa avec fougue.

— En fait, j'ai davantage peur de te perdre que je n'ai peur d'être un mauvais père.

— Tu seras un père formidable, assura-t-elle.

— Je te promets de faire tout mon possible. Je t'aime, Mia. Je vais aimer nos enfants, nous en aurons autant que tu voudras. Une famille avec toi, un avenir avec toi, je ne demande que ça. Sans toi, je n'ai pas d'avenir.

— Sam, tu vas me faire pleurer.

— C'est un bon signe, dit-il avec un sourire.

Au comble de l'émotion, elle ne put que lui rendre son sourire.

Les premières étoiles apparaissaient dans le ciel, les bruits de la soirée parvenaient jusqu'au pont où ils se tenaient.

— Nous achèterons une maison où tu voudras, ajouta-t-il. Nous pouvons même vivre près de Maya et Joe, si tu veux.

— N'exagérons rien ! s'exclama-t-elle en riant.

— Comme tu voudras, ma chérie. Je ferai tout pour que tu sois heureuse. J'ai changé, je te le jure.

— Pas trop, j'espère. Je t'ai toujours aimé comme tu étais. Je voulais simplement t'avoir tout entier pour moi.

— Tu peux y compter. Et si jamais je m'égare, dis-le-moi immédiatement, je rectifierai mon attitude.

— Tu es bien sûr de toi ? Je ne supporterais pas de te perdre une autre fois.

— Cela ne risque pas d'arriver. Je te le promets.

Fouillant dans sa poche, il en sortit un anneau serti de diamants et d'émeraudes qu'il glissa à son annulaire avant de plonger son regard dans le sien.

— J'espère que tu porteras tes autres bagues dès notre retour à la maison, dit-il.

Elle hocha la tête en riant, son regard allant de la bague aux yeux de Sam.

— Mais cette bague-ci, précisa-t-il d'une voix douce, je te l'offre en gage de la promesse que je te fais. Je t'aimerai toujours, Mia Harper Buchanan. J'aimerai les enfants que nous ferons ensemble. Je vous donnerai tout ce que j'ai.

Mia contempla la bague à son doigt, puis les plus beaux yeux bleus du monde, les yeux de son mari.

— Je t'aime, Sam. Depuis toujours et pour toujours. Je suis si heureuse que tu sois revenu à la maison.

— Ma maison, c'est toi, Mia. Tu es ma maison, mon cœur. Tu es tout pour moi.

Quand il l'embrassa, Mia sentit son univers se remettre en place. Les nuages se dissipèrent, comme s'ils n'avaient jamais existé.

L'avenir qui s'étendait devant eux semblait radieux. Il contenait tout l'amour dont elle avait toujours rêvé.

STELLA BAGWELL

Un rancher à conquérir

Traduction française de
PEGGY SASTRE

PASSIONS

HARLEQUIN

Titre original :
THE RANCHER'S BEST GIFT

- 1 -

— Deux semaines ! Bon sang Blake, je ne sais pas si je pourrai rester aussi longtemps à Red Bluff.

Le cuir de la selle de Matthew Waggoner crissa lorsqu'il se tourna vers Blake Hollister, son patron et le manager du ranch Three Rivers.

Avec un grognement amusé, Blake se pencha en avant et flatta l'encolure de son cheval bai.

— C'est quoi le problème ? Tu as peur que tout s'écroule sans toi ?

Le regard de Matthew se porta sur le bétail en train de paître les touffes d'herbes cachées parmi les cactus épineux du chaparral. Le paysage de l'Arizona était rude et accidenté, surtout dans les 30 000 hectares du ranch. Octobre se rapprochant, l'herbe se faisait de plus en plus rare.

— Mon absence ne ferait aucune différence à Three Rivers.

Un silence s'installa. Dans le lointain, un coyote laissa échapper un hurlement solitaire, signalant que le crépuscule tombait sur les pics élevés et les profonds arroyos sculptés par des siècles de crues subites.

— En effet. Après quatorze ans de bons et loyaux services, on ne se rendrait même pas compte que tu es parti.

Il marmonna un juron.

— Te fous pas de moi, Matthew. Tu sais pourquoi je t'envoie à Red Bluff. Tu es le seul à qui je puisse faire confiance pour ce job.

Le second ranch des Hollisters était situé dans le sud de l'État, près de la minuscule ville de Dragoon. Avec ses 14 000 hectares, Red Bluff ne faisait que la moitié de la taille de Three Rivers, mais il était situé près de vallées verdoyantes où vaches et veaux pouvaient paître au plus fort de l'hiver. En octobre, on y envoyait toujours un grand troupeau de bétail, donc il n'y avait là rien de nouveau pour Matthew. Sauf que d'habitude, il lui fallait deux jours, pas deux semaines, pour faire le travail.

Matthew souleva son chapeau et passa ses doigts dans ses boucles blondes.

— Tu envoies les cinq mêmes gars que l'année dernière avec moi ? demanda-t-il.

— Plus un. Scott y va aussi.

Matthew s'enfonça son chapeau sur la tête et poussa un gros soupir.

— J'imagine que nous ferions bien de prendre un lit de camp de plus pour le dortoir. Il y a déjà à peine assez de place pour cinq lits, mais on poussera les murs.

— Laisse tomber le lit de camp, répondit Blake. J'ai prévenu Camille que tu dormirais dans la grande maison.

Interloqué, Matthew le regarda :

— Hein ?

— Tu m'as bien entendu. Tu dormiras au ranch. Il y a plein de place et ma sœur ne te posera pas de problème

Des problèmes ! Camille Hollister lui en posait depuis qu'elle était devenue une femme il y avait plus de dix ans. Mais ça, Blake n'avait pas besoin de le savoir.

— Mais j'ai toujours dormi au dortoir avec les gars. Je n'ai pas envie de prendre mes distances avec eux.

Blake répondit :

— Tu es leur contremaître. C'est comme ça qu'ils te voient. Et tu es le seul homme en qui j'ai assez confiance pour le laisser dans la maison avec Camille.

Matthew prit bien soin de cacher sa réticence et répondit :

— Je ne suis pas certain que ta sœur va apprécier cet arrangement.

— Red Bluff n'est pas à elle, ce n'est pas elle qui décide. Elle ne fait qu'y habiter jusqu'à ce que…

Il s'interrompit, un rictus amer peint sur le visage, et reprit :

— Jusqu'à ce qu'elle se remette enfin les idées à l'endroit.

Camille était partie s'installer à Red Bluff depuis plus de deux ans et n'était jamais revenue une seule fois à Three Rivers. Toute la famille était convaincue qu'elle se languissait encore du tocard qui avait rompu leurs fiançailles. Quant à Matthew, il s'abstenait bien d'exprimer la moindre opinion sur la raison pour laquelle le plus jeune membre de la famille Hollister avait choisi de rester à l'écart. Il savait seulement que partager le ranch avec elle allait provoquer un malaise sans nom.

— Depuis le temps qu'elle y est, elle a sûrement eu le temps de se remettre les idées en place, dit-il.

— Alors pourquoi ne revient-elle pas à la maison ? demanda Blake, autant pour lui-même que pour Matthew. Pas étonnant que maman ait autant d'idées noires. Camille pourrait vraiment l'aider à s'en sortir, mais non, elle est trop occupée à se regarder le nombril.

Matthew grimaça intérieurement. Blake n'avait pas

l'habitude de verbaliser des opinions aussi arrêtées sur sa famille. Il était très facile à vivre et pardonnait facilement. Cette colère contre Camille, ça ne lui ressemblait pas. Mais le poids qu'il portait sur les épaules en tant que gérant de Three Rivers était bien plus que ce que Matthew aurait pu supporter.

— Tu penses que c'est ça que ta sœur est en train de faire ? demanda Matthew.

— Je ne sais pas. Et j'en ai marre d'essayer de la comprendre.

Il orienta son cheval vers le ranch.

— Allons-y. Il va bientôt faire nuit.

Matthew mena son cheval aux côtés de la jument de Blake et les deux animaux se mirent à trotter.

Lorsqu'ils arrivèrent à l'écurie, la nuit était tombée, les corvées déjà terminées et le dortoir des ouvriers était allumé. À l'exception de T.J., le chef d'écurie, et des chevaux dans leurs rangées de stalles, l'immense bâtiment était vide.

Pendant qu'ils dessellaient et rangeaient le matériel, Matthew demanda :

— Quand veux-tu que les vaches soient rassemblées ? Je pense qu'il nous faudra au moins trois jours, peut-être plus.

— Mieux vaut commencer dès demain, répondit Blake. Le nouveau troupeau sera arrivé.

Matthew ne cacha pas sa surprise :

— Tu as racheté du bétail ?

Blake grogna en rangeant sa selle sur un portant.

— Ouais. Je voulais t'en parler mais j'ai pas eu le temps, Matthew, désolé.

— Pas grave.

— Si, en fait. C'est toi qui es chargé de surveiller les gars qui bossent et de t'assurer que le bétail est bien soigné. Tu es censé savoir la charge de travail qui t'attend.

— Tu as acheté combien de nouvelles têtes ?

— Cinq cents. Je veux qu'elles aillent toutes à Red Bluff avec les autres. Il faudra les vacciner et leur mettre leurs étiquettes d'oreille une fois arrivées. Donc inclus ça à ton emploi du temps. Deux semaines risquent de ne pas suffire.

Matthew allait faire le nécessaire pour être bien certain que tout serait bouclé en deux semaines. Il voulait rentrer chez lui, loin de Camille Hollister, le plus rapidement possible.

Le même soir, Camille Hollister traversa le jardin derrière la hacienda et entra dans la cuisine. Après avoir rallumé la lampe suspendue au-dessus d'une longue table en pin fabriquée à la main, elle accrocha sa veste en jean sur une patère et se dirigea vers les placards pour se préparer du café.

C'est drôle, pensa-t-elle, je passe de longues heures tous les jours chez Dragoon où les serveuses passent leur temps à remplir les tasses de café des clients, et j'ai rarement l'occasion d'en boire un. Elle était trop occupée à cuisiner pendant le coup de feu et à préparer des gâteaux le reste du temps. Mais elle ne s'en plaignait pas.

Elle adorait son travail. Même si ce n'était pas le genre de carrières que sa famille avait espéré pour elle.

En attendant que le café finisse de passer, elle retira les épingles de son chignon pour laisser ses longs cheveux châtain clair aux reflets auburn lui retomber jusqu'à la taille.

Tout en se massant le crâne d'une main, elle sortit son téléphone de son sac à main et y jeta rapidement un œil.

Il y avait un message de Blake.

Matthew et les gars arriveront vendredi. Merci de l'accueillir correctement.

Camille leva les yeux au ciel. Accueillir Matthew correctement. Que s'imaginait son frère ? Qu'elle allait faire la gueule au contremaître de Three Rivers ? Blake avait l'air de penser qu'elle s'était transformée en vieille sorcière.

Camille adressa un sourire narquois à sa voix intérieure et se versa une grande tasse de café. Avec Matthew Waggoner en tout cas, elle n'avait pas besoin d'être Mademoiselle Sociable. En dix ans il avait dû lui dire vingt mots en tout, et encore. Quant à sa façon de la regarder – elle n'avait jamais réussi à savoir s'il l'aimait bien ou si elle l'exaspérait.

Quoi qu'il en soit, elle n'avait pas beaucoup pensé à lui ces deux dernières années. Ceci dit, à en croire sa famille, elle n'avait pas pensé à grand monde à part à sa petite personne.

Et peut-être avaient-ils raison, se dit-elle en s'asseyant à table, les pieds posés sur une chaise. Elle avait un peu pété un câble quand Graham l'avait abandonnée. Mais elle s'en était remise. Elle avançait dans la vie, et elle le faisait sans homme. Et elle avait bien l'intention de continuer comme ça.

Elle reprit son téléphone et répondit à son frère :

Pas de souci. Je lui déroulerai le tapis rouge.

Le vendredi soir, lorsque Camille arriva chez elle après le travail, le ranch bourdonnait d'activité. Pick-up et bétaillères étaient garés à différents angles près de l'étable. Des enclos temporaires avaient été érigés pour garder les bêtes pendant le déchargement des véhicules.

Les chiens aboyaient et mordillaient les talons des traînardes tandis que des veaux perdus meuglaient pour retrouver leurs mères. L'air était rempli de poussière, les hommes criaient des instructions par-dessus le brouhaha et les chevaux hennissaient.

Camille contempla toute cette activité pendant quelques minutes et soudain une drôle de chose se produisit. Un nœud se forma dans sa gorge et ses yeux se remplirent de larmes, jusqu'à ce que la cour du ranch se perde dans un brouillard humide. Elle se maudit intérieurement, entra dans la maison et s'essuya les yeux. Bon sang, ça faisait longtemps qu'elle avait arrêté de pleurer. Et elle n'avait vraiment pas la nostalgie de la maison. Non, elle avait passé vingt-six années de sa vie à Three Rivers et ça suffisait largement. Elle adorait Red Bluff. Mais voir les hommes à cheval, le bétail et les chiens, tout ça lui avait rappelé son père, Joel. En plus de sa femme et de ses enfants, travailler au ranch avait été une de ses plus profondes joies et s'il avait été en vie, il serait ici, avec ces hommes, en train d'accomplir sa passion.

Presque neuf années avaient passé depuis sa mort et pourtant Camille traversait encore des moments insupportables où le sourire de son père et ses bras réconfortants lui manquaient cruellement. Elle avait été une fille à papa et lorsqu'il était mort, rien n'avait plus été comme avant. Elle se donna un coup de fouet mental, alla dans sa chambre et ôta son pantalon et son chemisier imprégnés de l'odeur de friture. On était vendredi, le restaurant avait donc été particulièrement animé toute la journée. Elle avait perdu le compte des burgers et des bâtonnets de poulet panés qu'elle avait cuits. À présent, au lieu de se détendre avec une tasse de café et le livre qu'elle était en train de lire, il fallait qu'elle prenne une douche et s'apprête à recevoir Matthew Waggoner.

Oh ! allez, ce ne serait que pour deux semaines, se dit-elle. Elle était sûrement capable de le supporter pendant ce laps de temps.

La maison du ranch Red Bluff était une magnifique hacienda traditionnelle, au charme rehaussé par une cour intérieure ornée de plantes grasses, d'un haut cactus et de trois grands arbres de Josué. Des années auparavant, les Hollister y venaient régulièrement l'hiver pour profiter de quelques jours de beau temps. Mais beaucoup de choses avaient changé. Joel avait disparu et tous les enfants Hollister, à l'exception de Camille, avaient fondé une famille. Elle aussi aurait été une épouse aujourd'hui si Graham Danby n'avait pas changé d'avis et décidé de ne pas l'épouser.

Cette dernière pensée traversa l'esprit de Matthew Waggoner tandis qu'il franchissait le portail pour accéder à la porte arrière de la maison.

Bien qu'il eût les clés, Matthew n'avait aucune envie de les utiliser. Même si la maison n'appartenait pas uniquement à Camille, c'était là qu'elle habitait et il n'avait aucune envie de s'imposer.

Il frappa à la porte de derrière et jeta un œil à la cour du ranch. De là où il se tenait, il voyait l'angle du dortoir. De la fumée sortait de la cheminée et à

22 heures passées, il y avait encore de la lumière aux fenêtres. Le travail était terminé depuis à peine un quart d'heure. Les gars devaient être en train de harceler Curly, qui avait accepté de mauvais gré d'assumer le rôle de cuistot, pour qu'il leur fasse quelque chose à manger. Quant à Matthew, peu lui importait de manger ou pas. Après cette journée épuisante, un lit et un oreiller lui suffiraient amplement.

Le grincement de la porte qui s'ouvrait lui fit tourner la tête vers la maison, et il se retrouva soudain nez à nez avec Camille Hollister.

— Bonjour, Matthew.

— Bonjour Camille.

Ils ne dirent plus rien pendant un long moment et Matthew entendit une meute de coyotes glapir dans le lointain, tandis que plus près de la maison, le bétail dans l'enclos continuait de meugler.

Red Bluff était un lieu sauvage et isolé de toute sorte de civilisation, et pourtant Camille y vivait seule. Quel genre de femmes de vingt-huit ans faisait un choix pareil ? Celle qui tentait soigner un cœur brisé ?

Elle ouvrit grand la porte et lui fit signe d'entrer.

— Je t'en prie, entre, dit-elle. J'espère que ça ne fait pas trop longtemps que tu es à la porte. Je sommeillais sur le canapé. Et les murs de la maison sont si épais qu'on n'entend pas grand-chose de l'extérieur.

— Je viens d'arriver.

Il entra dans la cuisine et cligna des yeux lorsqu'elle alluma la suspension au-dessus de la table. La pièce n'avait pas changé depuis la dernière fois qu'il était venu, cinq ou six ans auparavant, lors du dernier passage de Blake et Maureen pour rassembler le bétail. Ces deux dernières années, depuis que Camille s'y était installée,

Matthew et les hommes ne s'étaient pas approchés de la maison.

— Désolé pour l'heure, s'excusa-t-il. J'espère que tu n'as pas veillé pour moi. J'ai une clé.

Elle referma et verrouilla la porte et le rejoignit. Matthew essaya désespérément de ne pas remarquer la suave odeur fleurie dégagée par ses cheveux et par sa peau. Elle tourbillonnait autour de lui et poussait ses yeux à s'attarder sur les doux traits de son visage. Elle avait toujours été belle, mais ce soir elle paraissait particulièrement adorable. Ou était-ce parce qu'il ne l'avait pas vu depuis deux longues années ?

— Je ne savais pas si tu avais une clé. Mais peu importe, répondit-elle. Je ne me couche généralement pas avant 11 heures. Tu veux manger ou boire quelque chose ?

— Ne t'inquiète pas pour moi, je peux me débrouiller, répondit-il.

Elle fit une petite moue, comme si sa réponse l'avait offensée.

— Je ne t'ai pas demandé si tu pouvais te débrouiller. Tu as faim ?

Elle ressemblait tellement à sa mère en disant cela qu'il retint un sourire.

— Vu comme ça, oui, j'ai faim. Mais il est tard et je suis fatigué. Je mangerai demain matin.

À sa grande surprise, elle lui saisit le bras.

— Viens, lui intima-t-elle sur un ton qui n'admettait pas la contradiction.

Elle le conduisit hors de la cuisine. Avant le salon, elle tourna à gauche pour s'engager dans un long couloir. Les murs étaient ornés d'immenses photos encadrées de la famille Hollister et des ouvriers agricoles se livrant à diverses activités à Red Bluff.

Elle s'arrêta brusquement et pointa une photo du doigt.

— Juste au cas où tu te demanderais si tu y es, tu es là, avec papa. Tu te souviens de ce jour-là ?

D'une chiquenaude, Matthew souleva le rebord de son chapeau pour mieux regarder la photo. Le choc.

— Je ne l'avais jamais vue, dit-il d'une voix enrouée. Ce cheval, c'est Dough Boy. Il ruait toujours quand on le montait pour la première fois. Ton père le montait ce jour-là. On avait rassemblé le troupeau à Lizard Canyon. Dough Boy s'était très bien conduit, et Joel avait dit en riant qu'il était le seul au ranch capable de le monter.

— Oui, murmura-t-elle, soudain sérieuse. Est-ce que ce n'est pas ironique que papa ait été tué lorsqu'il montait Major Bob, et pas Dough Boy ?

Ironique ? Non, se dit Matthew. Peu importe le cheval, Joel devait mourir ce jour-là parce que quelqu'un avait décidé de le tuer.

— Je préférerais me rappeler d'autres journées que celle-là, dit Matthew.

Elle poussa un long soupir et d'une pression de sa main toujours posée sur son bras, elle le conduisit jusqu'à une porte à leur droite.

— Tu dormiras là. Ça ne donne pas sur la cour, mais je me suis dit que tu préférerais avoir un bon matelas plutôt qu'une belle vue.

Elle ouvrit et lui fit signe d'entrer. Matthew eut l'impression de pénétrer dans une chambre de villa mexicaine. Elle était ornée de meubles de bois sombre et d'un lit à baldaquin dont les piliers touchaient presque le plafond. La haute tête de lit sculptée représentait des soleils éclatants, des taureaux au combat et des fleurs grimpantes. Aux fenêtres, d'épais rideaux bordeaux étaient ouverts sur les montagnes du désert éclairées par la lune.

— Tu n'as que ce sac ? demanda-t-elle.

— Non, j'en ai un autre dans le pick-up, mais je n'en ai pas besoin ce soir.

Elle hocha la tête.

— OK. Il y a une salle de bains attenante, à côté du placard. Installe-toi tranquillement.

Il s'avança, conscient de n'avoir aucune place dans cette maison à côté de cette femme. Tout cela était trop luxueux pour lui. Mais Blake lui avait ordonné de venir ici, et Matthew obéirait. Pas parce qu'il était son patron, mais parce que Blake et ses trois frères étaient comme ses frères de sang, et que ça ne changerait jamais.

— Merci. C'est très agréable.

Il posa son sac de toile sur le dessus-de-lit vert et bordeaux, puis leva les yeux vers elle :

— Je, euh, je veux que tu saches que ce n'est pas moi qui ai voulu m'installer dans la maison.

— Ça ne m'a pas traversé l'esprit une seconde.

Sans vraiment savoir pourquoi, il ressentit le besoin de s'expliquer.

— Blake a envoyé un homme en plus. Il n'y avait pas la place pour un lit supplémentaire dans le dortoir.

Elle haussa les épaules.

— Aucun problème. Ça ne m'ennuie pas. Et je suis absente la plupart du temps donc je ne te dérangerai pas non plus.

Peut-être pas, mais pour le moment il était sacrément dérangé. Bizarre qu'il la trouve aussi changée. Ses cheveux avaient poussé jusqu'à sa taille. Elle portait un pantalon large à fleurs. Son haut avait un col en V, et lorsqu'elle faisait certains mouvements on voyait la naissance de ses seins. Avant qu'elle ne quitte Three Rivers, elle avait été extrêmement mince. Aujourd'hui elle était voluptueuse et ça lui allait drôlement bien.

— Ne t'inquiète pas. On a tellement de travail qu'on ne devrait même pas se croiser.

Elle esquissa un sourire.

— Va te laver et viens dans la cuisine. Je vais te préparer à manger.

Pourquoi protester ? C'était perdu d'avance. Et d'ailleurs, après ce soir, elle le laisserait se débrouiller tout seul.

— D'accord. Merci.

- 2 -

De retour dans la cuisine, Camille ouvrit le réfrigérateur et en sortit un faux-filet qu'elle avait mis à mariner. Pendant que le beurre fondait la poêle, elle laissa son esprit vagabonder.

Quand Matthew Waggoner était-il devenu aussi beau gosse ? Elle ne se rappelait pas qu'il avait été si large d'épaules, qu'il avait la taille si fine et les jambes aussi longues et musclées. Et ces cheveux blonds, si blonds, qui bouclaient dans son cou. Mais il n'y avait pas que ses cheveux ou la force qui se dégageait de son corps. Quelque chose avait changé dans ses traits rudes. Peut-être une lueur plus dure dans ses yeux gris, ou la raideur de sa mâchoire. Quoi qu'il en soit, il était beaucoup trop sexy pour être honnête.

Matthew réapparut dans la cuisine. Il n'avait pas changé de tenue, mais il s'était débarrassé du gros de la poussière. Ses longues manches retroussées montraient ses épais avant-bras aussi tannés que son visage. Il était tête nue et avait dû se passer les mains mouillées dans les cheveux. Des accroche-cœurs humides lui tombaient sur le front et le haut des oreilles.

Le simple fait de le regarder lui donna des papillons dans le ventre.

— Assieds-toi, Matthew. Tu veux un verre de vin, une bière ?

Il tira une chaise et s'assit à table.

— Une bière, merci.

Elle posa une grande bouteille et une chope devant lui.

— Si tu te demandes si je suis devenu une ivrogne, je te rassure : j'ai de la bière et du vin en stock mais c'est principalement pour faire la cuisine.

— L'idée ne m'avait pas effleuré, répondit-il.

Elle éteignit le feu, déposa un petit tas de frites dans une grande assiette à côté du steak, puis sortit un petit bol de salade du frigo, et posa le tout devant lui.

— Tu en fais trop, Camille.

Son cœur se mit à battre la chamade, et cela n'avait rien à voir avec ce qu'il avait dit et tout avec la façon dont il la regardait, son odeur, sa présence masculine qui remplissaient la petite cuisine.

— Qu'est-ce qui ne va pas ? C'est trop cuit ?

Il secoua la tête.

— Ça ne fait pas partie du contrat.

— Quel contrat ? Je n'ai rien signé.

— Je ne suis pas ton invité. Je suis ici pour travailler.

— Tu n'as pas besoin de me dire pourquoi tu es là, Matthew.

Elle se leva, avant de reprendre :

— Ça fait des années que tu t'occupes du bétail, je sais.

Oui, quatorze ans, pour être précis. Quand Matthew avait commencé à travailler pour le Three Rivers, Joel l'avait amené, lui et quatre autres gars, ici à Red Bluff. Ça avait été épuisant mais travailler aux côtés de Joel avait changé la vie de Matthew. Il avait trouvé en lui le père dont il avait toujours rêvé et le foyer qu'il n'avait jamais eu.

Elle posa une bouteille de vinaigrette, du sel et du poivre devant lui.

— Tu veux du ketchup ou une autre sauce ?

Sa question le tira de ses réflexions et, avec un soupir fatigué, il attira l'assiette vers lui :

— Non, merci. C'est très bien comme ça.

Il se mit à manger et se dit qu'elle allait peut-être quitter la cuisine et vaquer à ses occupations. Au lieu de ça, elle s'assit à son tour.

— On dirait que Blake a mis des enclos supplémentaires.

Il leva les yeux vers elle.

— Il a été pris d'une frénésie d'achats. Ton frère ne rate jamais l'occasion quand les prix baissent.

Elle sourit tristement.

— Blake a toujours su comment tirer profit des situations.

Le steak fondait dans la bouche, à la grande surprise de Matthew. Il n'aurait jamais pensé que Camille savait cuisiner. Reeva régnait sur la cuisine de Three Rivers depuis longtemps avant la naissance de Camille et elle n'était pas du genre à partager son domaine.

— J'imagine que tu t'es faite à la vie ici, dit-il, depuis le temps que tu es partie de Three Rivers.

Elle lui lança un regard perçant.

— Ma famille t'a chargé de mener l'enquête ?

Il mangea un nouveau morceau de viande avant de répondre.

— Très drôle. Mais je suis trop crevé pour rigoler.

— Qu'est-ce qui est drôle ? Tu fais partie de la famille. Tu sais aussi bien que moi qu'ils essaient de savoir ce que je fais, ou de trouver un moyen de me faire revenir.

Il ne sut dire si son courroux lui était destiné, à lui, ou à sa famille.

— Je ne t'ai rien demandé, dit-il. J'ai juste fait une observation. Le fait que tu vives à Red Bluff est un sujet sensible, donc.

— Tu le sais pertinemment.

Matthew décida que converser avec cette femme demandait trop d'énergie et il se concentra sur son assiette. Le calme revint.

— Désolée, Matthew. Je ne voulais pas avoir l'air sur la défensive. C'est juste que j'en ai plus que marre de répondre aux questions de ma famille. Ils n'arrivent pas à accepter que je veuille habiter ici.

— Ils pensent que tu te languis encore de ce Danby et ça les inquiète pour toi.

Elle esquissa un sourire pincé.

— Sache que Graham Danby, c'est du passé, dit-elle avec fermeté. Je suis très bien toute seule et la population masculine du comté de Yavapai ne m'intéresse absolument pas, ni celle ici du comté de Cochise, ni de nulle part ailleurs.

— OK.

Malgré sa réponse laconique, les sourcils de Camille restèrent froncés. Elle reprit :

— Puisque ma vie privée semble ouverte à la discussion, autant retourner le compliment. À mon tour de poser les questions. Tu t'es remis de ton mariage raté avec Renee ?

Aussi interloqué qu'il soit qu'elle ait mis le sujet de son divorce sur la table, il se rendit compte qu'il ne pouvait pas lui dire de se mêler de ses oignons. Pas sans avoir l'air d'un tocard.

— Renee qui ?

Elle ricana.

— Ne te moque pas de moi, Matthew. C'était il y a au moins dix ans et tu ne t'es jamais remarié. Soit tu es encore amoureux d'elle, soit tu as trop la trouille pour retenter le mariage.

Il planta sa fourchette dans ses frites.

— Ta première supposition est totalement à côté de la plaque. La seconde, c'est pas ça non plus.

Ses yeux bleu vif continuaient à le dévisager. Que cherchait-elle ? Un signe de faiblesse ? Une faille dans l'armure ?

— J'admets que le divorce m'a fichu un sale coup.

— Ça n'aurait pas dû, répondit-elle sèchement. J'aurais pu te dire avant que tu l'épouses qu'elle était superficielle.

Il lui jeta un regard noir.

— Comment le savais-tu ? Tu n'étais qu'une ado.

— Pas besoin d'avoir vingt ans pour savoir repérer les piranhas femelles.

Il grogna.

— Les hommes apprennent moins vite.

L'ombre d'un sourire effleura le visage de Camille.

— Aux dernières nouvelles, tu sortais avec une rousse de Yarnell. C'est sérieux ?

— Non. Ça fait plus d'un an que je ne l'ai pas vue. Et je n'ai l'intention d'être sérieux avec personne. Je vous laisse le mariage, à toi, Vivian et à vos frangins.

Elle pâlit.

— Tu peux me rayer de la liste, Matthew. J'ai autant de chances de me marier qu'on en a de voir la neige tomber à Red Bluff.

L'amertume dans la voix de Camille reflétait ce qu'il éprouvait depuis toutes ces années. Il comprenait l'humiliation subie lorsque Danby lui avait préféré une autre femme. Il avait senti la même morsure quand Renee l'avait quitté du jour au lendemain.

— Alors qu'est-ce que tu fais de ta vie en ce moment ? demanda-t-il. Ça doit être terriblement calme par ici quand les ouvriers du ranch ne sont pas là.

Elle leva un sourcil délicat, feignant l'étonnement.

— Tu veux dire que personne de la famille ne t'a dit ce que je faisais pour vivre ? Quelle surprise.

Il secoua la tête.

— Non. Tu as trouvé un travail dans un bureau à Benson ou Tucson ?

Elle leva les yeux au ciel et s'éloigna de la table.

— Pitié, non ! Il faudrait vraiment que je meure de faim retourner dans un bureau !

Il tourna la tête et la vit remplir la cafetière d'eau et de café.

— Pourquoi ? C'est pour ça que tu es allée à la fac, non ? Tu vas faire quoi ? Gâcher toutes ces études ?

Il ne savait pas pourquoi il se laissait aller à une conversation aussi intime avec cette femme. Peut-être parce qu'à certains moments, il avait pensé à elle et s'était demandé si elle était heureuse.

Pendant que le café coulait, elle retourna à table et s'assit.

— Non. Ce n'est pas pour ça que je suis allée à la fac. J'ai étudié pour avoir mon diplôme de management parce que c'était ce que papa voulait et que je le lui avais promis.

— Il est mort peu de temps après ton bac. Il n'aurait jamais su que tu avais choisi une autre voie.

— Peut-être, mais moi, si. Je lui avais fait une promesse, je devais m'y tenir.

Matthew n'était pas surpris par sa loyauté envers son père. Camille avait été très proche de Joel. Peut-être parce qu'elle était le bébé de la famille, ou parce qu'elle était tellement différente de Vivian que Joel avait ressenti le besoin de la surprotéger.

— Donc tu ne travailles pas dans un bureau. Tu fais quoi ?

— Je cuisine dans un restaurant à Dragoon.

Le cerveau fatigué de Matthew eut du mal à l'imaginer.

— Mais il ne doit pas y avoir plus de trois cents habitants. Je ne savais même pas qu'il y avait un restaurant. À ma connaissance, c'est un village.

— Ce n'est pas loin de l'autoroute. Plein de gens de Wilcox qui vont à Benson et Tucson s'y arrêtent pour manger un morceau. Le bâtiment n'est pas très classe, et on fait des repas sur le pouce principalement, mais les clients ont l'air d'aimer ce qu'on leur sert, et moi ça me plaît, de travailler là.

Lorsqu'elle avait commencé à parler de son travail, ses traits s'étaient détendus.

— Pour te dire la vérité, Camille, je ne savais même pas que tu savais faire la cuisine avant ce soir.

Il désigna son assiette vide :

— D'ailleurs, c'était délicieux.

— Merci. C'est ce que j'aime entendre.

Elle s'appuya contre le dossier de sa chaise et croisa les bras sur sa poitrine.

— Je crois que maman regrette que Reeva m'ait permis de l'aider à la cuisine. Elle attend de moi que je fasse autre chose de ma vie.

— Pourquoi ? Parce que tu es une Hollister ?

Elle fronça le nez.

— Ça ne suffit pas ?

— Si, répondit-il après un instant de réflexion. C'est un sacré défi.

Elle sourit, et son visage prit soudain une expression lumineuse et pleine de douceur, exactement comme dans son souvenir, lorsqu'il était arrivé pour la première fois à Three Rivers. Il se détesta d'être aussi sentimental. Surtout avec Camille, la rebelle de la famille.

— Je crois que tu comprends très bien, dit-elle.

— En effet. Je ne suis pas un Hollister, mais Joel m'en a toujours demandé beaucoup. Plus que ce dont je me croyais capable. Il n'a jamais été facile d'être à la hauteur de ses attentes. J'ai essayé. Mais honnêtement, je ne crois pas y être jamais parvenu.

— Bien sûr que si. Tu étais comme un fils pour lui.

Entendre ces mots dans la bouche de Camille provoqua une sensation inattendue en lui.

Elle prit son assiette et la mit dans l'évier. Matthew se frotta le visage. Ces deux prochaines semaines allaient être encore plus longues qu'il ne l'avait imaginé, se dit-il. Il se demanda à quelle heure il devrait se réveiller pour éviter de la croiser avant de quitter la maison. Et jusqu'à quelle heure il devrait rester dehors pour ne pas la voir en rentrant le soir.

Il la sentit à côté de lui, baissa les mains et vit qu'elle était revenue à table avec une part de gâteau au chocolat et une tasse de café.

— Tu es trop fatigué pour le dessert ?

— C'est toi qui l'as fait ?

Elle esquissa un sourire.

— Oui. Je fais aussi des gâteaux pour le restaurant. Les clients adorent, le patron me paie en plus pour les faire.

Blake se plantait sur toute la ligne, se dit Matthew.

Camille n'avait pas du tout l'air d'avoir le cœur brisé. Elle semblait même très épanouie. Si les Hollister s'attendaient à la voir revenir à Three Rivers pleurer sur leur épaule, ils se mettaient le doigt dans l'œil.

— C'est succulent, dit-il après la première bouchée. On dirait celui de Reeva.

— Merci. C'est le meilleur compliment qu'on puisse me faire.

— Tu n'en prends pas ?

— Non, j'ai déjà eu mon quota de sucre pour la journée.

Les coudes sur la table, elle posa le menton sur ses mains.

— Alors, quelles sont les dernières nouvelles de Three Rivers ? Il y a certaines choses dont maman évite de me parler.

— Comme quoi ?

— Les bébés de mes frères et de ma sœur, par exemple. Elle pense que ça va m'attrister parce que je n'en ai pas. Et dans un sens j'imagine que c'est vrai.

Elle avait la franchise de sa mère et le pragmatisme de son père, se dit Matthew. Et elle était pourtant unique.

— Tous les enfants vont bien et le bébé de Holt ne devrait plus tarder à arriver.

— Je suis très heureuse pour lui. Isabelle est merveilleuse. Elle est exactement la femme qu'il lui fallait, dit-elle, avant de le regarder intensément et de reprendre :

— Et les recherches sur la mort de papa ?

Matthew secoua la tête :

— Tu es au courant de ça ?

— Maman et mes frères ne m'en parlent pas, mais Vivian, si. Elle dit que maman se referme comme une huître dès qu'elle en parle et que nos frères sont obsédés par ça.

— Qu'est-ce que tu en penses ? demanda-t-il. Qu'ils ont raison de continuer à chercher ou qu'ils devraient laisser tomber ?

Elle soupira, ferma les yeux et Matthew en profita pour étudier son visage. Elle avait toujours eu des traits magnifiques mais ils avaient atteint une maturité qui la rendait encore plus séduisante. Ce Graham Danby avait été un imbécile de la quitter.

— Ce serait bien d'avoir des réponses, j'imagine, finit-elle par dire. Mais ça ne le ramènera pas. C'est plus dur de vivre avec ça que de ne pas savoir.

— Tes frères veulent que justice soit faite.

— Tu veux dire qu'ils veulent se venger ?

— Peut-être. Moi-même je ne suis pas totalement opposé à l'idée.

Il se leva et prit son assiette et sa tasse.

— Merci pour ce repas, Camille. Il faut que j'aille dormir. Les hommes seront en selle à cinq heures et demie.

Elle se leva en hochant la tête et lui prit la vaisselle des mains.

— Je m'en occupe. Vas-y.

Il s'arrêta sur le seuil pour jeter un coup d'œil derrière lui.

— Camille, à partir de maintenant il faut que tu me laisses me débrouiller tout seul.

Le petit sourire sur le visage de la jeune femme répondit qu'elle ferait bien ce qu'elle voudrait.

— Bonne nuit, Matthew.

— Bonne nuit, Camille.

Camille fit glisser une pile de crêpes et deux œufs dans une assiette chaude qu'elle posa sur le comptoir avant de sonner pour avertir Peggy que la commande était prête.

La serveuse s'en empara immédiatement. Camille constata avec soulagement qu'il n'y avait pas d'autre commande.

— Wow ! Ça, c'était du coup de feu. J'ai à peine eu le temps de respirer, s'exclama Peggy en poussant les portes battantes menant dans la petite cuisine. D'où venaient tous ces gens ?

Camille s'affaissa sur un tabouret et contempla la grande femme au chignon brun mal attaché. Peggy avait une trentaine d'années, de grands yeux marron et un large sourire qui cachait les nombreuses déceptions de sa vie. Camille et elle étaient devenues très proches.

— Les rares fois où j'ai regardé dans la salle, je n'ai pas repéré un seul visage connu. Ça devait tous être des voyageurs.

— Hum, j'imagine que c'est une bonne chose. S'il nous fallait dépendre uniquement de la clientèle de Dragoon, nous n'aurions plus qu'à fermer boutique.

Elle regarda Camille et secoua la tête.

— Ma chérie, je ne comprendrai jamais pourquoi tu perds ton temps dans ce trou perdu au milieu du désert.

Camille sourit.

— Parce que je l'aime, ce trou perdu. J'ai essayé la grande ville. Le trafic, le bruit, l'agitation. Le tailleur et les talons hauts. C'est vrai, je gagnais bien ma vie, mais ça n'en valait pas la peine.

Peggy remit en place une épingle de son chignon.

— Moi, ça ne me dérangerait pas d'essayer. Juste pour voir comment ça fait de vivre dans une maison qui n'est pas pleine de poussière et de ne pas sentir l'huile de friture.

— C'est pas grave, la poussière, rétorqua Camille. Et si les hommes étaient honnêtes, ils avoueraient qu'ils préfèrent une femme qui sent la bouffe plutôt que les fleurs !

— Et qui veut un homme ici, de toute façon ? répondit Peggy avec un rire sarcastique. Pas moi ! Et même si c'était le cas, les célibataires ne se bousculent pas au portillon par ici.

Camille regarda son amie, pensive. Si Peggy faisait un tout petit peu plus attention à son apparence, elle serait magnifique. Mais aucun maquillage et aucune coiffure ne pourraient enlever l'ombre qui obscurcissait son regard. Seul un vrai bonheur pourrait y parvenir.

— Ce n'est pas faux, mais ça ne veut pas dire qu'il faut arrêter de chercher. Tu veux un enfant, la raisonna Camille. Tu ne peux pas en faire un sans homme.

Peggy lui adressa un regard las.

— Il y a toujours les cliniques spécialisées.

— Tu serais prête à faire ça ?

Peggy haussa les épaules.

— Est-ce que ce ne serait pas mieux que de se mettre avec un tocard qui te trompe dès que tu as le dos tourné ?

Peggy avait été fiancée à un type qui la maltraitait psychologiquement et elle l'avait quitté. Après cette erreur de jugement, elle s'était mariée avec un vendeur de voitures de Tucson, qui l'avait trompée une semaine après leur retour de lune de miel. Compte tenu de la brièveté de leur mariage, elle avait obtenu qu'il soit annulé. Maintenant, elle considérait que tous les hommes étaient pourris.

— Peggy, il y a un type bien quelque part qui n'attend que toi.

Peggy rit jaune.

— Venant de toi, Camille, c'est assez drôle. Une beauté comme toi, et qui se cache à tous les regards.

Elle se dirigea vers la porte et s'arrêta sur le seuil :

— Au fait, que fais-tu ce soir ? Je vais à Benson trouver quoi porter à la fête d'Halloween de Gideon. Tu veux venir ?

— Gideon organise une fête ?

Gideon était un veuf et vétéran de soixante-quinze ans qui nettoyait les tables du restaurant et faisait la plonge. Il était de nature joyeuse mais Camille avait du mal à l'imaginer en train d'organiser une soirée pour Halloween.

— Ses petits-enfants viennent le voir et il veut organiser quelque chose de spécial pour eux. Je lui donne un coup de main.

À n'importe quel autre moment, Camille aurait répondu oui tout de suite. Mais elle détestait imaginer Matthew rentrer épuisé et affamé ce soir et ne pas être là pour s'occuper de lui.

Mais qu'est-ce qui te prend, Camille ? Matthew n'est pas ton mec. C'est un adulte qui vit seul depuis des années. Il n'a pas besoin de toi, ni de personne d'autre, pour s'occuper de lui !

La petite voix sarcastique dans sa tête avait parfaitement raison. Elle avait été bien idiote d'organiser sa vie en fonction de Matthew. Dans deux semaines, il serait reparti et elle ne le reverrait plus pendant un an. D'un autre côté, si elle voulait passer un peu de temps avec lui, elle avait intérêt à tirer profit des deux prochaines semaines pendant que lui et son équipe étaient à Red Bluff.

Elle se leva et saisit une spatule. Tout en grattant le gras collé sur le gril, elle répondit :

— Merci Peggy, mais l'équipe de Three Rivers est à Red Bluff en ce moment et je préfère être là.

Peggy fronça les sourcils.

— Pourquoi ? Je ne savais pas que tu donnais un coup de main au ranch.

La remarque la piqua au vif.

— Eh bien, sache que je monte et que je sais rassembler les vaches. Ça fait juste un moment que je ne l'ai plus fait. Je voulais juste dire qu'ils peuvent avoir besoin de moi pour faire des courses ou des trucs comme ça.

La serveuse haussa les épaules.

— OK, cow-boy. Moi je dois trouver un truc effrayant à me mettre sur le dos.

Peggy sortit et Camille laissa tomba sa spatule. Honnêtement, elle ne savait pas ce qui était en train de lui arriver.

Elle était dans un drôle d'état depuis que Matthew était là. Elle avait oublié qu'elle voulait garder ses distances avec lui ; le voir avait ressuscité toutes sortes de souvenirs poignants. Un peu comme si elle était revenue chez elle. Ce qui n'avait aucun sens. Elle n'avait jamais été proche du contremaître de Three Rivers.

La cloche de la porte du restaurant tinta et interrompit ses réflexions. Cinq minutes plus tard, Peggy accrochait deux commandes de poulet frit.

Heureuse de la distraction, Camille se remit au travail.

- 3 -

Les cinq gars de l'équipe de Matthew étaient fiables. À soixante ans, Curly, le cuistot, était le plus vieux, et Pate, vingt ans, un grand échalas dégingandé aux épais cheveux noirs et au sourire paresseux, était le plus jeune. Entre les deux, il y avait Scott, la trentaine, un véritable as du lasso. Abel, à la tignasse rousse, le visage couvert de taches de rousseur et au tempérament de feu, avait vingt-cinq ans mais déjà une bonne expérience dans un ranch. TooTall était un Amérindien de la tribu Yavapai, un cavalier émérite qui avait l'habitude de travailler avec Holt. Tranquille et solitaire, TooTall n'avait jamais dit son âge à personne.

Ce matin, Matthew avait demandé à Curly et Abel de rester au ranch pour s'occuper du bétail dans l'enclos, pendant que lui et les autres allaient chercher les bouvillons.

Ils venaient de passer des heures à rassembler des bouvillons éparpillés dans les bosquets du chaparral et parmi les figuiers de barbarie. Ils en avaient rassemblé vingt qu'ils avaient enfermés dans un enclos en bois construit contre le flanc d'un haut promontoire rocheux. La matinée avait été productive mais il devait rester au moins une dizaine de bêtes dans cette partie du domaine. Blake voulait qu'elles retournent à Three Rivers.

— Mon bras est un véritable cactus, dit Pate. Je me suis pris au moins une cinquantaine d'épines.

Matthew regarda le jeune homme assis à côté de lui sous l'ombre maigre d'un arbre de Josué. Une demi-heure auparavant, le groupe s'était arrêté pour déjeuner et maintenant les chevaux se reposaient à l'ombre pendant que les hommes finissaient de manger le repas tiré de leur sacoche de selle.

— Retire-les toutes ce soir, dit Matthew. Ça va s'infecter sinon.

— J'aurais dû garder ma veste, mais il faisait tellement chaud.

Pate tourna la tête et regarda l'horizon en plissant les yeux.

— À mon avis, il va nous falloir encore un jour ou deux pour trouver les autres bouvillons. Il y a trop d'arroyos et de promontoires où se cacher.

Pate était un bon travailleur, mais il avait encore beaucoup à apprendre.

Exactement comme Matthew toutes ces années auparavant, lorsque Joel l'avait pris sous son aile.

— Que ça prenne une semaine ou dix jours, on les attrapera, dit-il au jeune cow-boy.

Pate siffla dans sa barbe.

— À ce rythme on ne rentrera pas à Three Rivers avant Thanksgiving !

— Qu'est-ce qui t'arrive ? C'est le lit de camp ou le porc aux haricots de Curly qui te découragent ?

— Aucun des deux ne m'excite particulièrement.

Le jeune homme adressa un regard narquois à Matthew.

— J'imagine que tu es à ton aise dans la grande hacienda. C'est comment à l'intérieur ?

— Joli.

Pate fronça les sourcils.

— Joli ? C'est tout ?

Matthew haussa les épaules.

— Je n'ai pas fait tellement attention à la maison.

— J'imagine que c'est secondaire quand on a Camille Hollister sous les yeux.

Matthew lui adressa un regard de glace.

— Je vais oublier que tu as dit ça, Pate. Mais si tu recommences, je te démonte la tête.

L'étonnement et une pointe de frayeur se peignirent sur le visage du jeune homme.

— C'est quoi ton problème ?

— Tu m'as bien entendu.

Matthew rangea les restes de son déjeuner dans sa sacoche qu'il accrocha à la selle de sa monture. Il fit un grand moulinet avec le bras et cria :

— On y va. On cherche dans cette zone jusqu'à la clôture sud. Si on ne trouve rien, on ramène les bêtes qu'on a au ranch et on recommence demain.

Presque une heure plus tard, Pate amena son cheval à son niveau.

— Tu as trouvé quelque chose ? lui demanda Matthew.

— Non. Pas le moindre signe de bouvillon. Je, euh, je voulais juste te dire que j'étais désolé de t'avoir offensé tout à l'heure. Je ne voulais pas manquer de respect à mademoiselle Hollister. Je voulais juste dire – bon, je l'ai jamais vue, moi, il paraît qu'elle est très jolie.

Matthew poussa un long soupir. Pate ne pouvait évidemment pas savoir qu'il avait passé toute la nuit et une bonne partie de la journée à essayer de se sortir Camille de la tête.

— Oublie ça, Pate. Je suis sur les nerfs et le fait de séjourner dans le ranch est un sujet sensible.

— Pourquoi ? Tu travailles dur. Tu mérites bien un peu de confort.

— J'aime pas être à l'écart de vous autres.

— Mais c'est toi le patron.

— Ouais. Et parfois, ça veut dire faire des trucs qu'on n'a pas envie de faire.

Pate secoua la tête.

— Ne t'inquiète pas pour nous, Matthew. On te laisse pas tomber. Quand on reviendra à Three Rivers, Blake sera fier du boulot qu'on aura fait ici.

Fier. Le mot de Pate résonnait dans la tête de Matthew lorsque le soir venu, il poussa le portail du ranch. Est-ce que Blake serait fier s'il savait que son contremaître entretenait des pensées impures à l'endroit de sa sœur ? Sûrement pas. Il deviendrait probablement fou de rage.

— Matthew, c'est toi ?

Il était sur le point d'entrer dans sa chambre lorsqu'il entendit la voix de Camille. Il se retourna : elle portait une longue jupe flottante aux teintes vertes, violettes et turquoise, assorti à un corsage de velours vert resserré à la taille par une ceinture en coquillages argentés. Elle avait l'air encore plus adorable que la veille, et il sentit un nœud de nervosité se former au creux de son estomac.

— Oui. J'ai utilisé ma clé pour ne pas te déranger.

Elle parcourut le couloir jusqu'à lui, et l'espace d'une folle seconde il se demanda comment elle réagirait s'il la prenait dans ses bras et l'embrassait. Il y avait souvent pensé au fil des années. Embrasser Camille. Faire l'amour à Camille. Fantasme délirant qui ne se réaliserait évidemment jamais.

— Tu m'évites ? demanda-t-elle.

Elle avait un sourire juste assez moqueur pour qu'il sache que, si c'était le cas, ça lui importait peu.

Il haussa les épaules :

— C'est raté, hein ?

— Quand tu te seras débarbouillé, il y a quelque chose qui t'attend dans la cuisine.

— Camille, je t'ai dit…

— Je sais ce que tu m'as dit, l'interrompit-elle. Mais tant que tu seras là, tu mangeras ce que je te donnerai. Pas de discussion.

Il sentit ses narines palpiter au doux effluve qui se dégageait de son corps.

— C'est samedi soir. Pourquoi tu ne sors pas ?

Elle sourit.

— Je me suis déjà énormément divertie au restaurant aujourd'hui. Pourquoi ? Tu veux sortir, toi ? Il y a une discothèque à la lisière de Benson.

— J'ai trente-trois ans, pas vingt-trois, Camille.

Elle rit, fit volte-face et le planta là.

Lorsque Matthew entra dans la cuisine un quart d'heure plus tard, Camille posa une assiette d'*enchiladas*, de riz à l'espagnole et de haricots frits devant lui, ainsi que quelques tortillas.

— J'imagine que tu as fait tout ça pendant tes loisirs, dit-il en s'installant à table.

— Écoute Matthew, ne crois pas que je me mets en frais spécialement pour toi. Je ne suis pas du genre à manger des sandwichs. Ni à acheter du tout-prêt. Je cuisine pour moi, et toi qui récupères les restes. Tu te sens mieux comme ça ?

— OK, je ne dis plus rien.

Elle joignit les mains :

— Super ! On avance, enfin !

Elle posa une bière devant lui, en ouvrit une pour elle et s'installa à la même place que la veille.

De toute évidence, elle n'envisageait pas de le laisser tranquille.

— Comment ça a été aujourd'hui ? demanda-t-elle. J'ai remarqué qu'il y avait encore pas mal de bêtes dans les étables.

Ses longs cheveux glissèrent par-dessus son épaule lorsqu'elle posa un avant-bras sur la table. Lorsqu'il avait commencé à travailler à Three Rivers, Camille était au lycée. Elle avait un carré court alors, qui allait bien à sa personnalité. Les années l'avaient transformée en une femme très sensuelle.

— On ne les a pas encore déplacées. On rassemble les bouvillons. Blake veut qu'on les ramène tous à Three Rivers. Donc il faut faire ça avant de sortir les vaches sur le domaine.

— Et après ?

Il avala le morceau de la tortilla qu'il avait dans la bouche avant de répondre :

— Après, on va déplacer certains troupeaux dans d'autres endroits du domaine. Ça va dépendre des pâturages disponibles.

Il lui jeta un regard.

— On fait la même chose cette année que l'année dernière. Tu n'es pas venue poser des questions à l'époque.

Elle secoua la tête.

— Vous avez assez à faire pour ne pas avoir une femme dans les jambes. À moins que ce soit maman, Vivian, ou Isabelle. Qui savent très bien se débrouiller à cheval ou dans une étable. Moi ça n'a jamais été mon truc.

Il fut surpris par cet aveu.

— Tu n'as jamais voulu apprendre ?

— J'ai essayé, mais en général ça finit par une catastrophe. Un jour j'ai laissé tomber mes rênes, je me suis penchée pour les récupérer et sans faire exprès j'ai donné un coup d'éperon à mon cheval qui a fait une ruade. Je me suis retrouvée à plat ventre de l'autre côté de la barrière, avec deux yeux au beurre noir. Une autre fois, pendant que j'aidais à marquer les génisses, mon bras s'est coincé entre la corde et l'animal. Deux mois de plâtre.

— Ce sont des choses qui arrivent quand on travaille au ranch.

— Ça n'arrive jamais à maman ou à Viv. Elles sont assez malines pour éviter les problèmes.

Il la regarda d'un air de défi.

— Donc tu as peur de sortir au milieu des vaches et des chevaux.

Elle se raidit.

— Je n'ai peur de rien !

— Hum. Maureen sera ravie d'entendre ça. Elle pense que tu as peur de rentrer chez toi.

Elle leva le menton.

— Mais je suis chez moi. Red Bluff fait partie du domaine Hollister.

Il le savait. Tout comme il savait qu'elle était un véritable bâton de dynamite. S'il la secouait un peu trop, elle pouvait lui exploser à la figure.

— Et toi, de quoi as-tu peur, Matthew ? lui renvoya-t-elle. De te brûler une nouvelle fois, comme avec Renee ?

Comparé à la chaleur de la journée, il faisait plutôt frais dans la cuisine. Pourquoi sentait-il la sueur perler sous son col de chemise ?

— Je connais mieux les femmes depuis Renee, dit-il, les yeux fixés sur son assiette.

Il l'entendit pousser un long soupir.

— Moi aussi, je connais mieux les hommes depuis Graham, dit-elle avant de se pencher et de lui appuyer sur le bras.

— Aïe !

Elle retira vivement sa main et le regarda, perplexe.

— Oh zut, je ne connais pas ma force. Désolée.

Il secoua la tête.

— Ce n'est pas ta faute. On a beaucoup chevauché dans les cactus. J'ai plein d'épines dans les bras.

L'inquiétude chassa le sourire de son visage.

— Termine ton repas, dit-elle. Et ne bouge pas tant que je ne suis pas revenue.

Elle était plus autoritaire que Blake n'aurait jamais osé l'être, pensa Matthew. Mais céder était plus facile que d'essayer de discuter avec elle.

Quelques minutes plus tard, tandis qu'il avalait les dernières bouchées, Camille revint, un grand panier au bras.

Elle le posa sur la table, écarta l'assiette sale de la main et lui ordonna de relever ses manches.

Voyant que le panier était une trousse de secours, il poussa un grognement.

— Non ! J'ai pas besoin qu'on me soigne ! Oublie !

Ses jolies lèvres se pincèrent et elle le regarda droit dans les yeux.

— Je n'oublie rien du tout. Je ne vais pas te faire mal ! Arrête de faire le bébé.

— Les gars qui ont chevauché avec moi ont tous des épines dans les bras. Tu vas aller les leur enlever aussi ?

— Non. Les gars du dortoir peuvent se débrouiller entre eux. Ici, tu n'as que moi.

Elle se sortit tout un assortiment de gazes, désinfectant, sparadrap et une pince à épiler. Matthew retint un grognement et remonta ses manches au-dessus du coude.

— Franchement, Camille, tu crois que je n'ai jamais eu d'épines dans la peau ou quoi, marmonna-t-il. Ça arrive tout le temps.

— Peut-être. Mais il se trouve que les épines de mesquite sont vénéneuses pour les humains, et que si tu ne les retires pas et que tu ne nettoies pas, ça va s'infecter.

— Mais je sais. J'ai dit aux gars de faire attention.

— D'accord. Et toi tu as le cuir si dur que tu es immunisé, rétorqua-t-elle.

Elle s'assit et saisit son bras. Matthew essaya d'ignorer la sensation de sa main sur sa peau nue, mais c'était impossible et au bout d'un moment il laissa tomber l'idée. Tête penchée, elle examinait soigneusement son avant-bras.

— C'est épouvantable. Pas étonnant que tu aies hurlé quand j'ai appuyé. J'en vois déjà au moins trois ou quatre.

— On a traversé des fourrés bien épais aujourd'hui.

— J'imagine que tu portais tes jambières.

Elle saisit la pince, la désinfecta et tenta de retirer une des plus longues épines.

— Toujours.

— Tant mieux. Sinon tu en aurais plein les jambes.

Matthew préféra ne pas l'imaginer en train de lui toucher les jambes.

— Ça va faire mal, la prévint-elle. Je vais devoir y aller à l'aiguille.

— Tu peux y aller, tu ne risques pas de toucher le cœur.

Elle leva la tête et leurs regards se croisèrent.

— Vraiment ? demanda-t-elle. Je ne savais même pas que tu en avais un.

Et comment, pensa Matthew. Il était même en train de battre à cet instant comme un oiseau piégé qui tente de s'échapper.

— Tu trouves que j'ai un cœur de pierre ?

Elle regarda ses lèvres et pendant un fol instant il eut l'impression qu'elle était sur le point de l'embrasser. Mais évidemment non, et elle baissa de nouveau les yeux pour regarder son bras.

— Sans conteste, murmura-t-elle. À part pour mon père, je n'ai jamais pensé que tu éprouvais la moindre chose pour quiconque ou quoi que ce soit.

Il sentit comme un poids dans sa poitrine, et sa voix dérailla un peu lorsqu'il répondit :

— Joel a été le premier homme à me traiter autrement que comme un paillasson. Il m'a appris que j'avais autant de valeur que les autres. Il a changé ma vie.

Elle arrêta ce qu'elle faisait, posa doucement la main sur son bras et le regarda droit dans les yeux :

— Papa était comme ça. Mais… mais il y a quelque chose qui m'échappe, Matthew. Et l'oncle qui t'a élevé ?

Il fit la grimace.

— Je suis étonné que tu le connaisses.

— Je ne le connais pas. Je me souviens juste que papa disait que tu venais de Gila Bend et que tu avais été élevé par un oncle. Rien de plus.

— Odin Waggoner était un salaud et son frère, mon père, ne valait pas beaucoup mieux.

Elle le dévisagea, l'air interrogateur, et Matthew

eut envie de lui dire qu'il ne parlait à personne de son enfance, jamais. Sauf à Joel. Parce qu'il savait qu'il avait un grand cœur et ne le regarderait jamais de haut parce qu'il avait grandi dans une famille dysfonctionnelle.

— Eh bien, ça a le mérite d'être clair.

La curiosité dans ses yeux était désormais assombrie par quelque chose qui ressemblait à du chagrin. Ce n'était pas ce que Matthew voulait.

— Quand j'étais petit, mon père partait pendant des mois travailler dans les mines de cuivre, enfin, c'est ce que disait ma mère. Il était censé lui envoyer de l'argent pour subvenir à nos besoins, à moi et à ma grande sœur. Mais il en envoyait très peu. Ma mère faisait des ménages chez les riches de Gila Bend. On survivait comme ça.

Elle secoua la tête et demandé :

— Comment as-tu fini chez ton oncle ?

Il poussa un long soupir.

— Maman a fini par comprendre et elle a divorcé. Peu de temps après, on a appris qu'il était mort dans un accident à la mine de Bisbee. Ça ne nous a pas chamboulés ; ma sœur et moi on s'est dit qu'elle était enfin libérée de cet homme. Mais deux ans plus tard, elle a eu une leucémie et elle est morte. Ma sœur et moi on était encore mineurs, donc c'était soit l'oncle Odin, soit une famille d'accueil.

— J'imagine que ton oncle n'était pas du genre affectueux.

Matthew eut un rire amer.

— Il était aussi prêt à s'occuper de deux gamins qu'un serpent d'un nid plein d'oisillons. Dès que Claire et moi avons été assez grands, on s'est tirés. J'ai atterri à Gila Bend, et ma sœur ne s'est arrêtée qu'une fois arrivée en Californie. Elle vit à Bishop aujourd'hui.

— Elle est mariée ?

— Elle l'a été. Mais ça n'a pas marché. Je crois que les Waggoner ne sont pas faits pour le mariage.

Une étincelle passa dans les yeux de Camille, mais avant qu'il ait eu le temps de comprendre ce qu'elle pensait, elle avait baissé la tête et s'était remise à enlever les épines de son bras.

— Et comment es-tu arrivé à Three Rivers ?

— C'était l'époque de marquage du bétail, Joel avait mis une annonce dans le journal de Phoenix pour recruter des journaliers. J'ai tenté ma chance. Je savais que c'était un ranch énorme et respecté, et je me suis dit que si je pouvais me faire embaucher pendant quelques jours, ça me ferait une référence pour trouver une place dans un ranch qui chercherait quelqu'un à temps plein.

Camille continuait de trifouiller son bras, à la recherche d'une épine récalcitrante.

— Et tu n'es jamais reparti de Three Rivers.

— Non. Je ne sais toujours pas ce que Joel a vu en moi. J'étais jeune, je ne savais rien.

Elle le regarda assez longtemps pour lui lancer un petit sourire.

— Je suppose que tu as su apprendre. Maman et Blake disent qu'ils ne pourraient pas gérer le ranch sans toi.

— Ils n'auront pas besoin d'essayer. Je ne quitterai jamais Three Rivers.

Renee avait voulu le convaincre d'aller en Californie. Mais même son amour pour sa jeune et jolie épouse n'avait pas suffi à l'entraîner loin du seul foyer qu'il ait jamais connu.

— Non, répondit-elle. Je m'en doute.

Matthew ne répondit rien et pendant quelques minutes,

Camille se concentra sur son travail. Après avoir désinfecté, elle appliqua une pommade calmante.

Ses doigts avaient la douceur du velours et la finesse de leur contact était un envoûtement. Au point qu'il se rendit à peine compte qu'elle déroulait ses manches et lui rattachait les poignets.

— Et voilà, dit-elle doucement. Ça devrait aller, mais surveille quand même.

— Merci, Camille. Tu es une bonne infirmière.

Elle afficha un petit sourire coquin.

— Je préfère qu'on me voie comme une bonne cuisinière.

Pendant qu'elle rangeait le matériel, Matthew se leva.

— D'accord. Tu es une bonne cuisinière. Merci pour le dîner.

— Va t'installer dans le salon. J'apporte le dessert et le café.

— Il est tard. Il faut que j'aille dormir, répondit-il.

— C'est dimanche demain.

— Ça ne change pas grand-chose. On part à 5 h 30 quand même.

La déception se peignit sur son visage.

— Oh. Je croyais pouvoir te convaincre de m'accompagner à l'église à Dragoon.

Matthew aurait vraiment aimé le faire. La messe avec les Hollister était une habitude qu'il n'avait jamais abandonnée depuis qu'il travaillait pour la famille. Ça lui donnait l'impression de faire partie du clan.

— J'essaierai de venir dimanche prochain. D'accord ?

Il ne méritait pas le sourire qu'elle lui adressa.

— D'accord. File. J'arrive dans une minute.

Matthew entra dans le salon et s'installa sur le canapé en cuir, il eut l'impression d'avoir été lui-même piétiné par un troupeau furieux. Ses bras le piquaient, ses épaules lui faisaient mal après ces heures de chevauchée et ses yeux brûlaient à cause du manque de sommeil et des heures passées sous le soleil brûlant.

Il posa la tête sur le dossier du canapé, ferma les yeux et se laissa aller contre les coussins moelleux. Dehors, le vent agitait les bougainvillées près de la fenêtre et au loin, le bétail continuait de meugler. Les bêtes avaient hâte d'être lâchées dans le domaine.

Ces sons hypnotiques le conduisirent au bord du sommeil. Il ne prit conscience que Camille était dans la pièce que lorsqu'il sentit sa main posée sur sa joue.

- 4 -

Le contact de la main de Camille sur sa joue lui fit ouvrir brusquement les yeux. Assise à côté de lui, elle le regardait avec un mélange d'inquiétude et d'indulgence.

— Euh, désolé, j'ai dû m'assoupir.

— J'ai vu ça, répondit-elle doucement. J'aurais dû te laisser dormir mais j'ai eu peur que tu passes la nuit sur le canapé. Tu seras mieux dans ton lit.

Ça, c'était certain, se dit Matthew. Dans son lit, allongé sur son doux corps à elle. Ce fantasme était sans espoir, mais il ne pouvait s'empêcher d'occuper son esprit et de le hanter.

— Ne t'inquiète pas, grommela-t-il. Je suis bien réveillé.

Elle laissa retomber sa main et se pencha vers la table basse. Elle avait apporté un plateau avec deux tasses et deux bols.

— J'ai apporté du café et du pain perdu, dit-elle. Je l'ai fait au restaurant aujourd'hui et les clients ont eu l'air d'aimer ça.

Elle lui tendit le bol et la tasse. Matthew se dit qu'elle allait s'installer dans un fauteuil. Mais pas du tout. Elle s'installa si près de lui que leur épaule et leur cuisse se touchaient.

Il essaya d'ignorer ce contact tentateur et demanda :

— Tu es le seul cuistot du restaurant ?

— Oui. Il n'est pas assez grand pour qu'il y en ait plusieurs.

Il goûta le pain perdu et retint un grognement de satisfaction ; ce mélange de cannelle, de raisins secs et de crème anglaise était un délice.

— C'est succulent, dit-il. Je vais être honnête, Camille, je n'aurais jamais pensé que tu aimais cuisiner. Mais tu fais ça bien. Tu as de quoi être fière.

— Merci, Matthew. J'en suis fière, c'est vrai. Ça me rend heureuse de faire plaisir aux autres.

Elle le fixa les yeux.

— J'aimerais bien que tu viennes voir le restaurant avant de partir, si tu as le temps, bien sûr.

— Je vais essayer.

Cette demi-promesse suffit à la faire sourire jusqu'aux oreilles, et Matthew pensa soudain à la remarque de Blake qui avait dit que Camille avait besoin de se remettre les idées en place. Il lui semblait, à lui, que ses idées étaient exactement où il fallait. Elle ne se plaignait pas, avait l'air d'aller bien et même si toute la famille était convaincue qu'elle se cachait pour éviter de vivre, elle faisait apparemment tout le contraire.

— Je vais te confier un secret, Matthew. J'ai discuté sérieusement avec le propriétaire du restaurant. Il y a de plus en plus de clients. Je veux étendre le menu et proposer des plats du jour. Tu sais, du pâté de viandes et des haricots rouges, des trucs comme ça. Il n'est pas convaincu que ce serait rentable, mais moi je sais que oui. Comme il est assez hésitant, je lui ai proposé de le racheter.

De toute évidence, elle avait décidé de rester ici, se dit Matthew.

— Et il a réagi comment ?

— Il réfléchit. Ce que je peux comprendre. Ça fait vingt ans qu'il est propriétaire. Mais il parle beaucoup de retraite, pour pouvoir voyager avec sa femme. Je croise les doigts pour qu'il décide de vendre.

Matthew gratta le fond de son bol et le reposa sur la table basse.

— Ce serait une énorme responsabilité, dit-il. Sans parler de l'argent.

— J'ai plus que ce qu'il faut.

Elle ne se vantait pas, elle ne faisait qu'exposer un fait. Aucun des Hollister ne parlait fièrement de son compte en banque. De leurs bébés, d'un cheval ou d'une vache, oui. Mais pas d'argent.

— Il paraît que les restaurants sont des entreprises assez risquées.

Elle hocha la tête et reposa son bol et sa tasse sur le plateau.

— C'est vrai. Mais celui-là est ancien. Et si mon idée ne marche pas, je peux toujours revenir à la formule d'avant.

— Tu en as parlé à ta famille ?

Elle eut l'air surpris.

— Tu plaisantes ? Je n'en ai parlé qu'à toi. Et j'espère que tu ne diras rien à personne.

Il fit le geste de se fermer la bouche avec une fermeture Éclair invisible.

— Motus et bouche cousue.

Elle sourit.

— Merci. Ce n'est pas que je veuille tout leur cacher. Mais je préfère attendre de voir si Norman se décide à vendre.

— Ça m'étonnerait que ton projet les enchante.

Elle haussa les épaules.

— Ça ne va même pas leur plaire du tout. Mais tant pis.

Elle lui prit les mains :

— Matthew, je dois faire ce qui me rend heureuse. Tu peux comprendre ça, non ?

— Évidemment.

Mais savait-elle vraiment ce qui la rendrait heureuse ? C'était ce que ne manquerait pas de lui demander sa famille.

— Mais ce n'est pas moi que tu dois convaincre, ajouta-

t-il.

Elle grimaça.

— J'imagine. Mais je me sentirais mieux si je t'entendais dire que je ne suis pas complètement à côté de la plaque.

Il ne s'était vraiment pas attendu à ce que Camille veuille son approbation. Peut-être parce que Renee, et les quelques femmes qu'il avait fréquentées après, n'avaient jamais semblé se soucier de ce qu'il pensait de leurs projets ou de leurs idées.

Inconsciemment, il se mit à lui caresser le dos de la main avec le pouce.

— Tu as la tête sur les épaules, Camille, aucun doute là-dessus. Et tu as bien le droit de rêver, d'espérer et de faire des projets.

À sa grande surprise, les yeux de Camille se mirent à briller, elle se pencha en avant et posa ses lèvres sur sa joue.

— Merci, Matthew. D'être si gentil.

Sa résistance ne s'effondra pas comme un château de cartes, elle craqua d'un coup comme une brindille écrasée sous le talon d'une botte. Soudain, ses mains furent dans ses cheveux, et il éloigna le visage de la jeune femme du sien.

— Je ne suis pas si gentil que ça, murmura-t-il durement. Et je ne veux pas voir de larmes dans tes yeux. Je veux y voir des flammes !

Elle poussa une exclamation de surprise. Les doigts de Matthew se mirent à bouger dans ses cheveux et il ne put s'empêcher de se dire qu'elle avait la douceur de la soie et qu'elle sentait aussi bon qu'un pré en plein soleil.

— Oh ! Matthew, chuchota-t-elle. Embrasse-moi. S'il te plaît.

Sa supplique atteignit un point profondément enfoui en lui. Il l'attira dans ses bras et posa ses lèvres sur les siennes.

L'union de leurs deux bouches n'eut rien de doux ou de tendre. On aurait dit deux tourbillons entrant en collision et fusionnant pour créer une seule et unique tempête. Il était tellement avide qu'il entendait à peine les discrets gémissements et ne sentait pas qu'elle avait jeté ses bras autour de son cou.

Ce ne fut que lorsqu'ils furent tombés sur le canapé, lui sur elle, qu'il revint à lui. Mais même alors, il prit son temps pour ôter sa bouche de la sienne :

— Je, euh, je crois qu'on s'est un peu laissés emporter.

Sa voix était devenue rauque mais elle n'eut pas l'air de le remarquer. Elle resserra son étreinte et attira son cou vers elle jusqu'à ce que leurs bouches se frôlent.

— Tant mieux, chuchota-t-elle. Parce que j'ai envie de toi, Matthew.

Ces mots déclenchèrent en lui une tempête de désirs contradictoires.

— Tu ne sais pas ce que tu dis.

Il voulut reculer, mais elle s'accrocha jusqu'à ce que

céder à l'appel de ses lèvres devienne un choix bien plus évident que d'abandonner la chaleur de ses bras. Et quand il l'embrassa, il prit le temps cette fois d'explorer ses lèvres. Il avait espéré que cela l'aidera à refroidir la lave qui courait en lui, mais cela ne fit que l'alimenter. Lorsqu'il réussit à se redresser et à s'arracher à elle, une chaleur folle habitait son bas-ventre et il était convaincu qu'il n'arriverait plus jamais à respirer normalement.

— Désolé, Camille, ce n'est pas possible.

Sa voix était encore rauque et une mèche de cheveux était tombée sur son œil droit. Il la repoussa d'un geste et tenta de s'éclaircir la gorge.

— Ce qui vient de se passer n'aurait pas dû arriver.

Il s'attendait à ce qu'elle soit furieuse, ou au moins offensée. Elle ne fut l'un ni l'autre. Elle s'assit, et avec un petit sourire au coin des lèvres, elle lui toucha doucement la joue.

— Tu n'en crois pas un mot et moi non plus.

Il n'eut pas le temps de trouver une réponse. Elle se détourna et ramassa la vaisselle sale.

— Qu'est-ce que tu fais ?

— Ça ne se voit pas ? Je range notre bazar.

Il la fixa, incrédule. Quelques instants auparavant, ils étaient sur le point de faire l'amour. Et voilà qu'elle débarrassait la table comme s'il ne s'était rien passé !

— C'est tout ce que tu as à dire ?

Elle se leva, le plateau de vaisselle en main :

— Non. Aussi que tu es très fatigué. Va te coucher.

Se coucher ? Pendant quelques secondes, il s'imagina lui saisir la main et l'emmener tout droit dans sa chambre. Le problème était qu'il savait très bien qu'elle se laisserait faire. Et plus tard, quand le feu se serait calmé, il se détesterait.

Elle n'ajouta rien et quitta la pièce.

Matthew la regarda sortir et, jurant entre ses dents, s'extirpa du canapé pour se rendre dans sa chambre. Une fois dans son gigantesque lit, toutes lumières éteintes, il sut qu'il lui faudrait des heures pour réussir à s'endormir.

Le dimanche était le seul jour de fermeture du restaurant et Camille en profitait généralement pour faire les achats, ce qu'elle n'avait pas le temps de faire pendant la semaine.

Après la messe, elle se rendit à Benson, à vingt minutes de voiture, et fit ses courses avant de revenir à Red Bluff. Elle était en train de ranger ses dernières provisions lorsque le téléphone sonna.

Voyant que c'était sa mère, elle sortit dans le jardin pour s'installer confortablement dans un transat.

— Bonjour, maman, ça va ?

— Bonjour, ma chérie ! On vient juste de finir notre déjeuner du dimanche et je me suis dit que j'allais prendre de tes nouvelles.

On était fin octobre et l'hiver s'annonçait, mais le soleil restait exceptionnellement chaud dans le sud de l'Arizona, et Camille adorait le sentir lui caresser le visage.

— Je vais très bien, et toi ?

Sa mère poussa un soupir las qui ne lui ressemblait pas.

— Ça va. On a été très occupés ici, à ramener le bétail de Prescott. La neige est déjà tombée à Flagstaff. On ne veut pas prendre le risque que les vaches et leurs petits soient pris dans une tempête de neige.

— Ils sont tous rentrés ? demanda Camille.

— Non. On y retourne demain matin. Mais après on devrait avoir terminé.

— Ici, il fait chaud, dit Camille. Je ne pense pas que ça va beaucoup se refroidir avant Noël.

Il y eut une longue pause, puis Maureen reprit :

— J'imagine que tu n'as pas prévu de venir pour les fêtes.

— En effet. Je ne peux pas laisser Norman seul pendant une période aussi animée pour le restaurant.

— Mais ça ne te gêne pas de délaisser ta famille à Thanksgiving et à Noël.

Elle poussa un long soupir :

— Camille, il y a des fois où je ne te comprends pas. Si tu es inquiète à l'idée que les gens parlent encore du fait que Graham Danby t'a quittée, tu te trompes.

Camille laissa échapper un juron très peu féminin.

— Maman, je te l'ai dit au moins cent fois. Je n'en ai rien à faire de ce type. Il m'a rendu un fier service en me reprenant sa bague. Je n'ai jamais été aussi heureuse qu'en ce moment. Si je le croisais aujourd'hui, je le remercierais d'avoir eu plus de bon sens que moi. Il savait que nous n'étions pas faits l'un pour l'autre, il m'a juste fallu un certain temps pour le comprendre.

Maureen ricana.

— Ce serait facile à croire si je ne t'avais pas tant vue pleurer. Tu étais détruite.

— Non, maman. Ce n'était pas *moi* qui étais détruite. C'était juste mon amour-propre. Tu sais, toi, mes frères et mes sœurs vous êtes tous les bienvenus ici à Red Bluff pour les fêtes. Il y aurait largement la place, même avec les bébés.

— Il faudrait une caravane pour tous nous emmener

chez toi. Mais je veux bien venir quelques jours. Les garçons me tapent un peu sur les nerfs.

Camille fronça les sourcils. Ça ne ressemblait pas à sa mère de se plaindre de ses fils. Surtout maintenant qu'ils avaient tous fondé une famille.

— Qu'est-ce qu'ils t'ont fait ?

— Ils sont sans cesse sur moi, comme si j'allais m'écrouler d'une minute à l'autre. Je ne rajeunis pas, mais je n'ai pas l'âge de rester dans un rocking-chair toute la journée !

— Maintenant qu'ils sont mariés, ils se rendent mieux compte de tout le travail que tu abats, c'est tout.

— Peut-être. Et dis-moi, comment ça se passe avec Matthew ?

Camille se redressa.

— Matthew ?

— Oui. Notre contremaître, répondit-elle d'un ton amusé. Blake m'a dit qu'il séjournait dans la maison avec toi. Tu ne dois pas le voir beaucoup.

— Oh ! je le vois quand il rentre le soir. Je lui fais à manger et, euh, je m'assure qu'il a tout ce qu'il faut.

— Parfait. J'espérais bien que tu serais aimable avec lui.

Camille fronça les sourcils.

— Maman, vraiment, tu croyais que j'étais capable de ne pas être aimable ?

— Oh ! je ne sais pas. J'ai toujours eu l'impression qu'il te caressait dans le mauvais sens du poil.

Non, à part hier soir quand ils avaient échangé ces baisers torrides, on ne pouvait pas parler de caresse entre eux. C'était bien ça le problème d'ailleurs.

Du ton le plus innocent possible, elle répondit :

— Je ne vois vraiment pas ce qui a pu te faire penser ça.

— Eh bien, tu avais l'air absolument ravie quand il a divorcé.

— C'est parce que Renee était horrible avec lui. Matthew aurait dû se rendre compte qu'elle n'était pas faite pour lui.

— Haha. Comme tu aurais dû voir que Graham n'était pas fait pour toi ? demanda Maureen sur un ton suffisant.

— Exactement, rétorqua Camille, des images de la veille plein la tête. En fait, maman, j'aime bien Matthew. Il n'est pas du tout comme dans mon souvenir.

— Comment ça ?

Du gamin grêle qui manquait totalement de confiance en lui, Matthew s'était changé en un homme sexy et confiant, pensa-t-elle.

— Eh bien, il a toujours été plutôt discret. Ça, ça n'a pas changé. Mais je découvre qu'il a de l'humour, et qu'il sait écouter.

Elle fit une pause et gloussa, avant de poursuivre :

— Ou peut-être qu'il me laisse parler juste pour ne pas avoir à le faire.

Plusieurs secondes passèrent en silence, et Maureen reprit :

— Je suis contente qu'il te plaise, ma chérie. Je n'ai pas besoin de te dire à quel point nous aimons Matthew, dans la famille. Et je ne sais pas à quel point il s'est remis de son enfance difficile.

Ce que Matthew lui avait dit sur sa famille hantait encore Camille, et elle se demanda comment il avait réussi à devenir un homme aussi responsable. Lui dirait probablement qu'il le devait à Joel, mais ça ne serait pas entièrement vrai. Il était déjà un travailleur et digne de confiance en arrivant à Three Rivers. Joel n'avait fait que cultiver un terreau existant.

Camille dit :

— Hier soir, il m'a parlé de sa sœur. Je ne vous ai jamais entendu en parler. Il la voit parfois ?

— Pas souvent. La dernière fois, c'était juste après ton départ. Blake avait acheté un taureau en Californie et il a envoyé Matthew le chercher. Matthew en a profité pour faire une halte chez Claire.

— Je vois.

Mieux valait changer de sujet avant que sa mère ne trouve qu'elle s'intéressait un peu trop à Matthew.

— J'imagine que vous allez fêter Halloween. Est-ce que tous les enfants ont leur costume ?

Maureen rit.

— Abagail et Andrew seront des chats, avec des queues et des moustaches.

— C'est adorable, dit Camille en riant. Et Nick et Hannah ? Ils doivent trouver qu'ils sont trop grands pour s'amuser comme les bébés.

— Mais pas du tout. Nick et Hannah adorent mener les petits à la baguette. Et Viv a promis de les emmener à une fête réservée aux ados.

Le temps passé avec ses neveux et ses nièces était le seul regret de Camille depuis qu'elle habitait à Red Bluff. D'un autre côté, il ne serait pas facile d'habiter à Three Rivers en étant la seule Hollister célibataire et sans enfant. C'était déjà assez compliqué à gérer à quatre cents kilomètres de distance.

Célibataire et sans enfant à vingt-huit ans, ce n'était pas comme ça que Camille avait envisagé sa vie. Mais c'était ainsi, et elle était bien décidée à ne pas se lamenter sur son sort et à profiter de son indépendance. C'était beaucoup mieux que de soigner un cœur brisé, en tout cas.

— Tu as vu Emily-Ann récemment ? demanda-t-elle.

— Non. Mais Katherine la voit régulièrement. Tu lui manques, ça, je le sais.

Emily-Ann et elle étaient meilleures amies depuis la primaire. Elle gérait un petit café appelé Conchita's, à Wickenburg, qui servait toutes sortes de pâtisseries.

— Elle me manque aussi. J'espère qu'elle pourra passer me voir bientôt.

— Emily-Ann ne nage pas dans l'opulence, souligna Maureen. Ça m'étonnerait qu'elle ait les moyens de s'arrêter de travailler même un jour ou deux.

L'amie de Camille était sérieuse et travaillait dur. Elle aurait été une super serveuse. Mais elle ne voulait pas quitter Wickenburg. Elle y était chez elle.

— Je m'assurerais qu'elle n'ait aucun frais, maman.

— J'étais sûre que tu dirais ça. Invite-la pour Thanksgiving, suggéra Maureen. Tu pourrais l'emmener à Tucson pour faire vos courses de Noël.

— C'est une bonne idée.

— Parfait. Je…

La voix de sa mère fut soudain interrompue par des voix au loin.

— Maman, tu as besoin de raccrocher ?

— Euh, oui j'en ai peur. Blake a besoin de moi. Je t'aime. Occupe-toi bien de Matthew.

— Bien sûr. Je t'aime aussi.

Camille raccrocha. En rentrant dans la maison, elle entendit les mots de sa mère se bousculer dans sa tête.

Occupe-toi bien de Matthew.

Que penserait Maureen si elle savait à quel point Camille avait envie de s'occuper de Matthew ? Penserait-elle que sa fille essayait d'atteindre un but impossible ? Hier soir, lorsqu'il l'avait embrassée, elle avait cru que les barrières entre eux allaient enfin s'abattre. Pendant quelques brefs instants, il avait lâché prise.

Elle n'avait jamais autant eu envie qu'un homme lui fasse l'amour. Mais il avait reculé et sous-entendu que leur baiser avait été une erreur. Se pouvait-il qu'il ait raison ?

Camille retourna dans sa chambre et enleva ses vêtements du dimanche, la tête toujours remplie de questions. Elle avait beaucoup mûri depuis deux ans, et elle voyait bien à présent pourquoi se fiancer avec Graham avait été une erreur. Oui, elle avait appris sa leçon. Et maintenant ? Et Matthew ?

Oh mon Dieu, jamais dans ses rêves les plus fous elle n'aurait songé que le séjour de Matthew pourrait être autre chose qu'un passage sans conséquence. Elle s'était attendue à un homme maussade et brusque, et s'était mis en tête de l'ignorer de son mieux.

Risible n'est-ce pas ? Au moment même où elle avait vu le visage fatigué de Matthew sur le seuil, elle avait reçu un choc en pleine poitrine.

Mais il n'était pas venu pour trouver l'amour, se raisonna-t-elle. En outre, il était divorcé et célibataire depuis presque dix ans. Il n'avait clairement aucune intention de se remarier. À quoi bon avoir une brève liaison avec lui ? Il n'en sortirait rien de bon.

Son cœur semblait pourtant totalement sourd à ces raisons.

- 5 -

Après avoir cherché dans le sud du ranch pendant toute la journée, Matthew et son équipe retrouvèrent six des bouvillons manquants. Si les hommes étaient déçus de ne pas avoir trouvé les quatre derniers, Matthew était relativement satisfait. Ils auraient tout aussi bien pu avoir fait chou blanc.

— Quand allons-nous vacciner et marquer les nouvelles têtes ? demanda Pate en conduisant le véhicule couplé à la bétaillère.

Avachi sur le siège passager, Matthew essayait de grappiller quelques minutes de repos pendant le trajet de retour vers le ranch, mais comme Pate ne ratait aucun des cailloux du chemin, sa tête ballottait de droite et de gauche.

Il retint un grognement de fatigue, se redressa et contempla les collines désertiques baignées dans un crépuscule violacé. Red Bluff était un lieu enchanteur, et pas seulement parce que Camille y était. Certaines parties du ranch étaient remarquablement verdoyantes pour la région. D'autres étaient hérissées de promontoires rocheux et de cactus aux bras tendus vers le ciel immense et vide.

Il se demanda si Camille voyait tout cet espace. Est-ce qu'elle aimait cette nature ? Ou est-ce que la maison et la tranquillité étaient les seules choses qui l'intéressaient ?

La veille, quand elle avait évoqué sa participation aux travaux du ranch à Three Rivers, il avait eu l'impression qu'elle voulait autant être une cow-girl que sa mère ou sa sœur, mais qu'elle n'avait pas suffisamment confiance en elle pour se lancer.

Hier soir. Oh ! si seulement il pouvait arrêter de penser à hier soir. Il aurait voulu pouvoir bloquer chaque odeur, chaque saveur et chaque sensation enregistrée par son cerveau quand lui et Camille s'étaient si passionnément embrassés.

— Tu ne crois pas qu'on devrait lâcher une partie des autres bêtes ? Les gars doivent leur donner beaucoup de fourrage.

Pate était le moins expérimenté de tous les gars et passait son temps à lui poser des questions. Matthew essayait de rester patient et de se souvenir comment c'était, d'être jeune et peu sûr de soi.

— Et ils vont continuer jusqu'à ce qu'on ait retrouvé les quatre derniers bouvillons.

— Pate, pourquoi tu t'inquiètes pour le fourrage ? demanda Scott depuis le siège arrière. C'est pas toi qui paies !

Pate tourna la tête et lui adressa un sourire narquois :

— Non, mais je ne veux pas que Three Rivers dépense plus d'argent que nécessaire.

TooTall grogna.

— T'inquiète. On trouvera les quatre bêtes demain. Pas vrai, Matthew ?

TooTall était toujours positif et parlait peu. Souvent, il surnommait Matthew « La Tignasse ».

— Tu as toujours raison, TooTall. Je ne sais pas comment je ferais sans toi.

TooTall s'avança au bord de son siège et passa la tête à l'avant :

— Ça veut dire que tu vas me permettre de séjourner à Red Bluff pour travailler avec toi ?

Complètement désarçonné par la question, Matthew se retourna :

— De quoi tu parles ? On rentre à Three Rivers dans moins de quinze jours.

— Oui. Mais toi tu vas revenir.

— Pas avant l'hiver prochain.

TooTall secoua la tête.

— Non. Tu vas revenir avant. Et tu ne repartiras plus.

TooTall avait toujours été du genre mystique mais là, cette prévision sortait vraiment de nulle part.

Malgré sa fatigue, Matthew ne put s'empêcher de rire.

— Tu n'y es pas du tout, TooTall. Je n'ai aucune raison de revenir à Red Bluff, à moins que Blake ne me demande de l'accompagner pour y jeter un œil.

Très sérieux, TooTall secoua la tête :

— Tu te trompes, Matthew. Je pourrai venir avec toi et être ton bras droit ? Ton contremaître ?

Matthew ne pouvait pas imaginer un homme qui tiendrait mieux ce rôle, alors, pour ne pas le blesser, il répondit :

— OK, TooTall, si ta prédiction se réalise, tu seras mon bras droit.

— Tu le promets ?

— Je m'engage par écrit si tu veux.

— Non. Jure sur l'honneur, La Tignasse, c'est mieux.

Voyant que le cow-boy était on ne peut plus sérieux, Matthew jura en faisant le signe de croix sur son cœur.

— Voilà. Tu es content ?

— Oui, répondit TooTall.

Au volant, Pate s'esclaffa.

— Quelle connerie. Il a bouffé de l'agave !

Matthew le foudroya du regard.

— Qu'est-ce qui te fait rigoler ? Personne n'a mangé de l'agave ici, sauf toi peut-être ! Et si je t'attrape à faire ça, je te renvoie au ranch à coups de pied au derrière, c'est bien compris ?

Pate redevint sérieux immédiatement.

— Compris.

Une demi-heure plus tard, Pate garait le pick-up et la bétaillère et les quatre hommes se mirent à décharger les bouvillons et les chevaux. Une fois le bétail installé pour la nuit et tout le matériel rangé, Matthew se dirigea vers la maison. Son téléphone sonna.

C'était Blake. Il captait mal, sa voix lui parvenait entrecoupée. Matthew raccrocha. Il le rappela une fois dans le jardin, assis sur une banquette.

— Blake, tu m'entends ?

— Parfaitement. Je viens aux nouvelles.

— On progresse, répondit Matthew. Aucun problème. On pourra transporter les bouvillons après-demain. D'après TooTall, on devrait trouver les quatre derniers demain.

Blake émit un grognement amusé.

— Et les prédictions de TooTall se réalisent toujours.

Matthew ne mentionna pas l'autre prédiction. C'était beaucoup trop bizarre et, franchement, déstabilisant, pour le dire à haute voix.

— J'enverrai un gars pour aider, assura Blake. Tu as besoin d'autre chose ? Il reste suffisamment de fourrage ?

— Oui, tout est bon.

— Et l'eau ? J'imagine que tu n'as pas eu l'occasion de vérifier les puits encore ?

Matthew se passa une main lasse sur le front.

— Non. Mais on va le faire.

Blake jura dans sa barbe.

— Tu aurais dû prendre au moins deux hommes de plus. Il y a trop à faire et tu n'es pas assez aidé. Je ne veux pas que tu t'écroules.

— Mais non, Blake, je ne vais pas m'écrouler. Ça va aller. Ne te fais pas de mauvais sang.

Blake poussa un long soupir.

— Les deux ranchs s'agrandissent et Holt ne cesse de me répéter que plus de bétail signifie plus de bras. Je crois que mon frère a raison.

Matthew massa ses paupières closes. Il avait l'impression d'avoir mangé de la poussière et que ses yeux avaient été frottés au papier de verre.

— Tu as l'intention d'y laisser des bêtes toute l'année ? Plus que quelques bouvillons ?

— C'est drôle que tu en parles. Maman et moi avons abordé la question. Ce serait un gros investissement financier. Mais je pense que ce serait rentable. Pourquoi tu demandes ?

Parce que TooTall fait de drôles de prophéties, aurait pu lui répondre Matthew.

— J'y ai pensé quand tu as acheté les cinq cents têtes supplémentaires.

— Et qu'est-ce que tu en penses ? N'aie pas peur d'être franc, Matthew, ton opinion m'est précieuse, que je sois d'accord avec toi ou pas.

— Eh bien, je ne crois pas avoir jamais couvert le ranch dans son intégralité. Ni à cheval, ni en voiture. En tout cas, pas depuis des années, pas depuis que Joel nous a quittés. Je ne pourrais pas dire combien de bétail ce terrain est capable d'entretenir tant que je n'aurai pas bien tout vu.

Blake resta silencieux un moment, puis répondit :

— Tu me donnes une idée. Et avant de t'énerver, attends que j'aie fini. Quand tu auras terminé avec le bétail, j'aimerais que tu prennes quelques jours pour vraiment faire le tour de la propriété.

Sûrement pas ! Hors de question de s'attarder ici plus que nécessaire. Mais il attendrait quelques jours pour dire le fond de sa pensée à son patron.

— Tu n'as pas besoin de moi pour ça, répondit-il. N'importe lequel des gars peut faire le tour du domaine et te faire un rapport.

Blake se mit à rire.

— Bien sûr. Comme si j'allais faire confiance à n'importe qui. À ton avis, pourquoi es-tu le contremaître à Three Rivers ? Parce que tu es joli garçon ?

Matthew grogna.

— Ça m'étonnerait.

— Et pour cause. C'est parce que tu as un œil de lynx et la mentalité d'un rancher. Mais on en reparlera plus tard. Kat est en train d'aider les jumeaux à enfiler leurs costumes de chats et ils veulent que je vienne voir.

— Des costumes de chat ?

Blake rit et Matthew se rendit compte que malgré le lourd fardeau que portait l'aîné des Hollister, c'était un homme heureux maintenant qu'il avait Katherine et les enfants dans sa vie.

— Oui. Jeudi soir, c'est Halloween et maman fait une grosse fête. Les enfants sont surexcités. Désolé que tu ne puisses pas être là. Je mangerai ta part de bonbons.

— Merci, Blake. Mais je crois que j'aime autant que Holt se descende un bourbon-coca pour moi.

Blake éclata de rire.

— Je lui dirai. Je suis sûr qu'il sera ravi de te rendre ce service. À plus tard, Matthew.

Blake raccrocha. Matthew ne se releva pas tout de suite. Sa tête tournait et il lui fallait une minute de calme avant d'entrer dans la maison et d'affronter Camille.

Qui penses-tu tromper, Matthew ? Tu n'as pas peur d'affronter Camille. Tu as l'estomac noué parce que tu ne sais pas comment tu vas parvenir à ne pas la toucher, alors que chaque cellule de ton corps meurt d'envie de lui faire l'amour.

Il insulta la petite voix dans sa tête, souleva son chapeau et se passa une main dans les cheveux. Il avait chaud, il était sale, la sueur avait laissé des traînées de sel sur sa chemise.

— Te voilà. Je me disais bien que j'avais entendu une voix.

Il tressaillit. Camille remontait le sentier pavé qui menait là où il était assis. Elle portait un jean et des bottes de cow-boy, et avait noué les pans de sa chemise sur son ventre. Le sourire sur son visage la transformait en enchanteresse.

— Blake m'a appelé, expliqua-t-il.

— Oh. J'espère que tu lui as passé le bonjour de ma part.

— Non, mais je le ferai la prochaine fois.

Elle s'assit à côté de lui et il fut soudain assailli par son odeur de soleil et le contact de son épaule chaude et douce contre la sienne.

— Blake m'en veut d'être ici, dit-elle. Il estime que maman est comme ça à cause de moi.

— Mais non.

— Tu n'es pas obligé de prendre des gants avec moi,

Matthew. Mais bon, ce que Blake ne sait pas, c'est que si maman aimerait que je revienne à Three Rivers, ce qui lui fait vraiment de la peine, c'est que ses fils ne fassent aucun cas de ce qu'elle désire.

Il la regarda du coin de l'œil.

— Tu veux parler de l'enquête sur la mort de Joel ?

— C'est ça.

Matthew n'était pas sûr de ce que Blake, Holt, Chandler ou Joseph avaient dit à Camille au sujet de ce qu'ils avaient découvert quelques mois auparavant. Quand Joseph avait appris que Joel avait été vu avec une femme à la foire au bétail de Phoenix avant sa mort, les frères avaient décidé de garder cette information pour eux, car ils ne voulaient pas que leurs sœurs pussent être blessées par l'idée que Joel n'était peut-être pas fidèle. Mais ils avaient pu changer d'avis et le lui révéler. Quoi qu'il en soit, Matthew n'allait pas répéter à Camille une information susceptible de lui faire du mal et de rendre ses frères furieux.

— Je ne m'en ferais pas trop pour ça, à ta place. Ta mère va bien. Elle est bien trop forte pour craquer.

— J'aimerais que mes frères voient les choses avec autant de bon sens que toi.

Il secoua la tête.

— C'est toujours plus facile d'avoir une vue d'ensemble quand on est à l'extérieur. C'est quand on est tout près qu'on voit mal les choses.

Il avait beau ne pas être face à elle, il sentit qu'elle regardait ses lèvres. Il était en train de se demander s'il devait bondir et quitter le salon de jardin ou la prendre dans ses bras, lorsqu'elle tendit la main et lui saisit le menton.

— Je suis tout près, murmura-t-elle en orientant son visage vers elle. Alors, qu'est-ce que tu vois ?

Il lui aurait fallu prendre une grande bouffée d'air à cet instant mais manifestement, son cerveau et ses poumons ne communiquaient plus. Ses lèvres si près des siennes, c'était trop.

— Je vois une petite renarde qui ne sait pas dans quel pétrin elle voudrait se fourrer.

Elle déplaça ses doigts jusqu'à sa joue.

— Vrai, chuchota-t-elle. Mais le jeu en vaut la chandelle. Tu ne crois pas ?

Malgré l'obscurité, les petites lampes bordant le sol du porche suffisaient à révéler l'invitation dans ses yeux. Matthew décida qu'il en avait assez de lutter contre cet insupportable besoin de la sentir dans ses bras.

— Ça vaut la chandelle ; je l'avoue, marmonna-t-il.

Il plaça les mains à l'arrière de sa tête et l'attira vers lui.

— Et tant pis si le plafond doit s'écrouler sur nous.

— Mmm. Pas de plafond. Il n'y a que le ciel, et les étoiles, et…

— Ça, murmura-t-il tout contre ses lèvres.

Immédiatement, elle intensifia le contact en entrouvrant la bouche et en passant ses bras autour de son cou.

Matthew eut l'impression d'exploser. Comme une allumette enflammée atterrissant sur un fagot d'herbe sèche, le feu prit instantanément en lui et le catapulta dans un espace inconnu. Incapable de s'arrêter, il poussa Camille sur la banquette et s'allongea au-dessus d'elle.

Le goût exotique de son baiser finit de lui monter à la tête et lorsqu'il sentit sa langue qui cherchait son chemin pour entrer dans sa bouche, il l'accueillit avec bonheur, sachant pertinemment qu'il lui en faudrait plus, beaucoup plus pour être satisfait.

Il posa ses mains sur ses seins et tandis qu'elles les exploraient, il imagina sa bouche posée sur eux et ses dents mordre leur pointe érigée. Par-dessus le bourdonnement de son sang dans ses oreilles, il l'entendit gémir et sentit qu'elle déboutonnait sa chemise. Au moment où elle réussit à passer les mains sous le tissu et à les poser sur sa peau, il éloigna sa bouche et prit une profonde inspiration.

— Je, euh, je crois qu'il vaut mieux qu'on rentre.

Les yeux mi-clos, elle sourit comme une chatte satisfaite.

— Pourquoi ? L'air du soir est doux comme du velours, et tu es encore plus doux.

Il grogna et posa la bouche sur sa joue :

— Je suis sale, et je sens aussi fort que…

— Qu'un vrai homme, l'interrompit-elle.

Elle passa le bout de doigts sur son menton rugueux.

— Les poils, la poussière et la sueur, ça me plaît. Tout me plaît chez toi, Matthew.

— Tu es folle. Mais je crois que je vais passer outre.

Il reposa ses lèvres sur les siennes et tandis qu'ils s'embrassaient avec de plus en plus de vigueur, Matthew n'eut plus qu'une idée en tête : l'emmener dans son lit.

Soudain, le silence du jardin fut rompu par des voix d'hommes au loin.

Matthew eut très envie d'ignorer ce tapage, mais il avait une profonde conscience des responsabilités qui accompagnaient son travail. Il leva lentement la tête et se remit debout.

— Il se passe quelque chose à l'étable. J'entends les hommes qui crient.

Elle fronça les sourcils, se redressa et tendit l'oreille.

— Bon sang, ne lui tire pas sur la jambe comme ça !

Curly criait assez fort pour qu'on l'entende dans toute la propriété.

— Abel, va chercher un lasso ! On va la sortir de là !

Matthew remit sa chemise et jeta un coup d'œil triste à Camille.

— Je dois y aller.

Elle se leva d'un bond.

— Bien sûr que tu dois y aller. On se voit quand tu rentres.

En se dirigeant à grandes enjambées vers l'étable, Matthew ne sut pas se dire s'il l'avait échappé belle ou s'il avait perdu la chance de sa vie.

- 6 -

Plus d'une heure après le départ de Matthew, Camille, retournée dans sa chambre, l'entendit rentrer. Les mains tremblantes, elle se hâta d'attacher ses cheveux en un chignon ébouriffé.

Pourquoi s'était-elle embêtée à mettre une longue robe et des sandales et à relever ses cheveux ? Elle n'en avait aucune idée. Si Matthew voulait vraiment lui faire l'amour, peu importait ce qu'elle portait ou de quoi elle avait l'air.

Mais pour elle, c'était important. Depuis que Graham l'avait rejetée pour Crystal Thompson, elle était rongée par le doute. Si elle n'avait pas été assez jolie, ou assez féminine, pour empêcher son fiancé de tomber amoureux d'une autre femme, comment pouvait-elle espérer retenir un homme ? Surtout un homme comme Matthew, si sexy que les femmes se jetaient à son cou.

Est-ce que ce n'est pas ce que tu es en train de faire, Camille ? Tu sais parfaitement que tu t'es jetée sur lui à l'instant où il est arrivé au ranch. Qu'est-ce qui t'a pris ? Tu ne t'es jamais conduite comme ça de ta vie. Tu t'es juré de rester célibataire et sans attaches. Et là tu fais tout ce que tu peux pour changer de cap ! Tu vas te faire briser le cœur, petite sotte, et tu n'auras nulle part où aller. Nulle part où cacher tes blessures.

La petite voix sarcastique dans sa tête lui fit pincer

les lèvres. C'était elle qui se jetait sur lui, et alors ? Où était le problème ? Son père lui avait toujours dit d'être forte et d'aller chercher ce qu'elle voulait dans la vie. Et là, c'était Matthew qu'elle voulait, avec chaque fibre de son corps.

Elle attacha une paire de créoles en or à ses oreilles et descendit en toute hâte à la cuisine.

— Que se passait-il à l'étable ? demanda-t-elle en posant un plateau contenant du rôti braisé et des légumes sur la table. Rien de grave, j'espère.

— Tout va bien. Une vache s'était coincé la patte dans la grille de la clôture. Si Curly n'était pas sorti et ne l'avait pas vue, elle se la serait sûrement cassée en essayant de se libérer. Et tu sais ce que ça veut dire.

— Oui, répondit-elle tristement. Tu aurais été obligé de la tuer. Elle a un veau ?

— Oui. Qui a moins de deux semaines. Il aurait fallu le nourrir au biberon, ce qui prend un temps fou. Dieu merci, la maman va bien et le petit aussi.

Elle récupéra un bol de sauce et un panier de petits pains sur le plan de travail. En les déposant à côté du plat, elle dit :

— J'ai entendu des gens dire des absurdités sur le travail au ranch. Qu'il suffit de mettre quelques bêtes dans un pré et de les laisser se reproduire. C'est tellement faux. C'est un travail très difficile, et parfois très triste.

— Tu en parles comme si tu le faisais.

— Je n'étais pas juste empotée avec les chevaux et les vaches, j'étais aussi beaucoup trop sensible. Je ne supportais pas de voir des animaux malades ou blessés. Un jour, une vache a vêlé de jumeaux et j'étais complètement surexcitée. Papa m'a chargé de leur donner des biberons de lait parce que la mère ne pouvait pas convenablement nourrir les deux.

Elle fit une pause et secoua la tête.

— Le plus fragile des deux est mort, et j'ai été totalement dévastée. J'ai pleuré pendant un mois et après j'ai refusé de retourner à l'étable. Je sais que c'était puéril, mais c'était trop douloureux.

— Beaucoup de choses peuvent être très violentes dans la vie d'un ranch, répondit-il. Mais les bons moments compensent le reste.

Elle désigna la table de la main.

— Tout est là. À table.

Il tira une chaise pour elle.

— Je ne m'attendais pas à ce que tu manges avec moi ce soir. Tu n'étais pas obligée d'attendre, tu sais.

Elle lui sourit.

— C'est agréable de ne pas manger seule. Et ça ne me dérangeait pas d'attendre.

Ils remplirent leurs assiettes et se mirent à manger. Elle avisa ses bras cachés par ses manches de chemise.

— Vous êtes retournés dans le chaparral ?

— Oui. Et on a chevauché dans une zone très végétalisée. Mais j'ai fait de mon mieux pour tout retirer sous la douche.

— Je jetterai un œil après le repas.

Il ne répondit rien, mais son regard était éloquent. Il disait que s'il la touchait, il ne répondait plus de ses actes. L'idée fit frémir Camille intérieurement.

Quelques instants passèrent et elle demanda :

— Tu vis toujours dans la vieille maison du contremaître, sur la crête ?

— Oui. Pourquoi ?

Elle haussa les épaules.

— Je me demandais juste. Ça fait un bail que j'ai quitté Three Rivers. Certaines choses ont changé depuis. La maison est pleine de femmes et de bébés. Blake a épousé Katherine et ils ont eu Nick, Abagail et Andrew. Ensuite, Chandler s'est marié avec Roslyn et ils ont eu la petite Evelyn.

— Tu en oublies, répondit Matthew. Joseph a épousé Tessa, ils ont eu le petit Joe et sa petite sœur, Spring. Vivian s'est marié avec Sawyer et maintenant, en plus de Hannah, ils ont leurs jumeaux Jacob et Johnny. Et Holt et Isabelle vont bientôt avoir leur premier enfant. Ces quelques années ont été très productives pour ta famille.

Elle afficha un sourire ironique.

— Mes frères et sœurs ont toujours tout réussi. Blake gère Three Rivers, Chandler est vétérinaire et possède une clinique qui marche très bien. Joseph est shérif adjoint pour le comté de Yavapai, Holt est un dresseur de chevaux prestigieux et Vivian une ranger expérimentée. Et la petite ? Elle s'affaire en cuisine dans un restau perdu dans le désert. Je retire tout ce que j'ai dit sur mes frères. Si maman est déprimée, c'est à cause de moi.

— Arrête ça, ordonna-t-il. Ça ne te va pas de t'apitoyer sur toi-même.

Elle redressa les épaules.

— Non, tu as raison. Ce n'est pas moi. Mais parfois je pense…

— Tu penses trop, l'interrompit-il. Tu m'as dit que ça te rendait heureuse de faire la cuisine. Si c'est vrai, tu devrais être fière de toi et de ton travail.

Elle hocha la tête d'un air sombre. Puis, après y avoir réfléchi quelques instants :

— Tu as raison. Je pourrais accrocher mon diplôme au mur. Je pourrais aller à Tucson et décrocher un job au titre ronflant. Mais je détesterais ça. Comme toi si tu devais reprendre le travail de Blake et rester derrière un bureau toute la journée. Tu serais une huile, mais est-ce que ça en vaudrait la peine ?

— Pas pour moi. Je ne veux pas être une huile. Je préfère être un petit cow-boy de rien du tout.

Camille se mit à rire. Puis, incapable de se retenir, elle lui saisit la main.

— Je suis vraiment contente que tu sois là, Matthew. Je me sens bien avec toi.

Son visage s'assombrit et le regret qu'elle lut dans ses yeux fut pire qu'un coup de poignard.

— Camille, je... à propos de ce qu'il s'est passé dehors, je...

Elle l'interrompit.

— Je ne veux pas en parler maintenant, Matthew. Profitons simplement de notre repas. Et... parlons d'autre chose. Parle-moi du ranch de rêve que Holt et Isabelle sont en train de construire ensemble.

Pendant quelques secondes, elle pensa qu'il allait l'ignorer et se lancer dans une longue tirade sur la nécessaire distance entre eux. Mais à son grand soulagement, il céda :

— Ça se situe dans le vieux ranch des Landry. Juste au nord de Three Rivers. Tu t'en souviens ?

— Oui, vaguement. J'y suis allée une fois avec papa. C'était plutôt joli. Tu crois que ça convient à Holt de s'éloigner de Three Rivers ?

— Il n'est pas totalement parti. Il travaille à Three Rivers en semaine. Il passe les nuits et les week-ends à Blue Stallion. Et, oui, il est très heureux.

Camille secoua la tête, pensive.

— Incroyable, vraiment. Holt le sauvage enfin dompté, et avec un bébé en route. Je n'aurais jamais cru. Mais tout change.

— Oui, répondit-il doucement. Regarde-toi, par exemple.

— Yep, rétorqua-t-elle avec une touche de cynisme. Moi par exemple.

Un autre instant de silence passa. Camille aurait bien aimé savoir ce qu'il voulait dire à propos de leur moment dehors. Qu'il ne voulait pas s'engager avec elle ? Qu'elle aurait beau le tenter et l'asticoter, jamais il ne lui ferait l'amour ?

Elle poussa un long soupir et soudain, il demanda :

— Est-ce que Maureen t'a parlé de Sam ?

Elle haussa les sourcils.

—Sam Leman ? Le contremaître du ranch de Tessa et Joseph ?

Sam était un cow-boy bourru de plus de soixante-dix ans. Il avait très longtemps travaillé pour le shérif Ray Maddox jusqu'à la mort de ce dernier et que Tessa hérite du Bar X.

Il hocha la tête.

— Oui, ce Sam-là.

— Non, pourquoi ? J'espère qu'il va bien. C'est un gentil vieux monsieur.

Matthew lui jeta un regard plein d'ironie.

— Toutes les femmes pensent ça. Surtout Gabby, la mère d'Isabelle. On dirait qu'il se passe quelque chose entre eux.

Camille resta bouche bée.

— La mère d'Isabelle ? Je l'ai vue sur les photos de

mariage de Holt et Isabelle que maman m'a envoyées. Gabby, c'est une belle blonde, plus jeune que Sam, non ?

Il avala une gorgée de son thé glacé.

— Elle a l'air d'avoir au moins vingt ans de moins que Sam.

— Wow ! Sam est un vieux cow-boy du désert qui adore les chevaux, les chèvres et le bourbon, mais de toute évidence, il a encore la pêche ! Comment se sont-ils trouvés, ces deux-là ?

— Gabby est une artiste, et elle a voulu faire le portrait de Sam tant elle trouvait qu'il dégageait de la personnalité. Tout le monde a été choqué quand il a accepté de poser pour elle. Apparemment, il n'a pas fait que ça. Et elle n'a pas fait que peindre.

Camille lui adressa un sourire entendu.

— Donc Gabby vit encore en Arizona ?

Il hocha la tête.

— À Blue Stallion avec Isabelle et Holt. Mais selon ton frère, Sam et Gabby envisagent de se marier pendant qu'il est encore jeune. C'est comme ça que Gabby présente les choses.

Elle sentit un pincement au cœur. Est-ce qu'un homme aurait un jour ce type de sentiments pour elle ? L'aimerait au point de ne pas vouloir vivre une journée, une heure ou une minute sans elle dans sa vie ? Maureen avait eu le bonheur de connaître ce genre d'amour. Vivian le vivait avec Sawyer. Mais Camille commençait à douter que quiconque lui ferait vivre ce genre d'émotions.

— C'est tellement romantique, dit-elle à mi-voix.

Il lui adressa un regard lourd de sens.

— Maureen dit la même chose. Elle a toujours les yeux qui brillent quand elle parle d'eux.

Camille avait la gorge si serrée qu'elle se força à avaler quelques bouchées avant de répondre :

— Eh bien, Sam est un ami de la famille depuis toujours. Je suis sûre qu'elle se réjouit pour lui. Et peut-être que ça la rend un peu triste, aussi.

— Maureen mérite d'être heureuse.

Du coin de l'œil, Camille le regarda découper le rôti de bœuf dans son assiette.

— Selon Viv, Holt et Chandler pensent que maman est tombée amoureuse de quelqu'un. Tu y crois ? demanda-t-elle.

— Joel a disparu depuis un moment. Et ta mère est un être humain.

Il leva les yeux vers elle :

— Tu ne t'opposerais pas à ce qu'elle ait un homme dans sa vie ?

— Non. Je veux qu'elle soit heureuse.

Il ne répondit rien, et Camille en déduisit que toute cette discussion autour de la famille et de l'amour l'avait mis mal à l'aise. Elle en tout cas était tendue de le sentir aussi près. Et il devait le savoir. Elle avait été assez claire dans l'expression de son désir pour lui.

Camille n'avait jamais couru après un homme de sa vie. Même Graham avait pris l'initiative, et elle avait été incapable de résister à ses mots doux et aux promesses d'un avenir dont elle avait toujours rêvé. Le fait qu'il aime qu'elle travaille dans un bureau et qu'il veuille qu'elle continue après leur mariage n'avait pas compté. Et quand il avait insisté pour qu'ils s'installent à Phoenix, elle l'avait suivi comme un agneau qui va se faire tondre.

Elle avait été si bête, si dénuée de toute volonté alors. Elle avait laissé Graham définir qui elle était et ce qu'elle voulait. Ça n'arriverait plus. Ces fiançailles rompues l'avaient changée, elle était plus forte désormais. Et la prochaine fois, elle ne céderait rien.

L'assiette de Matthew était totalement vide lorsqu'il se leva de table pour porter sa vaisselle dans l'évier.

— Merci pour ce dîner, Camille, c'était délicieux.

— J'ai de la tarte aux pommes, répondit-elle. Je lance le café.

— Non, lâcha-t-il. Puis voyant l'air confus de Camille, il reprit :

— Je, euh, la tarte peut attendre. Je veux te parler d'abord.

Stoïque, elle posa son assiette sur la sienne.

— Si tu veux parler de ce baiser dehors…

— Ce n'était pas juste un baiser, Camille, et tu le sais.

Elle le défia de ses yeux bleus, le menton levé.

— Et alors ? Ne me dis pas que ça ne t'a pas plu.

Il sentit un grognement de frustration lui monter dans la gorge.

— Merde, Camille, tu me prends pour qui ? Tu crois que je suis de bois ?

— Je ne suis pas sûre, répondit-elle doucement. Juste quand je commence à me dire que tu es humain, c'est de nouveau la douche froide.

Froide ? Tout chez elle le faisait brûler de mille feux, même la zone de son cerveau supposée faire fonctionner son bon sens.

— J'essaie d'éviter le naufrage, Camille. On ne peut pas juste…

— Quoi ? Faire l'amour ?

Elle se rapprocha suffisamment pour glisser ses paumes sur sa poitrine.

— Et pourquoi pas ? reprit-elle. Nous sommes tous les deux adultes et sans attaches.

Les narines de Matthew palpitèrent. À la croire, c'était simple et facile. Et peut-être qu'elle avait raison, se dit-il. Peut-être qu'il se faisait une montagne de pas grand-chose.

— Tu crois que c'est aussi simple que ça ?

Elle jeta les bras autour de son cou et colla le haut de son corps contre lui. Impossible d'ignorer ces courbes chaudes pressées contre sa chair ; par réflexe, il mit ses bras autour de sa taille et l'ancra solidement contre lui.

— Je crois que tu as peur d'admettre que tu as envie de moi, dit-elle doucement. Et je ne comprends pas pourquoi.

— Je serai parti dans quelques jours.

Curieux comme cette idée commençait à lui peser. Alors que d'habitude, il avait toujours hâte de rentrer à Three Rivers.

— Raison de plus pour ne pas perdre de temps, Matthew.

Comme Gabby et Sam, se dit-il. Le couple voulait profiter au maximum des années qu'il leur restait. Mais ce n'était pas pareil, se dit-il. Eux, ils sont amoureux.

L'amour. Bien sûr, se dit Matthew avec une pointe de sarcasme. S'il attendait que l'amour le trouve, il vivrait le reste de sa vie comme un moine. Ce qu'il ressentait pour Camille, c'était de la pure luxure et rien d'autre, et il n'en serait jamais autrement.

Il baissa les yeux vers elle et lorsque leurs regards se croisèrent, il sentit le peu de self-control qui lui restait s'envoler d'un coup. Le soulagement l'envahit, suivi d'une immense vague de désir.

— Le temps. Non, murmura-t-il. Nous n'en avons pas assez.

Il fit le vide dans sa tête et posa ses lèvres sur les siennes.

Elle répondit immédiatement en lui donnant un baiser à la fois tendre et malicieux. Jamais une femme ne l'avait embrassé comme ça. Comme s'il était précieux, qu'il valait la peine d'être chéri. Matthew se rendit compte qu'il n'avait pas envie que ce baiser se termine. Que la connexion s'interrompe.

Lorsqu'ils finirent par se détacher, Camille enfouit sa tête sur sa poitrine.

— Oh ! Matthew, ça ne peut pas être mal.

Il se racla la gorge et lui caressa le dos :

— Même si c'est mal, je ne peux plus te résister.

Elle leva la tête, posa les doigts sur sa joue et à cet instant, il sentit un éclair de frayeur le traverser. Elle n'était pas censée le regarder comme ça, ou le toucher comme ça. Et cette chaleur dans sa poitrine, ce n'était pas normal.

— Ne lutte pas, soupira-t-elle.

Elle le prit par la main et le mena hors de la cuisine.

Elle ne la lâcha qu'une fois entrés dans sa chambre, qui n'était éclairée que par le clair de lune à travers les rideaux.

— Si tu promets de ne pas t'enfuir en courant, je te lâche la main et j'allume la lumière.

— Pas besoin de lumière, j'ai des yeux de chat. Et pas de risque que je m'enfuie ce soir.

Mais peut-être demain ? pensa-t-elle, avant d'écarter cette pensée.

— Il n'y a que ce soir qui compte, chuchota-t-elle.

Elle se leva sur la pointe des pieds et posa les lèvres sur les siennes. Les bras passés autour de ses épaules, il lui donna un baiser si intense qu'elle sentit sa tête se mettre à tourner et des étoiles de couleur défilèrent sous ses paupières closes.

Quand il s'arrêta, ils étaient tous les deux haletant.

— J'espère que tu as un moyen de contraception, parce que moi je n'ai rien prévu, dit-il.

— Ne t'inquiète pas, je prends la pilule. C'est bon.

Il poussa un long soupir.

— Ouf. Parce que je n'ai vraiment pas envie de prendre la voiture pour acheter une boîte de préservatifs à Benson. Je ne pourrai pas quitter cette pièce sans t'avoir prise.

Ravie par ces paroles, elle se mit à déboutonner sa chemise.

— Et moi je ne te laisserai pas sortir d'ici avant un long, très long moment.

Elle en écarta les pans et embrassa son torse, son ventre, puis un de ses mamelons. Il la laissa faire courir sa langue autour une fois, deux fois, puis lui tira la tête en arrière.

— Attends, dit-il d'une voix tendue. Attends qu'on se soit débarrassés de tous ces vêtements.

— Avec plaisir, répondit-elle d'une voix rauque.

Elle lui ôta sa chemise qui tomba sur le sol et posa les mains sur la boucle de son ceinturon.

— Laisse-moi faire, ça ira plus vite, dit-il.

Camille le laissa prendre les choses en main et se déshabilla. Une fois en culotte et soutien-gorge, elle hésita à les enlever. Puis s'y résolut, décidant qu'elle ne voulait rien laisser entre eux, même pas un petit bout de dentelle noire.

Il s'était assis sur le lit pour retirer ses bottes.

— Laisse-moi t'aider, cow-boy, dit-elle en s'agenouillant devant lui. Elle lui ôta ses chaussures, puis fit glisser son pantalon et son caleçon.

Il se redressa et passa un bras autour de sa taille, l'attira avec lui sur le lit, et elle l'entoura de ses bras.

Allongés sur le côté, ils se faisaient face et de sa main posée dans le bas de son dos, il la pressa tout contre lui.

— Camille, murmura-t-il dans ses cheveux. Je n'arrive pas à y croire.

Elle entendit la stupéfaction heureuse dans sa voix, et elle-même n'en revenait pas de bonheur. C'était tellement bon que c'en était presque effrayant. Impossible d'effacer le sourire de ses lèvres ou d'empêcher ses mains de parcourir sans fin les muscles de son dos et de ses bras.

— Je n'arrive pas croire à quel point c'est merveilleux de te toucher, d'être tout contre toi.

Elle passa les mains dans sa tignasse blonde et bouclée.

— J'ai rêvé de ce moment. Si c'est un rêve, Matthew, ne me réveille surtout pas.

Grâce au clair de lune elle voyait qu'il la dévorait du regard, et l'espace d'un instant, elle pensa voir quelque chose de réel, de tendre dans ses yeux gris et profonds.

— Tu ne rêves pas, ma chérie, et je vais te le prouver.

Il déposa sur ses lèvres un baiser si brûlant qu'elle s'agrippa à ses épaules. Mais il ne s'arrêta pas là. Il se mit à descendre et parsema sa peau de baisers, de son cou jusqu'à ses seins.

Lorsque ses lèvres touchèrent un de ses mamelons

tendus, elle se mit à haleter. Elle se sentait sans force, comme si un ouragan avait dévasté son corps.

Il se mit à suçoter le bout de son sein jusqu'à ce que ce besoin au creux d'elle devienne si insupportable qu'elle lui tira la tête en arrière.

— Matthew, je n'en peux plus.

— Mais si, tu peux, répondit-il d'une voix rauque. Encore un peu de patience.

Avant qu'elle ne puisse protester, il passa à l'autre mamelon qu'il soumit au même traitement érotique que le premier. Puis, apparemment satisfait d'avoir laissé sa marque sur cette partie de son corps, il se remit à descendre le long de sa cage thoracique puis de son ventre.

Arrivé au nombril, il fit une pause et traça des cercles avec sa langue avant de reprendre sa descente. La pulsation incessante entre ses cuisses rendait Camille folle, devenait insupportable, et elle était sur le point de lui dire d'arrêter quand elle sentit sa langue toucher les replis les plus intimes de sa féminité.

— Oooh, Matthew ! Je… c'est, c'est… trop bon, c'est trop !

À ce moment-là, il glissa sa langue en elle et elle perdit totalement le contrôle de ses sens. Des ondes de plaisir secouèrent tout son corps et elle ne devint plus qu'une plume emportée par le vent, flottant, tourbillonnant, entraînée malgré elle dans toutes les directions jusqu'à ce qu'elle reprenne peu à peu ses esprits.

Elle se rendit compte dans un brouillard qu'elle lui avait saisi les cheveux et qu'elle avait noué ses jambes autour de lui. Elle le relâcha et il vint immédiatement se placer au-dessus d'elle.

Hors d'haleine, elle leva les yeux vers lui.

— Si tu as juré ma mort, sache que tu y es presque.

Il pencha la tête vers elle en souriant et frotta sa joue contre la sienne.

— J'essaie juste de te faire du bien, jolie Camille. C'est tout.

Elle plaça ses mains de chaque côté de son visage et le regarda doit dans les yeux.

— Tout me fait du bien avec toi, Matthew.

— Même mon sale caractère ? demanda-t-il en souriant.

— Même.

Leurs lèvres se joignirent et Camille sentit le désir qu'il avait d'elle. Pourtant il y avait autre chose. Quelque chose de très tendre et de très doux qui lui firent monter les larmes aux yeux.

Elle ferma fort les yeux pour les empêcher de couler et l'enlaça.

Ce baiser attisa le feu qui brûlait entre eux et elle sentit le désir si familier revenir en elle.

Cette fois, il ne la fit pas attendre. Il la pénétra doucement et ils se mirent à bouger ensemble, avec une telle passion qu'elle sentit son souffle lui échapper en même temps que ses pensées, toutes dirigées vers lui.

Après un long moment – ou n'étaient-ce que quelques minutes ? Camille n'aurait su dire – elle sentit que Matthew l'entraînait de plus en plus vite vers le bord d'un précipice sans fond. Elle ne voulait pas y aller. Si elle tombait, le plaisir qu'il était en train de lui donner s'achèverait.

Elle entendit le bruit rauque de sa respiration au-dessus d'elle, et il se mit à répéter son prénom, encore et encore, tout en agrippant ses hanches et en déversant tout son désir en elle.

Camille le serra aussi fort qu'elle put et enfouit son visage contre son torse luisant de sueur. Elle sut que sa vie venait de changer, irrémédiablement.

- 7 -

Matthew tourna la tête et avisa les cheveux emmêlés de Camille et son visage luisant de sueur. Les yeux fermés, elle ne dormait pas. Ses seins se soulevaient à un rythme rapide et, sous sa main, il sentait le battement effréné de son cœur.

Ces quelques minutes l'avaient laissé sur le flanc, et tandis que son regard glissait sur son petit nez mignon et ses lèvres aux courbes parfaites, il se demanda si c'était ça, la sensation de faire vraiment l'amour.

Matthew ne savait pas. Avec son ex-femme, ça n'avait jamais été comme ça, ni avec aucune autre. Cette union avec Camille avait été hallucinante, et il n'était pas sûr d'avoir recouvré tous ses esprits.

Elle remonta doucement la main sur son torse.

— Mmm. On devrait se mettre sous les draps, tu ne crois pas ?

Non, pensa-t-il. Il devrait sortir de sa chambre, et le plus vite possible. Mais c'était une idée absolument ridicule. Il ne pouvait pas plus la quitter qu'il ne pouvait se couper le bras.

— Tu as froid ? demanda-t-il.

— Un peu.

— Mettons-nous sous les draps alors, répondit-il.

Ils se tortillèrent ensemble jusqu'à ce que leur tête soit sur l'oreiller et la couette par-dessus leurs corps fatigués.

Elle enfouit sa tête dans la courbe de son cou, et Matthew prit une longue mèche de cheveux soyeux entre ses doigts. La toucher était un cadeau précieux, et il décida que tant qu'il serait à Red Bluff, il accepterait tous les cadeaux qu'elle était prête à lui faire. Parce que une fois de retour à Three Rivers, tout cela serait terminé.

— Tu sens le muguet, dit-il en enfouissant le nez dans ses cheveux.

Elle sourit.

— Comment tu sais ce que sent le muguet ?

— Ma mère portait ce parfum. Enfin, quand elle avait assez d'argent pour s'offrir un petit flacon.

— C'est un parfum tout simple, un peu vieillot. C'est probablement pour ça que je l'aime. Et aussi parce que mon arrière-grand-mère Hollister le portait. Quand j'étais petite, elle me laissait lui brosser les cheveux et si je le faisais bien, elle me récompensait en me mettant du parfum au muguet sur le poignet et dans le cou. J'avais l'impression d'être une princesse.

— Ça te donne toujours cette impression ?

Elle lui caressa le bras du bout des doigts.

— Non. Ça me fait penser à elle. C'est encore mieux.

Tout en lui passant la main dans les cheveux, il pensa à la famille de Camille et se dit que d'une certaine façon, elle était une princesse de l'Ouest américain. Depuis sa naissance, Camille avait des racines solides et profondément ancrées, tandis que les siennes étaient si faibles et superficielles que c'était un miracle qu'il ait réussi à devenir un homme bien. Les différences entre eux étaient énormes, et pourtant ils étaient dans le même lit, où elle le touchait avec une telle tendresse qu'il avait la sensation qu'ils étaient faits l'un pour l'autre.

— Le ranch de Three Rivers est tellement ancien, il

fait partie de l'histoire de l'Arizona. Je me suis souvent demandé ce que ça faisait d'avoir ce genre d'héritage. Je n'ai jamais ressenti ça, moi.

Elle posa son bras en travers de son torse et le serra contre elle.

— Ça fait quatorze ans que tu es à Three Rivers. Tu fais partie de la famille.

C'était vrai de bien des manières, pensa Matthew. Joel et Maureen l'avaient pris sous son aile et traité comme un fils. Ils lui avaient offert un foyer, pour ça il les aimerait toujours.

— Dans un sens, acquiesça-t-il. Mais je reste un Waggoner. N'importe qui autour de Gila Bend te dira ce que ça signifie. Mon père et mon oncle ont laissé leur trace.

— Mais tu n'es plus à Gila Bend, lui rappela-t-elle avec douceur. Et tu redonnes de l'honneur à ton nom.

— Mouais. Tu dis ça parce que tu es attendrie. Demain tu changeras d'avis.

Elle lui posa un baiser minuscule dans le cou.

— Je t'ai déjà bien analysé, et ce que j'ai vu m'a plu.

— C'est parce que tu vois tout à travers des lunettes roses.

Elle sourit et lui pinça gentiment le bras.

— Parfois, Matthew, être une Hollister, ce n'est pas simple. Tu savais que le ranch date de 1847 ?

— Oui.

— La plupart des Hollister ont consacré leur vie au ranch. Certains ont perdu la vie dans des querelles locales entre les domaines. Et puis il y a les gens comme moi, Viv et Joe. Et oncle Gil. Il a quitté Three Rivers et il est devenu avocat. C'est lui qui a donné envie à Joe d'être shérif.

— Et qu'est-ce qui t'a donné envie d'être cuistot ? Ton arrière-grand-mère, qui sentait bon le muguet ?

Elle rit doucement. Il ferma les yeux et savoura ce son chantant et léger. Il n'avait pas entendu beaucoup de rires avant de travailler pour les Hollister. Oh ! Renee avait ri. La plupart du temps, de façon sarcastique, et à ses dépens. Rarement avec lui. Pourquoi l'aurait-elle fait ? Il ne l'avait pas rendue heureuse.

Comme si Camille avait lu dans ses pensées, elle demanda soudain :

— Pourquoi as-tu épousé Renee ?

Il fit la grimace.

— Drôle de moment pour me poser cette question, non ?

Elle posa sa tête sur sa main et le regarda.

— Non. C'est le moment idéal. Parce que je me suis toujours demandé si tu voulais qu'elle revienne dans ta vie. Dans ton lit.

Il secoua la tête.

— Je l'ai épousée parce que j'étais jeune et que je n'y connaissais rien. Je pensais qu'on serait des partenaires. Et j'en avais vraiment besoin à cette époque de ma vie. De quelqu'un à mes côtés, pour me soutenir et m'encourager.

Il fit une pause et émit un petit rire amer.

— Je me suis planté dans les grandes largeurs. Elle n'avait aucune intention d'être la femme d'un cow-boy. À peine l'encre séchée sur le contrat de mariage qu'elle essayait de me changer. Quand j'ai refusé, elle a décampé. Et voilà. Et quand elle est partie, je me suis senti soulagé… et complètement stupide.

Elle le regarda avec douceur.

— J'ai ressenti la même chose avec Graham, admit-elle. Je me suis sentie idiote.

— Pourquoi t'es-tu fiancée avec lui ? J'ai su tout de suite que c'était un sale type.

— Je pensais qu'être fiancée au fils d'un riche banquier montrerait à tout le monde que je n'étais pas que la petite dernière trop gâtée des Hollister. J'avais l'idée folle qu'être mariée à Graham donnerait l'impression que j'avais fait quelque chose de ma vie.

Il la regarda d'un air de reproche.

— Tu n'as pas besoin de lui pour être quelqu'un, tu sais.

Elle éclata de rire.

— Mon Dieu, tu n'imagines pas à quel point je suis soulagée qu'il soit tombé amoureux de Crystal Thompson ! Bon débarras !

Il lui sourit et caressa la douce courbe de sa hanche nue.

— Tu as oublié qu'on n'avait pas encore pris de dessert ? dit-elle. On descend à la cuisine en prendre un ?

— Mmm. J'avais oublié. C'était quoi, ce dessert ?

— C'est important ?

— Vraiment pas, répondit-il. Mon dessert, il est là, dans mes bras.

Elle lui mordilla gentiment l'oreille.

— C'est tellement cucul de dire ça, c'en est charmant.

Il la retourna sur le dos et tout en la regardant, il laissa descendre son doigt le long de sa joue.

— Tu te trompes, Camille. C'est toi qui es charmante.

Il parsema ses lèvres de petits baisers, avant de passer la main derrière sa nuque et de poser ses lèvres avec force sur les siennes.

Il n'en fallut pas davantage pour allumer un feu dans son ventre et son désir d'elle s'exacerba.

Lorsqu'ils se détachèrent et que leurs yeux se croisèrent, les yeux bleus de la jeune femme scintillaient d'une lueur que Matthew n'avait encore jamais vue. Luxure, amour ou quelque chose entre les deux, il n'aurait su le dire. Et il n'allait pas perdre son temps à le demander, alors qu'elle était là, à fondre dans ses bras.

— Oh ! Matthew, j'ai tellement envie de toi.

Peut-être que pour ce soir, il serait assez bien pour elle. Et que les deux prochaines semaines, elle se contenterait de l'avoir dans son lit. Mais l'avenir, c'était autre chose.

Il écarta cette pensée et déposa un baiser sur son front.

— Moi aussi j'ai envie de toi, Camille. Plus que tu ne t'en doutes.

Elle noua ses jambes autour de lui et alors qu'il la pénétrait de nouveau, il se demanda comment il allait pouvoir retourner à Three Rivers et vivre sans elle.

Deux jours plus tard, Camille verrouilla la porte du restaurant et alla aider Peggy à empiler les chaises pour la fermeture. Gideon était rentrée pour préparer la fête de Halloween de ses petits-enfants, et Edie, l'autre serveuse, était partie encore plus tôt conduire sa sœur malade voir un médecin à Benson.

La journée avait été animée, mais Camille était trop contente pour sentir la fatigue.

— Tu vas quand chez Gideon ? demanda-t-elle à Peggy tout en plaçant les chaises sur les tables.

— Je lui ai dit que je serais là à 18 h 30. J'ai mon costume, je me changerai en arrivant.

— Tu te déguises en quoi, Superwoman ? plaisanta Camille.

Peggy rit.

— Je ne rentrerais jamais dans un justaucorps ! Non, je me costume en moi-même – en affreuse sorcière.

— Oh ! Peg, tu n'es vraiment pas une sorcière. Une assistante, à la limite, la taquina-t-elle. Mais pas affreuse.

— Ah ! Tu ne m'as jamais vue au réveil ! s'exclama-t-elle. Et toi, tu fais quelque chose ce soir ?

Camille pensa immédiatement à Matthew. Elle avait hâte de rentrer et de le prendre de nouveau dans ses bras. C'était fou d'avoir envie d'un homme à ce point-là.

— Non, je reste à la maison. En fait, je ne sais même pas ce que je vais faire à dîner.

Peggy s'exclama :

— Tu veux encore faire la cuisine ? Après tout ce que tu as fait aujourd'hui ? Laisse tomber. Fais-toi un sandwich et offre-toi un bol de glace en dessert.

Camille était sur le point de répondre qu'un sandwich était hors de question lorsqu'elle entendit des bruits de pas. Elle tourna la tête : Norman était debout sur le seuil de la cuisine.

— Camille, laisse Peggy finir la salle. Je voudrais te parler dans mon bureau.

Le petit homme grassouillet aux rares cheveux châtains fit volte-face et franchit les portes à battant de la cuisine. Peggy lança à Camille un regard interrogatif.

— Je me demande ce qu'il veut. Mon Dieu, j'espère qu'il n'envisage pas de nous payer moins. J'ai déjà du mal à joindre les deux bouts.

Camille secoua la tête et posa la chaise qu'elle tenait sur une table, avant de se diriger vers la porte.

— Je ne pense pas. J'espère qu'il a décidé de tenter mon idée de plat du jour !

Le bureau de Norman était un réduit juste derrière la cuisine. Il n'y avait pas de fenêtre, il y faisait toujours une chaleur de four et depuis qu'elle travaillait ici, elle n'avait jamais vu à quoi ressemblait sa table de travail, recouverte de papiers, de tasses de café et de classeurs.

— Tu veux me parler, Norman ? demanda-t-elle en entrant.

Il désigna la chaise pliante devant son bureau.

— Oui, assieds-toi Camille.

Elle enleva un blouson et une boîte de serviettes en papier de la chaise et s'installa.

— Ça a été la folie au déjeuner aujourd'hui, dit-elle. Il va falloir recommander du pain, du bœuf et de la préparation pour la sauce.

Il secoua la main comme pour se débarrasser de la question.

— Ce n'est pas de ça dont je veux te parler. En fait, il va falloir que tu t'occupes des commandes et des livraisons.

Elle le regarda sans comprendre.

— Moi ? Pourquoi ? Tu prends des congés ?

— Des congés permanents.

Il leva les paumes vers le ciel dans un geste résigné.

— J'ai décidé de te vendre le restaurant. Enfin, si tu es toujours intéressée.

Camille sentit soudain son cœur battre à ses oreilles. Cela faisait deux mois qu'elle avait fait une offre à Norman, et entre-temps il ne lui avait donné aucun indice sur ce qu'il en pensait.

Incrédule, elle se percha au bord de sa chaise.

— Tu es sérieux ?

Il hocha la tête.

— J'en ai parlé avec Jan. Je n'ai pas besoin de te dire que l'idée ne me plaisait pas beaucoup. Ce restaurant, c'est mon bébé depuis des années.

Il haussa les épaules.

— Mais nous avons décidé que le temps pressait, poursuivit-il. Nous voulons faire les voyages dont nous rêvons depuis toujours.

Il était vraiment sérieux !

— Je suis sonnée, Norm. Tu es sûr ?

Il lui adressa un sourire plein de mélancolie.

— Oui. Au prix que tu as proposé. Nous pensons qu'il est juste.

— Oh oui ! Le prix, ça me va !

Elle bondit de sa chaise et frappa dans ses mains de bonheur.

— Merci, Norm. Merci ! C'est merveilleux !

Il secoua la tête d'un air consterné.

— J'espère que tu seras toujours aussi enthousiaste dans quelques mois. Ce n'est pas facile de gérer cet établissement, Camille. Je n'ai pas besoin de te dire que ce n'est pas juste de la cuisine. Il faut trouver les bons fournisseurs, s'assurer de la ponctualité des livraisons, s'occuper des factures, des autorisations, de l'assurance. Et ça ne s'arrête jamais.

— Je ne suis pas aveugle, Norm. Je vois bien comme tu travailles dur et tout ce que ça implique, mais je m'en crois capable.

— Bien. Je suis ravi que tu sois si confiante. Je peux rentrer et annoncer la nouvelle à Jan. Je lui ai promis de l'emmener à Tucson ce soir. C'est notre anniversaire de mariage, et elle veut faire des emplettes.

— Félicitations ! Tu as vendu ton restau, alors tu peux lui dire d'acheter tout ce qu'elle veut ! plaisanta Camille.

Il partit d'un rire moqueur.

— Ah ! techniquement, je suis au chômage maintenant. Il va falloir qu'elle fasse des économies.

Camille rit.

— Norm, je n'y crois pas une seconde. Je suis sûre que tu as mis des sous de côté.

Il sourit.

— Disons que le restaurant a été une bonne affaire. J'espère qu'il en sera de même pour toi, Camille.

— Merci, Norm.

Elle lui serra la main.

— Alors, quand veux-tu l'officialiser ? Je dois parler avec mon banquier.

— Les papiers seront prêts la semaine prochaine, répondit-il. Dans l'intervalle, tu peux l'annoncer à Peggy, Gideon et Edie. Pour ne pas qu'ils s'inquiètent s'ils entendent des rumeurs. Jan dit qu'elle ne pipera mot à personne, mais ça m'étonnerait qu'elle s'y tienne.

Camille rit.

— D'accord. Ils n'ont pas besoin de se faire du souci. Je ne les remplacerai jamais. Ils sont comme de la famille.

Norman hocha la tête. Ils discutèrent de quelques détails mineurs de la vente, puis il rentra chez lui.

Camille se rua dans la salle à manger, où Peggy venait de terminer de passer la serpillière.

Elle attrapa son amie par la taille et l'entraîna dans une valse folle.

— Camille ! cria la serveuse. Qu'est-ce que tu fais ? Mon sol ! On fait des traces partout !

En riant, Camille la poussa dans la cuisine et après l'avoir fait asseoir, lui expliqua qu'elle rachetait le restaurant.

— Tu rigoles ? demanda Peggy, incrédule.

— Je n'ai jamais été aussi sérieuse. Cet endroit va m'appartenir. On signe la semaine prochaine.

— C'est dingue ! Je savais que tu lui avais parlé de

plat du jour, mais je ne me doutais pas une seule seconde que tu voulais racheter le restaurant !

Elle secoua la tête, et reprit :

— Tu es vraiment sûre ? Tu as vu dans quel état la gestion du restaurant a mis Norman ? Il est devenu chauve, en surpoids et il a de l'hypertension !

Nullement découragée, Camille répondit :

— Je sais que c'est beaucoup de travail. Mais j'ai bien l'intention de gérer le restau à ma manière, et si ça marche, j'engagerai plus de personnel. En attendant, toi, Gideon et Edie vous assurerez. Et ne t'inquiète pas, je ne toucherai pas à vos salaires ni à vos avantages. Idéalement je les améliorerai.

Peggy prit Camille dans ses bras.

— C'est merveilleux. Maintenant, je n'ai plus à me faire du souci à l'idée que tu retournes à Three Rivers.

Camille sourit tristement.

— Non. Mon foyer, c'est Red Bluff, maintenant. Je ne m'attends pas à ce que ma famille saute de joie en apprenant, pour le restaurant, mais ils finiront par s'y faire.

Son sourire s'effaça d'un coup lorsqu'elle songea à Matthew. Son cher Matthew. Leur relation commençait à peine, mais elle avait l'impression de l'aimer depuis la nuit des temps.

— Camille ? Ça va ? Tu as l'air triste. Tu t'inquiètes pour ta famille ?

— Non, répondit-elle en la serrant à son tour dans ses bras dans une étreinte rassurante. Je pensais juste… à quelqu'un, et je me demandais comment il allait prendre la nouvelle.

Les yeux sombres de Peggy se plissèrent de curiosité, et Camille rougit.

— Il ? demanda-t-elle. Je ne savais pas qu'il y avait un homme dans ta vie.

— Moi non plus, à vrai dire.

Camille poussa un soupir à la fois rêveur et sans espoir.

— Je… tu vois, je connais cet homme depuis l'adolescence, mais nous n'avions jamais été proches. Juste des copains. Je ne l'ai pas vu pendant deux ans. Jusqu'à ce que lui et des gars du ranch viennent déplacer du bétail la semaine dernière.

— C'est un cow-boy alors ?

Camille hocha la tête, tout en pensant que le terme ne faisait pas justice à tout ce qu'était Matthew.

— C'est le contremaître du ranch familial, depuis que mon père est mort.

Les lèvres de Peggy s'arrondirent de surprise.

— Mais ça fait plusieurs années. Pourquoi t'intéresses-tu à lui seulement maintenant ?

Camille s'était posé exactement la même question.

— Tout d'abord, il a été marié, il y a longtemps. J'étais au lycée. Elle était superficielle et ça n'a pas duré longtemps. Après ça, il est resté à l'écart des femmes. Ce qui se comprend.

— Il n'arrivait plus à leur faire confiance ? demanda Peggy.

— Je crois qu'il ne faisait surtout plus confiance à son propre jugement.

Peggy la regarda d'un air entendu.

— Je t'ai entendu dire la même chose de toi et des hommes. Mais si tu fréquentes ce type, c'est que tu as vaincu cette peur.

Non, pensa Camille, elle était loin de l'avoir vaincue. Si elle était persuadée que Matthew l'aimait, elle aurait peut-être confiance, en elle, en lui et en l'avenir. Mais depuis le soir où il avait couché avec elle, Matthew n'avait rien fait pour lui laisser entendre qu'il s'agissait d'amour. Il avait même pris grand soin d'éviter la question.

— J'essaie de dépasser ça. Je pense que lui aussi, dit-elle.

Elle s'affaissa sur un tabouret près de la paillasse et prit sa tête entre ses mains.

— Oh ! Peggy, je ne sais pas où j'en suis. Je suis heureuse et soucieuse en même temps. Je ne sais pas comment ça va finir avec Matthew. Il repart d'ici une semaine et il ne reviendra pas. Pas avant l'automne prochain.

Les sourcils froncés, Peggy demanda :

— L'automne prochain ? Je ne m'y connais pas tellement, mais si le bétail reste ici pour l'hiver, est-ce qu'il ne devra pas venir le chercher au printemps pour le ramener dans l'autre ranch ?

— Tu as raison. Mais à cette époque de l'année, Matthew ne vient pas ici. Il y a beaucoup trop à faire là-bas. Rassembler les troupeaux, marquer les bêtes, tout ça. Blake, mon frère, a besoin de Matthew. Il envoie une autre équipe ici. Et puis voir un homme deux fois par an, ce ne serait pas franchement une relation.

— Je comprends pour le ranch. Mais pour toi, c'est moins clair. À moins que…

Peggy se leva et posa une main sur l'épaule de Camille.

— J'ai l'impression, ma chère amie, que tu es en train de tomber amoureuse.

Camille ôta ses mains de son visage et la regarda, l'air incertain.

— C'est vrai. Il me rend plus heureuse que je ne l'ai jamais été dans ma vie. Mais ça fait près de dix ans qu'il est divorcé et il a choisi de rester célibataire. Il ne veut ni femme, ni enfants. Ce qui ne me laisse que la possibilité d'une liaison très courte et très excitante.

Pensive, Peggy vida le marc de café de la machine.

— Maintenant, tu achètes le restaurant. Ce qui signifie que ta vie sera ici, alors que la sienne est à Yavapai County. Ça risque d'être un peu compliqué d'avoir une liaison à plus de trois cents kilomètres de distance.

Camille se laissa glisser du tabouret en soupirant.

— Je n'ai pas temps de me soucier de ça. J'ai essayé d'abandonner mes souhaits et mes rêves pour un homme une fois déjà, et ça n'a pas marché. Je n'abandonnerai pas mes projets pour ce restaurant ni pour ma maison à Red Bluff. Je ne vois pas comment Matthew et moi pourrions accorder nos vies. Mais j'espère un miracle. Ça arrive parfois.

Peggy poussa une exclamation pleine de cynisme.

— Oui, peut-être, à Noël. Mais aujourd'hui, c'est Halloween.

- 8 -

— Tu veux venir à Benson avec nous ce soir, Matthew ? demanda Pate en dessellant son cheval. C'est Halloween. On va s'amuser un peu.

Comme l'avait prédit TooTall, ils avaient capturé les quatre derniers bouvillons la veille. Aujourd'hui, Matthew, TooTall, Pate et Abel avaient déplacé deux troupeaux dans la zone est du ranch. Ils avaient traversé le chaparral et Matthew savait que son cheval avait au moins autant d'épines dans le cuir que lui dans les bras. Rien que l'idée d'aller en ville suffit à le faire jurer.

— Non. Pas envie d'aller à Benson. Et vous feriez bien de limiter les festivités à une ou deux bières, dit-il au jeune cow-boy. Pas envie de venir vous chercher au trou.

— Oh ! Matthew, parfois tu joues vraiment les vieux. Tu n'as jamais envie de t'amuser ?

— Ça dépend comment.

Matthew partit dans la sellerie, la selle sur l'épaule, en se disant que le jeune Pate n'avait pas tout à fait tort. Sous bien des aspects, Matthew était un vieil homme car il avait été privé de jeunesse. Il avait été trop occupé à travailler pour aider sa mère et sa sœur à joindre les deux bouts. C'étaient les autres qui s'amusaient, pas lui.

— T'inquiète, La Tignasse, lui dit TooTall en le suivant dans la sellerie. On ne laissera pas le jeunot faire de bêtises.

Matthew répondit :

— Je ne suis pas inquiet, TooTall. Faites attention sur la route, c'est tout.

TooTall accrocha une bride et un licol sur des patères alignées au mur, et se retourna vers Matthew.

— Tu as l'air fatigué, mon ami.

— Ça va, répondit-il. On a eu une longue journée.

— Oui, mais elle a été bonne. Tu devrais être content.

— Je suis content, TooTall. Tu vois ? ajouta-t-il en forçant un grand sourire.

Les yeux plissés, TooTall agita la main vers lui.

— C'est bidon. Pas honnête.

Matthew soupira et s'assit sur un banc de bois pour défaire ses éperons.

— Comme tu veux.

— Je dis que tu as une maladie. Ici.

Matthew leva les yeux et le vit poser un doigt au milieu de sa poitrine. L'idée que TooTall puisse être aussi perspicace était franchement agaçante.

— Je n'ai aucune maladie, rétorqua-t-il.

— Si. Tu es nostalgique ?

Nostalgique.

C'était peut-être le mot idéal pour qualifier ce qu'il ressentait, pensa Matthew. Il éprouvait de la nostalgie, mais pas pour Three Rivers. Il était nostalgique de quelque chose qu'il ne pourrait jamais obtenir. Camille qui serait sa femme et la mère de ses enfants. Un vrai foyer avec elle. D'où elle ne partirait jamais.

— Non. Je suis fatigué et j'ai faim. Et je pense que nous ferions bien de vérifier les pompes à eau de Coyote Valley avant d'y mettre le bétail.

— Coyote Valley ? C'est là qu'on va demain ?

demanda Abel en entrant dans la sellerie, une pile de tapis de selle sur l'épaule. C'est à des kilomètres !

— Absolument, répondit Matthew. Donc vous feriez bien de ne pas vous rendre malades ce soir en vous bourrant de bonbons pour Halloween. La journée sera longue demain.

— Des bonbons ? demanda Pate d'un air ahuri en rejoignant le petit groupe. Qui a parlé de bonbons ? Je croyais qu'on allait à Trail's End.

Abel leva les yeux au ciel.

— Il veut dire de ne pas te mettre minable, crétin.

— Oh. Ne t'en fais pas, Matthew, dit Pate d'un air suffisant. Je m'assurerai que tout le monde se tienne correctement.

Abel attrapa le jeune cow-boy par le col et fit mine de le mettre dehors en riant.

TooTall tapota l'épaule de Matthew.

— Rentre, boss. Je m'occupe de ton cheval.

— Il a des épines.

— Je m'en occupe, répéta-t-il. Vas-y.

Matthew le remercia et sortit de la sellerie. Dehors, avec la disparition du soleil, l'air s'était refroidi. Après le travail dans la chaleur toute la journée, la chute de température lui redonna un coup de fouet.

Arrivé à la maison, il remarqua qu'il n'y avait pas de lumière dans la cuisine. Curieux. À ce moment de la journée, Camille y était. Elle était peut-être en haut en train de se doucher, ou de se changer.

Il entra ; toute la maison était silencieuse. Il se rendit compte à quel point il s'était habitué à être accueilli par le chaud sourire de Camille et par ses baisers plus chaleureux encore.

Tu ferais bien de t'y habituer, Matthew. Ce sera

comme ça quand tu vas rentrer à Three Rivers. Fini les dîners et les conversations. Fini les taquineries et les rires. Et surtout, fini les bras tendrement noués autour de toi et les baisers qui envoient au ciel. Alors fais-toi à l'idée, cow-boy. Cette histoire avec Camille ne durera pas toujours.

Il fit taire la triste voix qui lui tournait dans la tête, ôta ses vêtements sales et entra dans la douche. Au moins serait-il propre quand Camille arriverait.

Il venait d'enfiler son jean lorsqu'il entendit son pas léger dans le couloir. Elle apparut sur le seuil, rayonnante.

— Toc-toc ! Je peux entrer ?

Bon sang, c'était dingue à quel point le seul son de sa voix le rendait fou de joie, pensa-t-il.

— Bien sûr. De toute façon rien ne t'arrêterait si je disais non, dit-il en souriant.

Elle entra dans la pièce, fonça droit sur lui et lui planta un baiser sur la bouche.

— Désolée de ne pas avoir été là quand tu es rentré. J'ai été retenue par mon patron. Enfin je devrais dire mon ex-patron.

Il scruta ses yeux bleus qui pétillaient.

— Tu m'expliques ?

Elle rit, lui prit la main et l'entraîna vers le lit.

— Assieds-toi, que je te raconte.

— Tu crois que c'est une bonne idée de m'attirer là ?

Elle gloussa.

— Je pense qu'on peut se contrôler quelques minutes. Laisse-moi te raconter. Il m'arrive un truc dingue.

Soudain, il se sentit mal à l'aise.

— Qu'est-ce qui s'est passé ?

Le sourire sur son visage s'agrandit davantage.

— Norman me vend le restaurant ! C'est pour ça que

je suis en retard. Il voulait qu'on en parle, pour savoir si j'étais toujours intéressée.

— Et tu lui as dit oui ?

— Évidemment !

Elle se retenait de sauter de bonheur, et Matthew avait très envie de partager sa joie. Mais elle avait érigé une barrière entre eux. Elle enfonçait plus profondément ses racines ici, dans le comté de Cochise, loin de lui. Et il ne pouvait pas lui reprocher d'accomplir ses rêves.

— C'est une grande nouvelle, répondit-il. Tu signes quand ?

— La semaine prochaine, quand Norman aura fait préparer les papiers.

Elle lui serra la main.

— Oh ! Matthew, je suis tellement excitée. J'ai plein de projets. Je veux changer le menu, la salle. Ça va représenter beaucoup de travail, mais ça n'en a que plus de valeur n'est-ce pas ? Quand on s'investit à fond dans quelque chose ?

Oui, Matthew savait ce que voulait dire s'investir à fond dans quelque chose. Au cours des quatorze dernières années, il avait investi toute sa vie dans le ranch de Three Rivers. Là-bas, il avait de la valeur. Son travail était important, et sa relation avec la famille Hollister aussi. Il ne pourrait jamais la quitter.

Il lui adressa un petit sourire triste.

— Mais bien sûr. Je suis heureux pour toi, Camille. Je te souhaite toute la réussite du monde.

Son visage passa de la joie au doute.

— Tu es vraiment heureux pour moi ?

Il posa les mains de chaque côté de son visage et elle frotta immédiatement sa joue contre la paume calleuse de ses mains. Elle était la femme la plus sensuelle qu'il ait jamais connue, et la regarder suffisait à lui donner envie d'elle. Maintenant qu'il avait fait l'amour à Camille, aucune autre femme ne serait à la hauteur.

Il eut soudain l'impression que quelqu'un le prenait à la gorge

— Je suis sincère. Pourquoi ? Tu ne me crois pas ?

Elle haussa les épaules et regarda leurs mains jointes d'un air penaud.

— Si, mais je pensais que tu me dirais que je me lance dans une entreprise démesurée. Même quand tout va bien, la restauration, c'est toujours risqué. Je pourrais très bien me planter.

Elle leva les yeux vers son visage avec une telle tendresse qu'il faillit y lire de l'amour. Mais non, bien sûr.

— Tu ne vas pas te planter, Camille. Je crois en toi.

Ses mots firent renaître son sourire et avec un petit cri de joie, elle passa les bras autour de son cou.

— Matthew, tu ne peux pas savoir ce que ça signifie pour moi. Surtout quand je pense à ce que ma famille va dire quand elle apprendra la nouvelle. Surtout Blake. Ça ne va pas lui plaire du tout.

Il l'entoura de ses bras.

— Blake vit sa vie comme il l'entend. Tu as le droit de faire la même chose.

Elle leva la tête vers lui :

— Je crois que tu es sincère, en effet.

— Et pourquoi pas ? Renee a essayé de me changer, et elle m'a rendu malheureux. Personne ne doit essayer de te changer.

Elle lui adressa un regard irrésistible, puis retira ses bras et se dressa toute droite.

— Merci, Matthew. Maintenant je ferais bien de

trouver quelque chose à cuisiner pour le dîner. C'est Halloween ! Tu avais oublié ?

Il se leva et attrapa sa chemise propre.

— Non, je n'ai pas oublié. Ce soir, on se fait plaisir. Je me suis dit qu'on pourrait aller à Benson et dîner au restaurant. On n'est jamais allés nulle part tous les deux.

Elle lui jeta un regard coquin.

— On est allés au lit tous les deux.

Il rit :

— Tu marques un point.

Elle rit en retour et se dirigea vers la porte.

— Donne-moi quelques minutes pour enlever mes habits graisseux et me préparer.

— Ça marche.

Elle disparut, et Matthew entendit ses pas dans le couloir, puis dans les escaliers jusqu'à sa chambre. Il enfila sa chemise et se planta devant son miroir.

Tout avait l'air pareil, pensa-t-il. Et pourtant, tout semblait différent. Comment avait-il pu se montrer si encourageant et attentionné en un moment pareil ? Elle aurait tout aussi bien pu planter une bannière au milieu du jardin avec *Je reste ici et Matthew Waggoner peut aller au diable* écrit dessus.

Il grommela un juron, attrapa une brosse à cheveux et la passa dans ses boucles blondes humides. Il n'avait aucune raison de se conduire autrement. Ce n'était pas parce qu'ils couchaient ensemble qu'elle avait des sentiments pour lui. Des vrais sentiments, de ceux qui vous font suivre quelqu'un jusqu'au bout du monde. Il fallait qu'il revienne sur terre. Cette histoire avec elle, ce n'était qu'une escapade plaisante, une pause au milieu de journées chargées de chevaux et de bétail et d'une équipe de cow-boys à diriger.

Camille et Matthew dînèrent dans un petit café mexicain tout simple en lisière de la ville, pas très loin de la discothèque Trail's End où Pate et les gars étaient partis se défouler.

La cuisine était délicieuse, mais Matthew aurait pu manger du pain sec et de l'eau, il n'aurait pas senti la différence. Camille était particulièrement adorable dans sa robe marron et dorée à motifs qui épousait ses courbes et mettait les reflets de ses cheveux en valeur. Elle avait relevé ses longues mèches en chignon et en avait laissé quelques-unes tomber dans son dos. Elle portait de grandes créoles aux oreilles, et son rouge à lèvres illuminait tout son visage.

Bon sang, il n'était pas censé être avec une femme comme ça, se dit-il. Elle était beaucoup trop bien pour lui, c'en était risible. Mais il ne riait pas. Son cœur n'y était pas.

— Ils font de délicieux gâteaux aux trois laits ici, dit Camille. Si tu as envie d'un dessert.

— Je suis repu, répondit-il. Mais vas-y, toi.

Elle secoua la tête.

— En fait, il y a quelque chose que j'aimerais faire. Si ça te dit, bien sûr.

Il repoussa son assiette.

— Quoi ?

Elle le regarda en souriant.

— En revenant à Red Bluff, je me suis dit qu'on pourrait s'arrêter à Dragoon. J'adorerais te montrer le restaurant. J'ai la clé.

C'était de toute évidence très important pour elle, et le fait qu'elle veuille partager cet aspect de sa vie lui fit se sentir mieux.

— Ça me plairait beaucoup.

Il paya l'addition et ils quittèrent le café. Pendant que Matthew conduisait, Camille mit le sujet du restaurant de côté et l'interrogea sur sa journée.

Puis, elle changea de sujet :

— Tu vas sûrement te moquer de moi, mais je me suis dit que j'allais prendre un cheval dimanche prochain et me promener après la messe. C'est le seul jour où je pourrai le faire.

Il la regarda, surpris.

— C'est quand, la dernière fois que tu as monté à cheval ?

— Oh ! il n'y a pas si longtemps. Quand Hannah et Nick viennent, en général je fais une ou deux sorties avec eux.

Hannah, la fille de Vivian, et Nick, le fils de Blake, n'étaient pas seulement cousins, ils étaient meilleurs amis et partageaient un amour des chevaux. Parfois, Vivian les amenait tous les deux pour qu'ils puissent monter dans des zones de Red Bluff pas trop accidentées.

— Je ne me rappelle pas t'avoir déjà vue à cheval, dit-il.

Elle rit.

— Ce n'est pas toujours beau à voir, mais la plupart du temps, j'arrive à ne pas me casser la figure.

Ils parcoururent deux kilomètres en silence et il reprit :

— En fait, Blake m'a confié un autre travail, en plus de déplacer le bétail.

Camille fronça les sourcils.

— Mais pourquoi ? Tu n'es pas assez occupé ?

— Il m'a demandé de rester plus longtemps que prévu pour jeter un œil à toute la propriété. Il envisage d'y mettre davantage de bétail toute l'année.

Elle écarquilla les yeux :

— Sérieusement ?

— Tout à fait. Three Rivers est très fructueux, il veut investir et augmenter ses actifs.

Elle secoua la tête.

— Mais il lui faut le terrain pour les pâturages d'hiver. Ça ne fonctionnera pas s'il le remplit de bêtes à l'année.

— Bonne déduction, Camille. Tu es vraiment une fille de rancher.

— Merci. Mais même un enfant comprendrait que les pâturages ne sont pas illimités.

— Je n'en suis pas sûr, mais j'ai l'impression que Blake et ta mère envisagent d'acheter davantage de terrain par ici.

— Mmm. Intéressant. Quel est le rapport avec le fait que je monte à cheval ?

— Eh bien, ça veut dire que je vais te mettre au travail. On peut monter ensemble, et tu peux m'aider à jeter un œil à la propriété.

Un large sourire s'afficha sur le visage de Camille qui partit d'un grand éclat de rire :

— Mon Dieu, le contremaître du ranch de Three Rivers va me voir en selle ! Tu promets de ne pas te moquer de moi ?

— Je promets de ne jamais me moquer de toi, Camille. Rire avec toi, oui, mais jamais à tes dépens.

Elle lui prit la main et lorsqu'elle la porta à ses lèvres, il eut envie de s'arrêter au bord de la route et de la prendre dans ses bras. De lui confier toutes les envies et les sentiments qui se bousculaient en lui et lui déchiraient le cœur.

Mais il ne pouvait s'exposer ainsi. Leur histoire n'était

pas destinée à durer. Elle ne voulait que coucher avec lui, rien de plus. Juste du sexe.

Est-ce que ce ne serait pas formidable, pensa-t-il, s'il pouvait revenir à l'époque où le sexe était la seule chose qui l'intéressait aussi ?

- 9 -

Le restaurant Lost Antelope était un édifice bas et tout en longueur aux murs de stuc peints en turquoise. Le toit était couvert d'ardoises et les cadres de fenêtre étaient marron foncé. Deux grandes baies vitrées encadraient la porte. Au-dessus de celle de gauche, une enseigne au néon faisait la publicité d'une marque de bière, et en face un panneau en métal indiquait simplement : Good Food.

Le parking n'était pas bitumé. À l'arrière du bâtiment, une vieille éolienne grinçante était envahie par la végétation du désert.

Le restaurant si cher à Camille ne ressemblait pas du tout à ce qu'il avait imaginé, et après avoir coupé le moteur, il le contempla de longues minutes à travers le pare-brise.

— Qu'est-ce qui ne va pas ? Tu ne dis rien, dit Camille.

— Je réfléchis.

— Si tu t'attendais à un café à la mode avec une terrasse et des serveuses à moitié nues servant des boissons sophistiquées, tu dois être déçu. C'est un établissement tout ce qu'il y a de plus simple, qui sert juste de la bonne cuisine, comme l'indique le panneau.

— Je ne suis pas déçu, répondit-il. Je suis surpris. Ce n'est pas ton style.

— C'est quoi mon style, Matthew ? Un truc plus moderne, qui fait plus cher ?

— J'avoue, dit-il d'un air penaud. Un truc un peu comme ça, oui.

Elle lui jeta un regard de reproche, défit sa ceinture et ouvrit la portière.

— Viens. Je te fais visiter.

Ils se rendirent à l'arrière du restaurant où une porte en métal était éclairée par une veilleuse de sécurité.

Le restaurant était plutôt isolé, Matthew n'aurait pas été surpris d'apprendre qu'il était souvent vandalisé. Pourtant, ni la porte, ni les murs ne portaient de signes de dégradation.

— Vous avez déjà été cambriolés ?

— Jamais. Norman prend toujours la recette avec lui le soir. De petits anges du désert doivent veiller sur cet endroit. Par contre l'assurance est honteusement chère, comme tu t'en doutes.

Elle ouvrit la porte et actionna l'interrupteur. Aussitôt, des néons éclairèrent une pièce carrée dont trois murs étaient occupés par des étagères. Matthew avisa les rangées d'immenses boîtes de conserve et les assortiments de cartons entassés dans tous les coins.

— C'est ici qu'on stocke les denrées non périssables. Et des trucs comme les serviettes en papier.

La quantité de nourriture l'impressionna.

— Vous utilisez tout ça ? On dirait qu'il y en a assez pour nourrir une armée.

Elle eut l'air amusé.

— Norm passe son temps à faire des commandes. Sinon, ces étagères seraient vides.

Ils passèrent dans la pièce suivante.

— Ici c'est le frais et le surgelé.

Matthew vit plusieurs réfrigérateurs de toutes tailles et deux grands congélateurs. Le sol était en béton, les murs vert pâle : tout était d'une propreté irréprochable.

— Vous n'avez pas de chambre froide ?

Elle secoua la tête.

— Non. Ça coûte vraiment trop cher.

Elle poussa une porte du même vert pâle que les murs et ils entrèrent dans une petite cuisine. Matthew scruta la pièce. Elle était équipée d'un grand grill plat et d'un piano à six brûleurs, au-dessus d'un grand four. Sur le mur d'en face, une longue succession de placards et un plan de travail en bois, dont la surface portait les cicatrices de longues années de découpage.

— Et voilà mon domaine, dit-elle en souriant fièrement. C'est ici que je passe mes journées. Il est moins grand que le tien, mais je m'y sens chez moi.

Matthew n'en revenait pas. Elle avait toujours été la petite princesse de Joel, et même après la mort de son père, le reste de la famille avait continué à la traiter ainsi. Elle avait toujours été la petite dernière dorlotée du clan Hollister, et il ne pensait pas l'avoir jamais vue les mains sales ou en tenue de travail. Apparemment, ce n'était plus la même Camille.

— Tu vas changer des choses ici ?

— Pas dans l'immédiat. Plus tard, si les affaires marchent bien, j'aimerais installer un plus grand four.

Elle désigna les placards derrière lui.

— C'est là qu'on range les ustensiles. En face ce sont les verres, les assiettes et les tasses. On utilise peu d'assiettes ceci dit, car on sert beaucoup dans de petits paniers. Ce qui fait bien les affaires de Gideon, qui se retrouve avec moins de vaisselle à faire.

— Gideon ?

— Notre aide-serveur et plongeur. C'est un veuf et vétéran de guerre qui vit à Dragoon depuis qu'il a été démobilisé. Il organise une fête pour ses petits-enfants, ce soir. Il a un grand cœur.

— Ton collègue organise une fête, et tu n'y vas pas ? Tu n'étais pas invitée ?

Son sourire se fit timide.

— Oh ! si. Mais je ne voulais pas manquer une soirée avec toi. Tu n'es plus là pour très longtemps, alors que mes collègues, je les vois tous les jours.

Matthew se sentit honoré, mais pas suffisamment pour dissiper le malaise qui le frappait chaque fois qu'il pensait au peu de temps qu'il leur restait ensemble.

— Alors je suis content qu'on soit sortis ce soir, ta soirée d'Halloween n'a pas été totalement pourrie.

Elle l'entoura de ses bras et émit un petit rire extraordinairement sexy.

— La soirée n'est pas finie. Et j'ai deux ou trois trucs en réserve pour toi.

Il tâcha de garder la tête froide tandis qu'elle le faisait passer dans la salle à manger éclairée par la faible lueur des lampadaires du parking.

— Et voici la salle, annonça-t-elle. C'est ici que je veux faire des changements. Casser ce mur, pour agrandir l'espace. Sans rien changer à l'extérieur, je tiens à la simplicité du lieu. C'est ce qui fait son charme, je trouve.

Elle avait raison, pensa Matthew. Si elle rasait tout pour remplacer le restaurant par un établissement sophistiqué, elle perdrait sa clientèle.

— Il a une vraie personnalité, c'est vrai, acquiesça-t-il. Et le nom ? Tu vas le changer ?

Elle secoua la tête.

— Pas du tout. Il y a une légende derrière ce nom.

On raconte qu'au XIXe siècle, un chercheur d'or a campé ici et qu'un soir une antilope est venue près de son feu de camp. Malgré ses efforts pour la faire déguerpir, elle revenait tous les jours. Il s'est dit qu'elle avait dû perdre son troupeau.

Il lui jeta un regard amusé.

— Une antilope solitaire ? Et tu y crois, à cette histoire ?

— Absolument, pourquoi pas ? Même les animaux sauvages ont besoin de compagnie. Comme les mustangs et les coyotes. Ils se regroupent en famille.

Ces animaux sauvages avaient des instincts familiaux plus aimants que n'importe quel homme de la famille Waggoner, pensa-t-il avec amertume.

— Tu ne t'es jamais dit qu'il avait pu tuer l'antilope et la manger ? demanda-t-il.

Elle lui pinça le biceps.

— Oh ! Matthew, non ! Ils sont devenus amis et ont vécu heureux jusqu'à la fin des temps. C'est ce que dit l'histoire, et c'est pour ça que le restaurant s'appellera toujours The Lost Antelope.

Il contempla son visage rayonnant et se rendit soudain compte que son bonheur à elle signifiait davantage pour lui que le sien. Si c'était de l'amour, alors il était dans la mouise jusqu'au cou.

— Ce nom va bien à cet endroit – et à toi aussi, répondit-il doucement.

Elle leva les yeux vers lui et l'espace d'une seconde, Matthew crut voir sa lèvre trembler.

— Alors, qu'en penses-tu, Matthew ? Tu crois que je commets une erreur en l'achetant ?

Un peu plus tôt dans la soirée, à Red Bluff, il lui aurait probablement répondu que oui, une grosse erreur même. Mais en la voyant ici, il avait changé d'avis. Elle avait l'air si heureuse.

— Ce n'est pas une erreur de suivre ton cœur. Je suis ravi que tu aies trouvé le courage de faire ça. Tout le monde n'a pas cette force.

Elle prit un air pensif.

— Tu ne parles pas de toi ? Tu es un des hommes les plus courageux que je connaisse. Pour toutes les choses auxquelles tu as survécu dans ta vie.

Il sentit sa poitrine se gonfler devant ces louanges, et en même temps il eut la sensation d'être le plus gros escroc de tous les temps. Même s'il avait su exactement comment décrire ce qu'il ressentait pour elle, il n'était pas assez courageux pour le verbaliser. Et de toute façon, à quoi bon ? Ses sentiments ne changeraient rien, leurs vies étaient trop différentes pour s'associer de façon permanente.

— Espérons qu'il n'y aura pas de méchants petits lutins de Halloween à Red Bluff quand on rentrera, plaisanta-t-il pour alléger l'atmosphère. Tu verras sinon à quel point je peux avoir les chocottes.

Elle gloussa.

— Ne vous inquiétez pas, monsieur Waggoner, je les chasserai pour vous.

À peine furent-ils rentrés à Red Bluff que Camille le prit par la main et l'entraîna jusqu'à sa chambre où ils se déshabillèrent dans l'obscurité. Cette aisance qu'ils ressentaient lorsqu'ils étaient ensemble avait un goût doux-amer, se dit-elle. Comme un vieux, très vieux couple. Est-ce que ça ne faisait vraiment qu'une semaine qu'il était entré dans cette maison et dans sa vie ? Et ne lui restait-il vraiment qu'à peine plus d'une semaine ? Ces questions lui nouaient la gorge, et elle tenta de les évacuer. Cette soirée était trop spéciale pour être gâchée. Comme elle l'avait dit à Peggy, un miracle était toujours possible, et elle allait s'accrocher à cette idée.

Les bottes de Matthew tombèrent sur le sol avec un bruit sourd. Au moment où elle enlevait sa deuxième boucle d'oreille, il se plaça derrière elle et passa ses bras musclés autour de sa taille.

Elle se retourna et, avec un grognement de plaisir, passa les bras autour de lui.

— Joyeux Halloween, Matthew, chuchota-t-elle.

Il l'embrassa doucement.

— Joyeux Halloween, Camille.

Il se pencha légèrement, la prit dans ses bras et l'emporta jusqu'au lit. Une fois allongé à côté d'elle, il roula sur le côté et l'attira contre lui.

Elle posa le bout du doigt sur les lèvres de Matthew.

— Comment fêtais-tu Halloween quand tu étais petit ? Tu te bourrais de bonbons ?

Il prit sa main et embrassa sa paume.

— J'aimais les bonbons, mais je me souviens surtout de ma sœur qui me racontait des histoires effrayantes. J'avais tellement peur que je me planquais sous les couvertures pour pleurer.

— Tu pleurais ?

Elle lui caressa les cheveux.

— Oh ! Matthew, c'est horrible ! Pourquoi avais-tu si peur ? Personne ne te disait que c'était pour de faux ?

Les lèvres de Matthew se pincèrent.

— Ma sœur me le disait après, et que les fantômes et les gobelins n'existaient pas. Mais je ne la croyais pas. Pourquoi l'aurais-je crue ? Dans mon monde, tout allait toujours de travers.

Que Matthew se souvienne de son enfance, qui aurait dû être un souvenir plein de joie, avec tant de tristesse, déchira le cœur de Camille.

— Eh bien, pas d'histoires qui font peur ce soir. Pas de fantômes rôdant dans l'ombre.

Elle lui sourit doucement.

— Mais on peut se mettre sous les couvertures si tu veux.

Il lui rendit son sourire puis, fermant, les yeux, appuya sa joue contre la sienne.

— Je crois qu'on sera très bien comme ça.

— On sera plus que bien.

Et alors qu'ils se mettaient à faire l'amour, Camille se raccrocha à cette douce pensée.

Le vendredi était toujours très animé au restaurant. Il était 10 h 30 du matin lorsque Camille trouva le temps de faire une pause.

— Gideon, je sors une minute, dit-elle en passant derrière le vieil homme dont les mains étaient plongées dans l'eau savonneuse. Si Edie prend de nouvelles commandes, appelle-moi.

— Bien sûr, Camille. Prends ton temps.

Dehors, à l'arrière du bâtiment, Camille s'assit sur un long banc de bois installé sous les branches enchevêtrées d'un mesquite plein d'épines. Le soleil était déjà chaud et le vent tourbillonnait comme si une tempête s'apprêtait à frapper, soulevant la poussière.

Elle sortit son téléphone.

— Allô, ma chérie, répondit Maureen après cinq

longues sonneries. Quelle surprise d'avoir de tes nouvelles en plein milieu de la matinée ! Tu as pris des congés ?

— Non. Je suis en pause. Je voulais t'annoncer une nouvelle. Tu es très occupée, là ?

— Non, je suis dans le bureau de Blake. On discutait du ranch. Rien d'urgent.

Camille poussa un long soupir. Elle aurait préféré que sa mère soit seule pour lui annoncer la nouvelle. Mais au final, cela n'importait probablement pas. Sa mère allait tout raconter au reste de la famille à peine le téléphone raccroché, de toute façon.

— Tant mieux, parce que je n'ai pas beaucoup de temps.

— Quelque chose ne va pas ? Tu as l'air tendue.

Camille fit la grimace.

— Tout va bien. Enfin, pour être honnête, j'appréhendais un peu ce coup de fil. Parce que je pense que tu vas être contrariée.

— Que se passe-t-il ? Matthew va bien ?

Matthew était incroyable. Longtemps avant l'aube, ils s'étaient réveillés visage contre visage et avaient refait l'amour avant même que le soleil ne paraisse au-dessus des montagnes. Elle ne savait pas où il trouvait son énergie, et franchement la sienne l'étonnait tout autant. Être avec lui lui énergisait tant le corps que l'esprit.

— Il va bien, il est très occupé. J'appelle pour moi. J'ai passé un accord avec mon patron, Norman Kimball. Je lui achète le restaurant. Ce sera officiel dans quelques jours.

Il y eut un long silence.

— Je vois, dit Maureen. Eh bien… honnêtement, je ne sais pas quoi dire.

La déception tomba comme un poids sur les épaules de Camille.

— Tu pourrais commencer par me féliciter ? Ce serait gentil.

— Ta mère n'est pas toujours gentille, Camille. Tu le sais.

En effet, pensa-t-elle, Maureen pouvait se transformer en tigre quand on la provoquait. Mais Camille aussi pouvait se montrer féroce. Et déterminée.

— Je ne m'attendais pas à ce que tu me félicites, dit-elle. Mais je voulais que tu le saches.

— Grand merci, répondit sa mère d'un ton sarcastique, avant de pousser un gros soupir. Je suis désolée, Camille. Vraiment. Je voudrais être contente pour toi. Mais tu sais ce que ça signifie pour moi. Je priais pour que tu reviennes à Three Rivers. Tu manques à tout le monde ici, Mais j'imagine que c'est hors de question, maintenant.

— En effet. Ma vie est ici, maman. Ça fait longtemps que j'essaie de vous l'expliquer. Mais vous avez tous cette idée folle que je suis ici à me morfondre et que je n'ai pas de vie, ce qui est totalement faux.

— D'accord, mais un restaurant, Camille ! Tu vas investir dans une affaire douteuse, et…

— Maman, ce restaurant fait gagner de l'argent à Norman depuis plus de vingt ans, et il était déjà rentable avant qu'il ne l'achète. Il n'y a aucune raison que ça change. À moins que tu me croies moins capable de mener ma barque que Blake, Chandler ou Viv, ou que…

— Arrête ça, Camille ! l'interrompit-elle. Ça n'a rien à voir avec tes frères et sœurs. C'est ta mère qui exprime son inquiétude face à tes choix, c'est tout.

— Maman, je vais avoir trente ans. J'ai le droit de

faire mes propres choix, même si tu n'es pas d'accord. Red Bluff est une partie importante de Three Rivers. Je veux être ici.

— Je veux être heureuse pour toi, Camille, vraiment. Mais…

— Alors pourquoi ne l'es-tu pas ? l'interrompit sa fille. Matthew pense que je fais le bon choix. J'aimerais que tu aies autant foi en moi que lui.

Il y eut un autre long silence et Camille se rendit compte qu'elle en avait peut-être trop dit. Mais ça non plus, ce n'était pas grave. Elle était fatiguée de cacher ses sentiments, ses désirs et ses souhaits.

— Tu en as parlé à Matthew ?

— Bien sûr. Il vit à la maison, maman, lui rappela-t-elle. On ne reste pas à se regarder en chiens de faïence.

— Ah, d'accord. Donc, il est dans ton camp.

Camille se retint de rire.

— À t'entendre, c'est un traître parce qu'il veut que je sois heureuse.

— Ce n'est pas ça. C'est juste que je n'aurais jamais cru que tu dirais ce genre de choses.

Camille sourit tristement.

— Peut-être parce que tu ne m'as jamais vraiment écoutée.

Elle soupira de nouveau.

— Peut-être. Je commence à me demander s'il faut que je vienne. Qu'est-ce que tu en penses ?

— Non ! s'écria-t-elle, avant de se taper le front de la main. En temps normal, elle aurait adoré que sa mère vienne la voir. Mais elle et Matthew ne pourraient rien faire avec Maureen dans la maison.

— Je veux dire, tu es la bienvenue bien sûr. Mais

tout va bien. Je vais même monter à cheval ce week-end. Ça devrait te réjouir.

— En effet. Mais, Camille, je…

Du coin de l'œil, Camille aperçut Gideon qui lui faisait signe de la main.

— Désolée, maman, je dois retourner en cuisine. Le coup de feu de midi va commencer.

Elle envoya un baiser dans l'appareil et raccrocha.

— Désolé de t'interrompre, Camille, mais un car entier de gens vient d'arriver, lui dit Gideon.

Elle lui adressa un large sourire :

— Un car entier ? Mais quelle bonne nouvelle.

– Matthew, mais qu'est-ce que tu fous ?

Matthew éloigna le téléphone de son oreille et le regarda comme s'il venait de se transformer en cactus.

— Je viens de bosser des heures au soleil. Et toi, qu'est-ce que tu fous ? rétorqua-t-il à Blake d'un ton dur.

Il y eut un silence et Matthew en profita pour s'éloigner des gars qui réparaient une pompe cassée.

— OK, excuse-moi, reprit Blake au bout d'un moment. Je n'aurais pas dû dire ça.

— Pas sur ce ton, non, répondit Matthew. Pas grave. J'imagine que tu as une journée difficile.

— Difficile ? Maman vient de quitter mon bureau en larmes.

— Que s'est-il passé ? Joe a trouvé quelque chose sur la mort de Joel ?

— Non, ce n'est pas ça. Même si j'aimerais qu'on trouve le fin mot de cette histoire, j'espère que rien ne va sortir tout de suite, je ne crois pas que maman serait capable de tout encaisser à la fois.

— Tout quoi ?

Blake jura dans sa barbe.

— Ne fais pas l'innocent, Matthew ! Tu sais très bien ce qui se passe ! Et le fait que tu t'en réjouisses me fout en l'air !

Matthew serra le téléphone plus fort. Est-ce que la famille avait mis des caméras de vidéosurveillance dans la maison ? Comment pouvaient-ils savoir qu'il dormait avec Camille tous les soirs ? Ce n'était sûrement pas elle qui le leur avait dit.

— Il va falloir que tu t'expliques, Blake, finit-il par dire. Je ne suis pas sûr de comprendre de quoi tu parles.

Après avoir lâché un autre juron, Blake répondit :

— Ce foutu restaurant ! Voilà !

— Oh.

Matthew sentit une vague de soulagement l'envahir. Être le bras droit de Blake et l'aider à gérer une entreprise de plusieurs millions de dollars était une chose ; faire l'amour à sa sœur en était une autre.

— Quel rapport avec moi ? Camille a pris sa décision avant mon arrivée.

— Mais tu n'étais pas obligé de l'encourager, si ? Elle a dit à maman que tu te réjouissais pour elle. C'est vrai ?

La situation devient ridicule, se dit Matthew.

— Un peu que c'est vrai. Et si tu prenais cinq minutes pour parler à ta petite sœur, ou que tu prenais la peine de venir la voir, tu comprendrais peut-être.

Seuls le bruissement de papiers et le grincement d'une chaise se firent entendre au bout de la ligne. Blake devait être au bureau. Un lieu qu'il n'affectionnait pas, mais la mort subite de son père ne lui avait pas laissé le choix. Maureen n'aurait pu trouver de meilleur gérant pour le ranch. Pourtant, il aurait préféré, de loin, être avec Matthew sur le terrain, à travailler sur une pompe capricieuse ou à remplacer un poteau pourri plutôt qu'être derrière un bureau.

— Désolé, Blake. J'aurais dû me taire. Je n'ai pas à m'immiscer dans vos affaires de famille.

— Tu fais partie de la famille, Matthew. Tu as ton mot à dire. Et je me rends compte que tu n'es pas là pour contrôler Camille.

La contrôler ? L'idée était risible. Elle était aussi contrôlable qu'un étalon sauvage.

— Dieu merci. Je serais minable à ce poste.

— Bon, je vais essayer de voir le bon côté des choses pour cette histoire de restaurant. Si tu penses que c'est bien pour elle, alors je dois te croire. C'est juste que… on espérait tous qu'elle rentrerait à la maison.

Il sentit une douleur dans sa poitrine.

— Blake, je crois qu'il est temps que toi et le reste de la famille acceptiez que la maison de Camille, c'est ici.

- 10 -

À la fin de la semaine suivante, Matthew et son équipe avaient fini de déplacer le bétail dans les pâturages des vallées. Les pompes à eau fonctionnaient et les clôtures étaient solides. Le travail à Red Bluff était terminé.

Le samedi après-midi, pendant que les gars remplissaient les camions et les remorques pour rentrer à Three Rivers, TooTall suivait Matthew partout comme un chiot perdu.

— J'aime pas ça, La Tignasse, dit-il. Je veux rester ici avec toi.

— Tu ne peux pas. Ils ont besoin de toi à Three Rivers. Si le temps le permet, vous allez rentrer du foin du matin jusqu'au soir. Je ne reste ici que quelques jours, de toute façon. Juste assez longtemps pour finir de tout superviser.

Mais TooTall n'avait pas l'air convaincu.

Les deux hommes se rendirent à l'endroit où les hommes finissaient de charger les chevaux, et TooTall jeta à Matthew un regard décidé :

— Rappelle-toi ta promesse. Tu me laisseras travailler ici avec toi quand tu reviendras t'y installer.

Bon sang, il ne savait pas où TooTall allait chercher ça. C'était ridicule et ça lui portait sur les nerfs. Avec tout le calme dont il était capable, il répondit :

— Je n'ai pas oublié. Mais il faut que tu t'enlèves

ça de la tête, TooTall. Je serai de retour à Three Rivers dans quelques jours et tu verras que rien ne va changer. On travaillera ensemble, comme avant.

TooTall le regarda en fronçant les sourcils.

— J'ai eu une vision, Matthew, et…

— Tu as rêvé, c'est tout, l'interrompit Matthew. Monte dans le pick-up avec les autres avant que je ne te colle mon pied quelque part.

Il lui tapota l'épaule.

— On se voit dans quelques jours. En attendant, je compte sur toi pour garder l'œil sur les gars, d'accord ?

Le cow-boy hocha la tête d'un air sombre et monta dans le véhicule. Matthew marcha jusqu'à la fenêtre du chauffeur et Pate sortit la tête.

— Conduis prudemment, Pate. Et envoie-moi un message pour me dire que vous êtes arrivés en un seul morceau.

— Bien sûr, Matthew, répondit-il en souriant de toutes ses dents. Ça a été quelque chose, ces deux semaines, pas vrai ?

— Ça c'est bien vrai.

Il leva la main en signe d'adieu, se retourna et entra dans l'écurie pour ne pas les voir partir.

Le lendemain matin, Camille fut ravie que Matthew l'accompagne à la petite église de Dragoon. Assis à côté d'elle sur un vieux banc de bois, il suivait minutieusement le sermon du pasteur et trouvait facilement chaque passage dans la Bible. Depuis qu'il était employé à Three Rivers, elle l'avait toujours vu se joindre à la famille Hollister le dimanche à l'église. Pourtant, elle ne l'avait jamais considéré comme quelqu'un de versé dans la spiritualité. Peut-être à cause de son aspect bourru qui dissimulait sa douceur intérieure.

Après le service, elle lui présenta Peggy et Gideon qui le dévisagèrent avec curiosité.

— Camille nous a dit que vous étiez le contremaître de son ranch familial depuis longtemps, dit Gideon lorsqu'ils furent sortis de la petite église blanche. Ça doit très difficile.

Matthew secoua la tête.

— Pas tant que ça. J'ai une grande équipe pour m'aider.

— Il fait le modeste, rectifia Camille. Il travaille beaucoup et Blake ne pourrait pas tout gérer sans lui.

Peggy scruta Matthew et Camille.

— J'espère que tu viendras dîner au restaurant avant de repartir, Matthew. Il faut que tu goûtes la cuisine de Camille.

Il rougit.

— Euh, j'ai déjà goûté à sa cuisine. Mais je passerai si je peux.

— Elle t'a dit qu'elle allait l'acheter ? ajouta Gideon. On est tous ravis ! Norman est un chouette patron, mais il a bien mérité de se reposer.

Peggy s'esclaffa :

— Gideon, Norm a au moins dix ans de moins que toi !

Il rit et fit un clin d'œil à Matthew.

— C'est vrai, mais il n'est pas aussi en forme. Et puis, avec Camille, les affaires vont rouler, ça c'est sûr.

— Oui, on a déjà prévu de faire une grande fête de Noël, dit Peggy. Ce serait bien que tu viennes. Tu as des vacances pour les fêtes ?

Matthew jeta un œil dubitatif à Camille.

— Dans un ranch, on ne s'arrête jamais vraiment.

— Oh ! dommage, répliqua Peggy. Ça aurait été bien pour Camille que tu viennes. Elle est vraiment seule, ici.

— Peggy ! Ce ne sont pas des manières ! la gronda Gideon, avant de la prendre par le bras. Viens avec moi, j'emmène les enfants déjeuner à Benson. Si tu penses pouvoir te tenir, je t'invite.

Peggy lui fit une grimace.

— Me tenir ! Gideon, tu peux parler ! Tu…

Gideon la poussa gentiment avant qu'elle ait pu finir, et ils s'éloignèrent vers sa voiture.

— Ils se disputent toujours comme ça ? demanda Matthew.

— Toujours, répondit Camille avec un sourire attendri. Pire qu'un vieux couple. Avec quarante ans de différence d'âge !

Il l'accompagna vers son véhicule, la main posée au creux de ses reins.

— Oh ! qu'est-ce que ça fait, quelques années ? Regarde Sam et Gabby, dit-il.

Camille rit.

— Tu deviens romantique on dirait !

Il lui fit un petit sourire qui ressemblait à une capitulation :

— Tu déteins sur moi, je crois.

Deux heures plus tard, Matthew décida qu'il passait la meilleure journée de sa vie. Le ciel était bleu vif et Camille chevauchait à ses côtés sous le soleil. Vu l'air heureux qu'elle arborait, elle était confiante en selle. Il était surpris de sa maîtrise de sa monture, une jument appelée Daisy.

— Je ne crois pas m'être aventurée autant au sud du

ranch, dit-elle, alors qu'ils s'arrêtaient près d'un point d'eau peu profond bordé de buissons de sauge. C'est vraiment joli. Si on continue jusqu'à la crête, on verra sûrement tout le paysage jusqu'à Tombstone.

— Possible. Je ne suis jamais allé aussi loin non plus. Mais il y a un endroit qui pourrait te plaire, avant la crête. Sauf si tu es trop fatiguée pour continuer.

— Je ne suis pas fatiguée du tout ! C'est tellement beau !

Il était du même avis. L'endroit était superbe, couvert de sauge et de hauts cactus qui couvraient les collines et les canyons.

— Il n'y a pas énormément de pâturages pour le bétail ici, mais ça peut être suffisant.

Elle lui adressa un sourire espiègle.

— C'est vrai que tu es en train de travailler, toi. Alors, qu'en penses-tu ? Crois-tu que Blake se trompe en voulant mettre davantage de bêtes à Red Bluff ?

— Non. Cette zone me semble recevoir autant de précipitations que Yavapai County, et il y fait plus chaud, ce qui est un plus.

Ils continuèrent vers l'ouest.

— Je crois que tu m'as fait marcher, Camille. Tu montes Daisy comme un cow-boy chevronné. Je croyais que tu ne montais quasiment jamais.

— Merci pour le compliment. C'est vrai, je monte peu.

— Tu sais quoi ? Tu montes comme ton père.

Elle le regarda un long moment.

— C'est une des plus gentilles choses que tu m'aies dites.

— Je suis sincère. Comme toujours.

— Je sais.

Ils chevauchèrent un moment en silence, et elle reprit :

— Matthew, tu penses que Major Bob a causé la mort de papa ?

La question le prit au dépourvu. Il fronça les sourcils.

— Le cheval de ton père ne lui aurait jamais fait de mal. Tu le crois, n'est-ce pas ?

Elle hocha gravement la tête.

— Oui. Je le crois. Je me demandais juste ce que tu pensais. Maman dit que toi et les gars continuez d'utiliser Major Bob au ranch.

— Absolument. Maureen le monte même parfois.

— Tant mieux. Je pense que papa manque à ce cheval, autant qu'à nous autres.

Il se pencha et lui prit la main.

— Je crois que tu as raison.

— Tu penses que mes frères ont une chance de trouver ce qui est arrivé à papa ce jour-là ?

La gorge serrée, Matthew haussa les épaules.

— Difficile à dire. Joe est un vrai bulldog. Quand il a les dents dans quelque chose, il ne lâche plus.

Elle soupira.

— Il y a un mois, Blake nous a parlé, à Viv et à moi, de la femme de Phoenix. Je sais que tu sais de quoi je parle.

Il hocha la tête.

— Oui. Je ne t'en ai pas parlé, parce que ce sont vos histoires de famille.

— Tu fais partie de la famille. Tu crois que papa trompait maman ?

— Sûrement pas ! Il adorait ta mère.

— Curieux que tu en sois si certain, alors que mes propres frères ont des doutes.

Il serra ses doigts fins.

— Je te l'ai déjà dit. C'est plus facile de voir les choses de l'extérieur.

Elle lui sourit et le nuage qui avait assombri l'humeur de Matthew se dissipa.

— C'est tout ce que j'ai à dire là-dessus, conclut-elle. Alors, dis-moi où nous allons.

— On va contourner cette colline, et tu vas comprendre d'où Red Bluff tient son nom.

Dix minutes plus tard, ils longèrent une étroite corniche contournant la colline. Soudain, le sentier accidenté plongea vers une vallée profonde et là, devant eux, une falaise de roche rouge se dressa dans le ciel, creusant un profond canyon très encaissé.

Camille arrêta son cheval et contempla le paysage, fascinée.

— C'est fantastique ! Comment connais-tu cet endroit ?

— Je suis venu ici il y a longtemps avec Joel. Il disait que c'était un lieu spirituel. Je voulais y emmener TooTall mais on a manqué de temps. Il est assez mystique. Il y verrait sûrement des cavaliers fantômes ou des trucs comme ça.

— Ça frappe l'imagination, en effet. On se rapproche et on met pied à terre ?

— D'accord. Suis-moi.

Il leur fallut cinq minutes pour arriver en bas de la falaise, près d'une mare alimentée par une source. Les pins semblaient pousser directement de la roche.

Ils mirent pied à terre et attachèrent les chevaux à un saule du désert au bord de l'eau. Des papillons virevoltaient autour des fleurs violettes et là-haut dans le ciel, un faucon étendait ses ailes pour capter le vent du désert.

Camille s'assit à l'ombre et tapota la pierre à côté d'elle.

— Viens.

Il obéit et repoussa son chapeau en arrière.

— On est bien, là.

— Je pourrais y rester tout le temps, soupira-t-elle, avant de glousser :

— Enfin, jusqu'à ce que la faim me chasse !

— Je me demande si le paysage était le même il y a des siècles, avant qu'on trouve de l'or.

— Ça devait y ressembler, répondit-elle, pensive. Tu ne t'es jamais dit que Billy the Kid avait pu passer par ici ?

— Non. Il a surtout été au Nouveau Mexique. Mais Wyatt Earp, peut-être. On n'est pas très loin de Tombstone. Et avant ça, des expéditions espagnoles ont pu passer par ici.

— Elle le regarda avec curiosité.

— Tu t'y connais en histoire ?

— Un peu.

— J'ai remarqué, à l'église, que tu connaissais bien la Bible.

— Oui, ma mère nous en lisait souvent des passages, à moi et à ma sœur. Quand ça allait vraiment mal, c'était une consolation pour elle.

Elle se pencha et posa sa main sur son avant-bras. Rien de ce qu'elle pouvait dire n'effacerait ces souvenirs douloureux, mais cela pouvait lui montrer que ce qui le blessait la blessait aussi.

— Tu as une notification, dit-il après un moment.

— Pas envie de regarder. Mais bon, c'est peut-être une urgence…

Elle tira le téléphone de sa poche.

— Oh ! c'est Viv. Elle me félicite pour le restaurant. Comme j'aime ma sœur !

Camille allait ranger le téléphone lorsqu'une seconde notification se fit entendre. Vivian avait envoyé des photos. Sur la première, on la voyait avec les jumeaux de Sawyer, Jacob et Johnny, déguisés en citrouilles pour Halloween. La deuxième lui fit pousser une exclamation de surprise.

— Oh ! oh, Matthew, regarde ! Le bébé de Roslyn et Chandler est né ce matin ! C'est un garçon ! Regarde cette adorable bouille !

Elle lui montra l'écran :

— Là, c'est la main de Chandler qui le tient, je la reconnais.

— Mmm. Il est chauve et il a les yeux fermés, mais si tu dis qu'il est mignon, je te crois, dit Matthew. Comment s'appelle-t-il ?

— William Chandler. Mais Viv dit que Chandler l'appelle déjà Billy.

— Les formalités ça n'a jamais été son truc.

Camille rit et soudain, passa du rire aux larmes.

Matthew lui passa un bras sur les épaules.

— Qu'est-ce qui se passe, Camille ? Je croyais que tu étais heureuse pour le bébé.

Elle ravala ses larmes et rangea son téléphone.

— Bien sûr. Je suis ravie pour mon frère et pour toute la famille. C'est juste que…

Elle le regarda et fit de son mieux pour sourire.

— C'est comme quand tu parles de regarder les choses de l'extérieur. C'est ce que je fais, Matthew. Et je vois mes frères et sœurs qui fondent une famille et pas moi. Je ne suis pas sûre que ça m'arrivera un jour.

— Tu es encore très jeune. Ta vie commence à peine.

S'il devait lui dire qu'il l'aimait, qu'il voulait vivre avec elle et avoir des enfants, c'était maintenant, se dit-elle. Mais non, il ne dirait jamais rien.

Tu n'as pas le droit d'être en colère à cause de ça, Camille, ni même d'être triste. Tu as toujours su que Matthew ne faisait que passer. Mais tu voulais le garder. Maintenant tu veux croire aux miracles. Mais ça n'arrive pas. Pas pour toi.

Elle soupira, hocha la tête et tenta un nouveau sourire.

— Oui. Tu as raison. Je n'ai aucune raison d'être triste. Je suis jeune, mon rêve de racheter le restaurant se réalise. Je ne peux pas demander mieux.

Ils restèrent le temps pour les chevaux de boire et de se reposer. Puis Matthew décréta qu'il était temps de rentrer.

Camille resta silencieuse pendant la majeure partie du trajet. Matthew ne la poussa pas à parler. Il comprenait sa mélancolie, et ne pouvait pas y faire grand-chose. Elle voulait des choses qu'il ne pouvait pas lui donner.

— Je m'occupe des juments, Camille, rentre, lui dit-il alors qu'ils menaient Daisy et Dahlia à l'écurie.

Elle fronça les sourcils.

— Ça ne marche pas comme ça. On fait ça ensemble.

Ensemble. Oui, pour l'instant, pensa-t-il. Ce soir et demain. Mieux valait ne pas penser au reste.

— Si tu veux.

Elle conduisit sa jument à un poteau et attacha les rênes. Côte à côte, ils dessellèrent leurs chevaux et rangèrent le matériel.

Après qu'ils les eurent nourris et bouchonnés, Camille monta prendre sa douche.

Pendant ce temps, Matthew fouilla dans le réfrigérateur à la recherche de restes qu'il réchauffa, tout en mettant la table.

Il versait le thé dans des verres pleins de glaçons lorsqu'il l'entendit entrer dans la cuisine. Elle le regarda, surprise.

— Tu nous as fait à manger ?

— Non, c'est toi. J'ai juste réchauffé. On remange des spaghettis.

Elle le rejoignit à table.

— Tu as fait une salade et des toasts, observa-t-elle.

Elle avait l'air réellement épatée. Il lui adressa un grand sourire :

— Je sais faire deux trois trucs.

— C'est super, mais ce n'était pas la peine.

Il tira sa chaise.

— On fait les choses ensemble. Tu te souviens ?

Elle leva des yeux brillants vers Matthew qui, l'espace d'une seconde, fut tenté de la prendre dans ses bras, de la serrer fort et de lui confier tout ce qu'il ressentait pour elle. Mais ça ne servirait à rien, décida-t-il, à part à compliquer une situation déjà assez embrouillée.

Elle se rapprocha et lui planta un baiser sur la joue.

— Oui, je me rappelle, murmura-t-elle.

Il se racla la gorge, l'aida à s'asseoir et ils se mirent à manger. Matthew fit bien attention à ne plus évoquer sa famille. Il la fit parler du restaurant et des amis avec qui elle travaillait. Elle se remit à sourire, et lui aussi, en façade. À l'intérieur, il se demandait combien de temps il allait pouvoir supporter cette douleur chronique dans sa poitrine et ce pressentiment épouvantable qu'il ne se remettrait jamais de ce séjour à Red Bluff.

Lorsque les assiettes furent vides, Camille se leva et commença à débarrasser.

— Je crois qu'il reste des brownies. Je vais faire du café.

— Ce serait super. Je finis de débarrasser.

À cet instant, son téléphone sonna. Blake. Il était obligé de répondre.

— Désolé, Camille. Je reviens.

Il partit dans le salon. Pendant un quart d'heure, il écouta ce que Blake avait prévu pour le mois à venir. Matthew ne devait pas passer plus de quelques jours supplémentaires à Red Bluff.

— Tu n'as pas dû avoir le temps d'explorer les zones les plus reculées du domaine, affirma-t-il.

Matthew posa la nuque sur le dossier du fauteuil et se frotta les yeux.

— Camille et moi on est sortis à cheval aujourd'hui et on a jeté un œil à la zone sud. L'herbe a l'air bonne. On n'a pas eu le temps d'aller jusqu'à la limite, et je pense qu'à l'est le coin est encore meilleur. Moins vallonné.

— C'est ce qu'il me semblait aussi, répondit Blake.

Il n'ajouta rien, et Matthew attendit qu'il poursuive sur le sujet du pâturage. Mais le silence se prolongea.

— Blake, tu es encore là ?

— Euh oui, désolé, Matthew, j'en ai plein la tête en ce moment. Qu'est-ce que tu m'as dit ? Tu as chevauché avec Camille ?

— Oui. Tu as l'air surpris.

— Pas surpris, sur le cul ! Qu'as-tu fait à ma petite sœur ? Tu lui as jeté un sort ?

Matthew jeta un œil autour de lui dans la pièce. Partout, il voyait le visage souriant de Camille, ses yeux qui pétillaient comme les étoiles du désert.

— Non, répondit-il brusquement. J'ai juste essayé de l'encourager. Ce n'est pas qu'elle ne veuille pas faire partie du ranch, Blake, mais elle manque de confiance en elle. Ta mère et vous tous, vous n'êtes pas simples, question comparaison.

Blake poussa un gros soupir.

— On n'a jamais attendu de Camille qu'elle travaille au ranch. On veut juste qu'elle fasse partie de la famille.

— Elle fait partie de la famille. À sa manière. Celle qui convient le mieux.

Blake grogna.

— À mon avis, elle se cache et n'arrive toujours pas à affronter son échec.

Matthew eut envie de rappeler à Blake la manière dont lui avait affronté son propre échec lorsque Lenore l'avait plaqué. Pendant très, très longtemps il s'était enseveli à Three Rivers et avait juré de ne plus fréquenter de femmes. Mais il était inutile de le braquer.

— Réfléchis, Blake. Tous ses frères et sœurs ont ce qu'elle n'a pas. Elle se sent perdue et seule. C'est pour ça que j'espère que vous serez tous capables de vous réjouir pour elle, pour le restaurant. C'est la seule chose qui soit vraiment à elle. Et elle en est fière.

Blake ne répondit pas immédiatement et Matthew s'attendit à une repartie acide. Mais non. Quand il reprit la parole, son ton était beaucoup plus modéré.

— Je n'ai jamais pensé à ma petite sœur sous cet angle. Et ce n'est pas parce que je gère le ranch que je peux diriger toute la famille. Parfois, Matthew, j'aimerais…

— Que Joel soit encore vivant. Et ne pas avoir toutes ces responsabilités, termina Matthew avec tact.

— C'est ça. Plus ça va, plus je me rends compte que papa était un super héros. Il comprenait les gens et savait comment les prendre. Il résolvait tous les problèmes comme un homme. Je ne serai jamais à sa hauteur, Matthew.

— N'essaie pas. Tu es Blake Hollister, pas Joel.

— En effet, je ne suis que moi, dit-il sur un ton pensif, avant de s'éclaircir la gorge :

— Tu as appris pour le bébé de Chandler et Roslyn ?

— Oui, Viv a envoyé une photo à Camille. Ils doivent être aux anges.

— On l'est tous. J'ai eu le plus grand mal à arracher Kat de la maternité. Voir bébé Billy a déclenché son instinct maternel. Je ne serai pas étonné qu'elle me demande un nouveau bébé avant ce soir.

— Mais les jumeaux sont tout petits ! s'exclama Matthew.

Blake gloussa.

— Que veux-tu ? Elle m'aime, elle aime les enfants. Comment lui dire non ?

— Je vois le problème.

— Problème ? s'exclama Blake en riant. Matthew, je te souhaite d'avoir ce type de problème !

Après deux autres minutes de conversation, Matthew raccrocha et retourna dans la cuisine. Elle était plongée dans l'obscurité et le silence. Camille avait dû abandonner l'idée du café et des brownies.

Il gravit l'escalier et la trouva assise devant le miroir de sa table de toilette en train de brosser ses longs cheveux. Il la contempla un instant puis avança vers elle et posa sa main sur son épaule.

— Laisse-moi t'aider.

Elle lui tendit la brosse et Matthew la passa dans ses mèches soyeuses qui lui tombaient jusqu'à la taille. Ses cheveux crépitaient et il ne put s'empêcher de penser que les nuances cuivrées de sa tignasse châtain reflétaient son tempérament.

— C'est agréable, dit-elle.

— Mon cheval me dit la même chose, répondit-il.

Elle lui fit une grimace dans le miroir.

— Qu'a dit Blake ? Il veut que tu rentres ?

— Pas encore. Je reste jusqu'à la fin de la semaine. Il appellera s'il a besoin de moi avant. Il va envoyer une équipe réduite au minimum lundi prochain, pour s'occuper du bétail pendant l'hiver.

Son visage s'illumina.

— Jusqu'à la fin de la semaine ?

Il hocha la tête et se dit que son bonheur était lié au sien désormais. Si elle souriait, il souriait aussi.

— Oui.

Elle lui prit la brosse des mains, la jeta sur la table de toilette et passa les bras autour de sa taille.

— Alors il ne faut pas perdre de temps.

— Je pensais que tu étais trop triste pour vouloir de moi ce soir, murmura-t-il.

Elle approcha ses lèvres.

— Triste ? Impossible d'être triste quand tu es avec moi.

Elle posa ses lèvres sur sa bouche. Matthew ferma les yeux et laissa son baiser chasser ses doutes et ses angoisses.

- 11 -

Le lendemain, Camille se réveilla avec un gros rhume qui ne l'empêcha pas de s'activer. Le mercredi, Norman et elle se rendirent à Benson signer les papiers devant témoin chez le notaire.

Elle rentra de fort bonne humeur le soir, malgré son rhume. Elle avait hâte de montrer à Matthew l'acte prouvant qu'elle était désormais propriétaire de The Lost Antelope.

Elle le trouva dans l'étable, assis sur une balle de luzerne, le téléphone collé à l'oreille.

Lorsqu'elle entra dans le local poussiéreux plein de sacs de nourriture et de ballots de foin, il lui jeta un regard sans interrompre sa conversation.

Elle s'assit sur des sacs et attendit.

— Oui, disait-il. Ça me convient aussi. Mais si vous avez besoin de moi… oui, je comprends. On n'y peut rien. Je serai là dans la matinée, le plus tôt possible.

Il raccrocha et adressa un regard attristé à Camille.

— C'était ta mère. Blake a la grippe et le médecin veut qu'il reste au lit. Je dois partir demain matin et le remplacer jusqu'à nouvel ordre.

Camille eut l'impression que le toit de l'étable lui tombait dessus.

— Et maman ? Elle peut remplacer Blake !

Il secoua la tête.

— Les acheteurs de bétail viennent demain après-midi. Maureen et Chandler doivent aller au domaine de Prescott. Un problème avec un taureau malade qu'ils ont dû y laisser.

— Oh.

Elle ne put rien dire d'autre, et se mit debout.

— Mais tu devais rester jusqu'à samedi matin !

Il secoua la tête.

— Je sais. Mais c'est comme ça, je suis le contremaître et on a besoin de moi là-bas.

— Oui, répondit-elle tristement. C'est ton travail, je comprends.

— C'est vrai ?

Camille ne comprenait que trop bien. La vie de Matthew était à Three Rivers. La sienne ici, à Red Bluff, et leurs chemins ne se croiseraient plus. En tout cas, pas comme ces deux dernières semaines, qui avaient tout changé pour elle. Elle était tombée irrévocablement amoureuse, et ni la distance, ni le temps n'y changeraient rien.

— Oui.

Soudain les larmes lui brouillèrent la vue. Elle se détourna pour sortir.

— Je... je rentre.

Il sauta de la balle de luzerne et l'attrapa par l'épaule.

— Camille, tu es venue ici pour me dire quelque chose ?

Elle s'essuya les yeux avec son mouchoir.

— Rien d'important. Je voulais juste te montrer ça.

Elle sortit le document plié d'une poche de sa veste et le lui tendit.

Il le parcourut et des expressions paradoxales se peignirent sur son visage. Il avait l'air à la fois ravi et plein de regrets.

— Je suis vraiment content pour toi, Camille.

L'était-il vraiment ? Il n'avait pas l'air très content, mais il n'était pas du genre à afficher ses sentiments.

Quels sentiments, Camille ? Il aime ta compagnie. Il apprécie ta cuisine et encore plus de coucher avec toi. Ça s'arrête là. Ne t'attends pas à autre chose. Demain matin tu lui dis adieu et tu l'oublies.

Malgré son envie de hurler, elle se contenta de reprendre le document et de le remettre dans sa poche.

— Merci, dit-elle d'un air raide. Je suis touchée.

Elle allait partir mais il resserra sa prise sur son épaule et l'immobilisa.

— Camille, dit-il doucement. Tu ne crois pas qu'il faut qu'on parle ?

Le cœur battant la chamade, elle se força à le regarder dans les yeux.

— De quoi ?

Les yeux gris de Matthew s'assombrirent.

— Je ne sais pas. Je me disais…

Il avait l'air déstabilisé.

— Non, tu as raison, reprit-il. Il n'y a rien à dire. Dis-moi juste si tu envisages de venir à Three Rivers un de ces quatre.

Il aurait tout aussi bien pu prendre la fourche à côté de lui et la lui enfoncer dans le cœur. Elle avait si mal qu'elle avait de la peine à respirer.

— Pas dans l'immédiat. Peut-être dans quelques mois, si tout va bien au restaurant, dit-elle, la voix presque réduite à un murmure.

Un muscle de son visage se crispa.

— J'étais sûr que tu dirais ça.

Elle espéra qu'il ne voyait pas la douleur dans ses yeux.

— Et toi, Matthew ? Tu reviendras à Red Bluff avant l'année prochaine ?

— Je ne sais pas si je pourrai.

Elle poussa un soupir tremblant et fit de son mieux pour sourire.

— Eh bien, on a passé un bon moment. Et il reste ce soir.

— Oui, répondit-il. Il reste ce soir.

Camille dormait encore à poings fermés lorsque longtemps avant l'aube le lendemain matin, Matthew se glissa hors de ses bras, s'habilla discrètement et quitta le ranch.

La route de terre accidentée qui l'éloignait de Red Bluff était étroite et souvent fréquentée par des animaux sauvages. Pendant plusieurs kilomètres, il roula sur les routes de terre du domaine Hollister jusqu'à ce que, arrivé sur l'autoroute, il appuie sur l'accélérateur et se concentre sur une seule chose : atteindre Three Rivers le plus vite possible et redevenir le Matthew Waggoner qu'il était avant que Camille ne lui ouvre la porte de l'hacienda de Red Bluff.

Il atteignit Benson en un temps record et fut soulagé d'emprunter la rocade et de laisser la ville scintillante sur sa gauche. Il ne voulait pas voir le petit café où lui et Camille étaient allés dîner le soir de Halloween. Plus vite il oublierait, plus tôt ce poids au creux de sa poitrine s'estomperait.

Pourtant, lorsque le soleil se mit à luire au-dessus des montagnes et que Phoenix s'esquissa à l'horizon, la douleur dans sa poitrine devint si intolérable qu'il ne put penser à autre chose.

Et qu'est-ce que tu vas faire, Matthew ? Te mettre la tête dans les mains et pleurer ? Tu savais que coucher avec Camille Hollister serait une erreur et tu n'as pas su lui résister. Tu n'as pas eu suffisamment de bon sens pour fuir cette femme. Non, il fallait que tu en tombes amoureux.

Bien décidé à faire taire cette petite voix moqueuse, Matthew alluma la radio à fond.

Non, il n'était pas amoureux de Camille. Un homme comme lui n'était pas capable de s'abandonner ainsi. Pas alors que les deux seules choses qu'il ait jamais connues dans sa vie étaient le travail acharné et la survie. Et il survivrait à ça. Il n'avait pas le choix.

Il arriva à Three Rivers une heure et demie plus tard et gara son véhicule près de l'étable et du bureau de Blake. Il était encore tôt et en sortant de voiture, il vit que les gars n'avaient pas fini les tâches matinales. À quelques mètres du bâtiment, le pick-up et la remorque de Chandler étaient prêts à partir.

Maureen devait avoir guetté l'arrivée de Matthew. Il n'eut pas le temps d'arriver au bureau qu'elle sortit et courut vers lui.

Elle l'étreignit avec force :

— Matthew, tu ne peux pas savoir à quel point je suis heureuse de te voir !

Maureen l'avait toujours traité comme un fils, et comme il était arrivé à Three Rivers à dix-neuf ans, elle était davantage une mère qu'un employeur pour lui.

Il lui tapota l'épaule et se recula pour la regarder dans les yeux.

— Moi aussi je suis content de te voir, Maureen. Mais je ne suis pas parti si longtemps.

— Ça m'a paru des siècles ! Et quand tu n'es pas là, les gars ne savent pas quoi faire de leur peau.

Maureen exagérait toujours ses mérites. Que penserait-elle si elle savait qu'il avait passé toutes ses nuits avec Camille ? Elle le haïrait ? Le renverrait ? Oui, elle le traitait comme un fils, pensa Matthew, mais Camille était son bébé.

C'était trop tard pour y penser, se tança Matthew. En outre, tout était fini avec Camille. Il ne la verrait pas avant l'automne prochaine, et d'ici là, elle aurait probablement un homme dans sa vie. Qui serait plus qu'heureux de lui passer la bague au doigt et lui faire tous les bébés qu'elle voudrait.

Il tenta de chasser ces pensées et demanda :

— Comment va Blake ?

— Un peu mieux ce matin, on dirait. On essaie de l'isoler un maximum, surtout des enfants. Il a réussi à prendre un peu de jus et un bout de toast.

Elle secoua la tête :

— Je suis désolée d'avoir dû écourter ton séjour à Red Bluff. D'autant plus qu'on avait besoin que tu supervises l'état des pâturages.

— Quand l'équipe arrivera, elle pourra faire un rapport à Blake.

— Tu crois qu'il va leur faire confiance ? Tu es ses yeux et ses oreilles, Matthew. Tu le seras toujours.

Il n'eut pas le temps de répondre, Chandler venait d'arriver.

— Bienvenue à la maison, partenaire ! s'écria-t-il en tendant la main à Matthew comme s'il était parti deux mois et non deux semaines.

— Merci, vieux. C'est chouette d'être de retour.

En temps normal, ces mots seraient venus droit du cœur, mais ce matin il n'était plus trop sûr d'en avoir un.

— Félicitations pour le bébé. Vous devez être fous de joie.

Chandler souriait jusqu'aux oreilles.

— Oh oui. Même s'il nous empêche de dormir.

Malgré la fatigue, il était évident que Chandler était follement heureux. Et pourquoi pas ? Il avait une femme qui l'adorait, deux magnifiques enfants et un travail qu'il aimait. Il avait tout ce qui importait dans la vie. Soudain les mots de Camille résonnèrent à ses oreilles.

Je vois mes frères et sœurs qui fondent une famille et pas moi. Je ne suis pas sûre que ça m'arrivera un jour. Il comprenait maintenant pourquoi elle ne voulait pas vivre ici. Ce serait trop dur d'avoir ça constamment sous les yeux. C'était déjà presque trop pour Matthew.

— J'irai voir le bébé quand j'aurai une minute, dit-il.

Maureen lui tapota la joue.

— Tu le verras ce soir, Matthew. Je vais dire à Reeva de te mettre une assiette. Je veux que tu me dises tout sur Red Bluff et Camille.

Comment allait-il supporter ça ?

Maureen dut sentir son malaise car elle se pencha vers lui et le scruta.

— Tu n'as pas l'air dans ton assiette. Tu as attrapé la grippe aussi ?

La matriarche des Hollister voyait juste. Il avait attrapé quelque chose, mais ce n'était pas la grippe. Quelque chose s'était brisé en lui, et il avait la sensation douloureuse que c'était son cœur.

— Maman, Matthew vient de faire près de quatre cents kilomètres. Il est fatigué, cesse de le harceler. Il faut qu'on y aille, pour tâcher de rapporter ce taureau avant le blizzard.

Matthew fronça les sourcils.

— C'est quoi cette histoire de blizzard ?

— La météo prévoit de grosses tempêtes de neige. Et on ne veut pas laisser la pauvre bête dehors avec sa patte abîmée et sans abri, répondit Maureen. Va au bureau. Flo est déjà au travail. Elle va t'expliquer, pour les acheteurs.

Chandler prit sa mère par le bras et la conduisit jusqu'au pick-up, et Matthew entra dans le bureau.

Au bout de la pièce, Flo, sa secrétaire, une femme rousse, divorcée, d'une soixantaine d'années, était assise derrière un grand bureau. Elle leva les yeux et se leva pour le saluer.

Elle l'étreignit et lui planta un baiser sur la joue.

Il fit de son mieux pour sourire.

— Quel accueil. Qu'ai-je fait pour mériter ça ?

— Tu es le seul homme ici avec suffisamment de bon sens pour remplacer Blake. Et en plus, tu m'as manqué, ajouta-t-elle effrontément.

— Toi aussi, Flo.

Elle rit et lui pinça le bras.

— Viens t'asseoir. Tu pourras prendre un petit déjeuner pendant que je t'explique tout, les acheteurs de bétail. Ils devraient être là d'ici une heure.

Elle lui donna une tasse de café et une assiette en papier pleine de beignets au chocolat. Il n'avait pas faim, mais le café était bienvenu.

— Ils ont déjà acheté du bétail à Blake ?

— Non. Ce sont deux frères qui viennent de la région de Modesto, en Californie, donc ils ont fait pas mal de route. Selon Blake, ils ont largement les moyens. Il ne faut pas rater cette vente, Matthew.

Elle retourna s'asseoir.

— Merci pour la pression, Flo.

— Tu vas très bien t'en sortir, répondit-elle avant de froncer les sourcils en le regardant. Dis donc, tu n'as pas bonne mine. Qu'est-ce que tu as fait, à Red Bluff ?

Une grosse bêtise ? Non, s'approcher de Camille n'avait pas été une bêtise. Il avait plein de précieux souvenirs. En cela, il était plus riche qu'avant.

— La même chose qu'ici, répondit-il.

Elle sortit un dossier d'un tiroir et le lui tendit.

— Tiens, voici les détails de la vente. Si tu as un problème, je peux téléphoner à Blake. Mais je ne préfère pas, sauf si c'est une urgence.

— Ne t'inquiète pas, Flo. Tout va bien se passer.

— Camille, pour la 9, c'étaient des œufs au plat, pas brouillés, dit Peggy en rapportant une assiette. J'ai mal écrit la commande ?

Camille s'éloigna du gril et fouilla la pile des commandes.

— Tu as bien écrit, Peg. C'est moi qui ai cafouillé. Ça fait deux fois ce matin. Tu ne vas encore pas avoir de pourboire, j'en ai peur.

— Le pourboire ne m'inquiète pas. Toi, tu m'inquiètes, par contre.

Camille secoua la tête et cassa deux œufs dans la poêle.

— Pas de raison. J'ai juste un peu de mal à rester concentrée, c'est tout.

— Je sais que tu as la crève, mais tu n'as vraiment

pas l'air bien aujourd'hui. Il se passe quelque chose au ranch ? Ou dans ta famille ?

Elle retourna trois pancakes et répondit :

— Seulement des bonnes choses. Chandler et Roslyn ont eu leur bébé, un petit garçon, William Chandler Hollister. Trois kilos cinq et trois poils sur le caillou. Je te montrerai la photo tout à l'heure.

— C'est super ! Un neveu tout neuf ! Pourquoi as-tu l'air si triste alors ?

Triste ? Elle n'était pas seulement triste, pensa Camille. Elle était morte à l'intérieur.

Matthew était parti.

Elle s'était réveillée à 5 heures du matin, seule dans le lit. Il n'avait laissé qu'un petit mot sur la table de la cuisine.

C'était chouette. Matthew.

Chouette ! C'était tout ce qu'il avait pensé du temps passé tous les deux ? De l'intimité partagée ? C'était… chouette ? Et il ne s'était pas même donné la peine de la réveiller pour lui dire au revoir ? Elle ne méritait même pas ça ?

Mon Dieu, aidez-moi, pria-t-elle en silence. Elle ne savait pas comment elle allait arriver au bout de cette journée, et encore moins de sa vie.

— Je ne suis pas triste. J'essaie de gérer mon rhume. Et le ranch est calme, tout le monde est parti, Matthew y compris, se força-t-elle à dire.

Elle plaça les œufs dans une assiette, sous le regard scrutateur de Peggy.

— Je croyais qu'il restait jusqu'au week-end ? C'est dommage, il devait venir au restaurant.

— Pas le choix. Mon frère a la grippe et ils avaient besoin de Matthew à Three Rivers. Tiens, j'espère que le client sera content, je lui ai mis un œuf en plus, offert par la maison.

— Je le lui dirai, dit Peggy en partant avec l'assiette.

Lorsqu'elle eut disparu, Edie passa la tête à la porte :

— Et mes pancakes, Camille ?

— Ils sont prêts.

Elle déposa du bacon croustillant par-dessus et tendit le tout à la serveuse.

— Quelle heure est-il, Edie ? J'ai l'impression d'être sur le petit déjeuner depuis des heures.

La jeune femme blonde regarda sa montre :

— 9 h 35. Ce sera bientôt fini.

Edie sortit avec les pancakes et Camille s'assit sur le tabouret et se moucha.

9 h 35. Quelle que soit l'heure à laquelle Matthew était parti de la maison, il avait forcément eu le temps d'arriver à Three Rivers. Il devait être au travail, à donner des ordres aux gars et à gérer le ranch à la place de Blake.

Il adorait son travail, c'était sa vie. Tout comme ce restaurant était devenu sa vie à elle. Elle ne pouvait pas s'attendre à autre chose. Alors pourquoi était-ce si dur d'empêcher les larmes de couler ?

Parce que ça n'avait rien à voir avec se faire jeter par Graham Danby. À ce moment-là, seul son orgueil avait souffert. Ses sentiments pour Matthew étaient profonds et réels. De ceux qui survivent au temps et aux distances.

Peut-être avait-elle fait une erreur en ne lui disant pas qu'elle l'aimait. Mais non, sûrement pas. Matthew n'avait aucun désir d'être un mari ou un père. Il n'avait pas été élevé pour ce type de rôles. Et la désertion de Renee n'avait fait que renforcer ses doutes sur le mariage. Il ne voulait pas entendre parler d'amour.

Lorsque Peggy revint dans la cuisine, Camille se tamponnait les yeux avec une serviette. Consternée, la serveuse secoua la tête et passa un bras réconfortant autour des épaules de Camille.

— Ma chérie, ne me dis pas que tu pleures parce que Matthew est parti ! Avant qu'il arrive tu détestais l'idée d'avoir affaire à lui !

Elle renifla.

— Je ne pleure pas à cause de Matthew.

— Bien sûr. Et moi je suis la reine d'Angleterre. Qui essaies-tu de duper ? Toi-même ?

Camille baissa la tête et grommela :

— Non. Je suis chagrine parce que les choses ne sont pas comme je le voudrais, c'est tout. Ma vie est ici, au restaurant. Et la sienne à Three Rivers. C'est aussi simple que ça.

Peggy versa une tasse de café et la lui tendit.

— Ça me paraît très simple, à moi. À moins que tu en sois venue à la conclusion que cet homme vaut davantage que ce restaurant.

Camille leva les yeux vers elle.

— La question ne se pose pas, Peggy. Matthew vaut cent restaurants. Mais ça ne servirait à rien que j'y renonce. Ça ne le ferait pas tomber amoureux de moi.

— Tu crois ça ? Qu'il ne t'aime pas ?

— Je ne le crois pas, je le sais. Donc je n'ai pas le choix ; je dois passer à autre chose.

Peggy leva les yeux au ciel.

— Ça, c'est une autre paire de manches. De ce que j'ai pu voir, Matthew est un beau gosse, du genre discret mais sexy. Difficile d'y être insensible.

Il ne faisait aucun doute que nombre de femmes de la région seraient ravies de passer quelques heures en sa compagnie. Cette pensée donna la nausée à Camille.

— Il existe un moyen infaillible de gérer ce genre de problèmes de cœur, dit-elle fermement.

Peggy écarquilla les yeux :

— Quoi ? Un double whisky ?

Camille jeta son mouchoir et retourna au fourneau.

— Non. Le travail. Et j'ai bien l'intention qu'on travaille dur ici. Les fêtes approchent et j'ai un tas d'idées pour faire plaisir à nos clients.

— Les fêtes ? Quelqu'un a parlé des fêtes ? demanda Edie en bondissant dans la cuisine, une commande à la main qu'elle tendit à Camille.

— Oui, moi, répondit-elle en posant plusieurs tranches de bacon sur le gril. Pourquoi ?

— Je pense qu'on devrait proposer un repas à la dinde traditionnel et l'offrir gratuitement à tous ceux qui en veulent, enfin, jusqu'à épuisement des stocks bien sûr.

Peggy était effarée.

— Donner à manger gratuitement ! Camille vient juste d'acheter ce restau. Elle ne peut pas jeter l'argent par les fenêtres comme ça !

Camille les regarda.

— Edie, c'est une super idée. Ce serait parfait pour montrer aux clients à quel point on les apprécie.

Un sourire jusqu'aux oreilles, Edie tapota le bandana bleu qui lui couvrait la tête.

— Tu vois, parfois je ne suis pas qu'une jolie blonde écervelée.

Peggy rit de bon cœur et Edie gloussa, mais Camille ne put que sourire tristement. Serait-elle un jour capable de rire à nouveau ?

— D'accord, petit génie, la taquina Peggy. Tu ferais mieux d'aller servir le café si tu ne veux pas que les clients se révoltent.

Edie attrapa joyeusement la cafetière et repartit en salle.

— Je sais que tu n'as pas le moral, reprit Peggy. Mais ce n'est pas toi qui m'as dit que tu croyais aux miracles ?

Camille soupira.

— Si. Mais…

— Il n'y a pas de mais, l'interrompit Peggy. Tu y crois ou tu n'y crois pas.

Là-dessus, Peggy sortit de la cuisine et tout en préparant les petits déjeuners, Camille se rendit compte qu'il faudrait un miracle pour récupérer Matthew. Sinon, c'était la fin de tout espoir d'un avenir heureux.

- 12 -

La journée de Thanksgiving s'avéra épuisante pour tout le monde au restaurant, mais elle fut un énorme succès auprès des clients. Camille décida qu'elle était sur la bonne voie avec son idée de plat du jour, et la semaine suivante elle travailla sans relâche pour mettre en œuvre tous les changements dont le restaurant avait besoin avant de pouvoir le proposer sur le menu.

Au milieu de la semaine suivante, Camille pouvait à peine mettre un pied devant l'autre et luttait pour garder quelques bouchées de nourriture dans l'estomac tant elle avait la nausée.

— Je crois que cette saleté de grippe t'a rattrapée, Camille, dit Gideon en posant une bassine pleine de tasses sales dans l'évier. Va voir le médecin.

— Pas le temps. Peggy ne peut pas être en salle et en cuisine en même temps. Et Edie a pris un congé pour emmener sa mère chez le docteur. Sa mère a attrapé un sale virus.

— C'est ce que je te dis, souligna Gideon en pointant une fourchette sale dans sa direction. Edie t'a sûrement filé ce virus. Vas-y.

Camille regarda l'heure :

— Il est 2 heures. Le coup de feu de midi est passé.

Elle réfléchit un moment.

— C'est peut-être le bon moment, en effet, reprit-elle.

— Voilà. S'il arrive quelqu'un, je cuisinerai. Ce ne sera pas aussi bon que quand c'est toi mais ce sera comestible.

— D'accord, dit Camille à contrecœur. Je ne peux pas me permettre d'être malade, je ne veux pas diffuser un virus dans tout le restaurant.

— Bravo, acquiesça Gideon.

Peggy entra dans la cuisine au moment où Camille enlevait son tablier.

— Qu'est-ce qu'il y a ? demanda-t-elle, en jetant un regard inquiet au visage pâle de Camille. Ma chérie, tu as très mauvaise mine. Tu rentres te reposer ?

— Elle va voir le médecin, répondit Gideon.

Peggy alla chercher le manteau et le sac de Camille dans le petit bureau qui joutait la cuisine. En l'aidant à s'habiller, elle lui dit :

— S'il y a beaucoup d'attente au cabinet médical, ne t'inquiète pas. Gideon et moi, on fermera. Il prendra la recette.

Camille secoua la tête.

— Je reviendrai directement, même s'il est tard. Je dois faire les commandes pour la semaine prochaine.

Camille attendit moins longtemps qu'elle ne le craignait. Une heure et demie après être entrée au cabinet médical, elle en ressortait confuse.

Ce n'était pas la grippe. Ni un quelconque virus. Elle était enceinte de six semaines ! Elle allait avoir un bébé de Matthew !

Une lettre de recommandation pour son gynécologue et une ordonnance de médicaments contre la nausée en poche, elle entra dans sa voiture et alluma le contact. Et resta bloquée.

Pendant un long moment, abasourdie, elle fixa les gens qui entraient et sortaient du cabinet médical. Jamais dans ses rêves les plus fous elle n'avait envisagé une chose pareille. Elle prenait la pilule, et pourtant elle allait être mère célibataire !

Ça arrive parfois, lui avait expliqué le docteur. Mais comment allait-elle expliquer ça à Matthew ? Qu'allait-il penser ? Qu'elle lui avait menti sur sa contraception ?

Non. Il la connaissait trop bien pour la croire capable de faire une chose pareille. Mais elle était aussi certaine qu'il n'avait aucune intention de devenir père.

En retournant à Dragoon, Camille tenta de reprendre ses esprits. Mais à peine entrée dans le restaurant, devant les visages inquiets de Gideon et Peggy, elle fondit en larmes.

Peggy se précipita vers elle.

— Ma chérie, qu'est-ce qui se passe ?

Gideon posa son torchon et, dans un élan paternel, conduisit Camille jusqu'à une chaise.

Il lui enleva son manteau avec douceur, le tendit à Peggy avec son sac à main, et la fit s'asseoir.

— Dis-nous pourquoi tu pleures, dit-il gentiment. Tu as quelque chose de grave ?

Camille regarda leurs deux visages inquiets.

— Je ne suis pas malade. Le docteur dit que je suis en parfaite santé.

Peggy jura.

— Quel incapable ! Je ne suis pas médecin mais je vois bien que tu es malade comme un chien ! Tu vomis sans arrêt !

Camille prit une profonde inspiration :

— Je suis enceinte.

Peggy et Gideon échangèrent des regards interloqués.

— Un bébé ? Un bébé de Matthew ? demanda Peggy.

Camille rit jaune.

— Qui d'autre ?

Peggy bredouilla :

— Euh, désolée, je ne voulais pas dire ça ! Je… j'avais compris que tu étais proche de Matthew, mais pas à ce point.

Camille se remit à pleurer à chaudes larmes.

Gideon lança à Peggy un regard agacé.

— Peg, un peu de tact s'il te plaît.

La serveuse leva les yeux au ciel.

— Ce n'est pas le tact qui va changer quoi que ce soit au fait que Camille soit enceinte !

— Elle a raison, Gideon, répondit Camille mollement. Je ne m'attends pas à être choyée. Et pas question que vous preniez des gants avec moi. J'ai eu une liaison avec Matthew, et maintenant on va avoir un enfant. Ou plutôt, je vais avoir un enfant.

Peggy et Gideon échangèrent de nouveau des regards tendus, et Gideon mit une main sur son épaule.

— Pourquoi le dis-tu comme ça, Camille ? Tu ne crois pas que ce jeune homme voudra être le père de cet enfant ?

Le voudra-t-il ? Probablement. Son propre père l'avait trop fait souffrir pour qu'il laisse son propre enfant manquer d'amour ou se sentir rejeté. Mais elle n'arrivait pourtant pas à imaginer qu'il puisse vouloir autre chose qu'une relation à distance avec son enfant.

— Il sera un père, admit Camille. Mais pas au quotidien.

— Tu vas retourner à Three Rivers ? demanda Peggy.

Camille fronça les sourcils.

— Ça ne m'a jamais traversé l'esprit. Je suis chez moi à Red Bluff. Ce restaurant m'appartient. Je ne vais nulle part. J'élèverai mon enfant ici.

Gideon n'eut pas l'air soulagé pour autant.

— Mais tu vas le lui dire, pour le bébé ? Ce ne serait pas bien de ne pas lui en parler.

Camille s'essuya les yeux.

— Oui, je vais le lui dire. Je ne sais juste pas encore comment ou quand.

Peggy retrouva le sourire.

— Pourquoi sommes-nous si moroses ? Tu voulais un bébé depuis longtemps ! Et tu vas en avoir un ! On devrait fêter ça !

Gideon acquiesça.

— Ça, c'est parlé, Peggy. C'est un heureux événement. On a déjà fermé, buvons une bière à ta santé.

— Gideon, à quoi tu penses ? Camille ne peut pas boire de bière ! le gronda Peggy.

Il claqua des doigts.

— Mais oui, bien sûr. Des milk-shakes alors. Je vais les faire.

Gideon partit chercher la glace, et Camille adressa un petit sourire à Peggy.

— Je sais que je pleure, Peggy, mais je suis heureuse pour le bébé. Je l'aime déjà, plus que tout au monde.

— J'en suis certaine, ma chérie. Et tu seras la meilleure des mamans.

Elle étreignit Camille et lui demanda :

— Comment penses-tu que ta famille va le prendre ? Ta mère, surtout ?

Camille secoua la tête.

— Franchement, je ne peux pas le dire. En temps

normal, maman serait folle de joie mais là… Elle a changé depuis un an. Et puis elle est très proche de Matthew. C'est comme son cinquième fils. Je ne sais vraiment pas comment la famille va réagir. En tout cas je ne peux rien leur dire tant que je n'ai pas parlé à Matthew.

— Et tu comptes faire ça quand ? Ce soir ?

Camille s'exclama :

— Sûrement pas ! Je ne suis pas prête.

— Tu crois que repousser le moment va faciliter les choses ? demanda Peggy.

— Non. Mais ça me laissera le temps de préparer ce que je vais lui dire.

Qu'elle n'attendait rien de lui. Qu'elle comprenait que pour lui, leur relation n'avait été que sexuelle et qu'il n'était pas investi émotionnellement.

Elle sentit un nœud dans sa gorge.

— Peut-être que sa réaction te surprendra, suggéra gentiment Peggy. Si ça se trouve, il sera ravi.

Camille lâcha un rire sarcastique.

— Oh ! Peggy, tu aurais dû être humoriste.

Une semaine plus tard, la température chuta à un niveau inhabituel pour Yavapai County. Matthew et son équipe avaient été très occupés à surveiller le bétail et à s'assurer qu'aucune des pompes des réservoirs d'eau n'avait gelé.

La maison de Three Rivers était toute décorée pour Noël, jusqu'à l'écurie où chaque box était orné de couronnes vertes et de nœuds rouge vif. Des lumières colorées flamboyaient dans la cour et dans le patio de derrière.

Noël était toujours une saison joyeuse au ranch, et cette année les Hollister avaient été particulièrement bénis grâce à l'arrivée de tous les nouveaux petits membres de la famille. Matthew ne se demanda pas si Camille serait là. Elle resterait à Red Bluff. Elle avait le restaurant à gérer et n'aurait aucune envie de se retrouver face à ses frères et sœurs et à leurs familles.

Dans l'immense écurie, Matthew et TooTall étaient en train de desseller leurs chevaux quand le téléphone de Matthew retentit. Un message.

Il sortit le téléphone de la poche de sa veste. C'était Blake :

Passe au bureau avant de partir.

TooTall lui demanda :

— Tu dînes avec nous au dortoir avant de rentrer ?

D'habitude, Matthew mangeait avec son équipe au moins trois ou quatre fois par semaine. Cela lui permettait d'écouter leurs idées, leurs griefs, et de leur montrer que leur avis comptait. Mais ce soir, il n'était pas d'humeur.

— Je n'ai pas vraiment faim, TooTall. Et puis je dois aller au bureau voir Blake.

Le cow-boy s'assombrit.

— Tu deviens aussi maigre qu'un serpent, Matthew. Il faut manger.

Il essayait. Mais chaque fois qu'il se mettait à table, tous les repas que Camille avait préparés pour lui lui revenaient en mémoire et sa gorge se serrait au point qu'il ne pouvait plus rien avaler.

— Je mangerai un morceau en rentrant. Ne t'inquiète pas pour moi.

TooTall ôta la bride de son cheval et la jeta sur son épaule avant de se tourner vers Matthew :

— Peut-être que personne ici ne sait que tu souffres. Mais moi je sais.

C'était la première réflexion que TooTall lui faisait depuis leur retour de Red Bluff, et elle le prit totalement par surprise.

— Je ne sais pas de quoi tu parles, grommela-t-il. Et je ne veux pas le savoir.

— Tu n'es pas heureux.

Au cours des semaines qui s'étaient écoulées depuis son retour à Three Rivers, Matthew avait tâché de ne rien laisser transparaître. Personne ne devait voir qu'il avait l'impression de mourir à l'intérieur. Mais TooTall n'était pas comme les autres. Il voyait à travers les gens.

Matthew accrocha distraitement la selle à sa place.

— Qu'est-ce que tu en sais ?

— Je sais que tu n'es plus à ta place ici. Et tu le sais aussi. C'est pour ça que tu es malheureux.

Bon sang.

Il rétorqua :

— Tu sais à quel point ça m'énerve de t'entendre dire des trucs débiles comme ça ?

TooTall secoua la tête.

— C'est contre toi que tu es énervé.

Matthew n'était pas prêt à discuter. Il n'avait pas suffisamment d'énergie. Ni l'envie.

— Tu as encore eu des visions ?

— Non. Je n'en ai que rarement. À la mort de ma mère par exemple.

TooTall se tourna vers son cheval et Matthew se sentit encore plus mal qu'avant. Comme lui, TooTall avait eu une enfance difficile. Ils avaient tous deux perdu leur mère très jeunes. C'était comme un lien qui allait au-delà d'une simple amitié.

— Bon sang, TooTall, je suis désolé, dit-il d'un ton bourru. Tu as raison. Je suis malheureux. Mais je n'y peux rien.

Le cow-boy le regarda.

— Tu trouveras un moyen. Tu verras.

Matthew préféra ne pas lui demander ce qu'il voulait dire. Il finit de s'occuper de son cheval et partit retrouver Blake.

Flo était encore là. Elle fit entrer Matthew dans le bureau de Blake.

— Il est là.

— Toi aussi, tu fais des heures sup, on dirait. Ce n'est pas l'heure de rentrer ?

Elle haussa les épaules.

— Il n'y a que mon chat et la télé qui m'attendent. Ça ne presse pas.

Matthew entra. Blake était au téléphone et Matthew en profita pour se servir une tasse de café.

Il s'installa dans un des confortables fauteuils devant le bureau, et Blake raccrocha.

— Maudit vendeur de fourrage ! Sous prétexte que l'hiver arrive, il se croit permis de nous saigner à blanc. Je m'en fous, je vais en faire venir pour moins cher de Californie, ça lui fera les pieds !

Matthew but une gorgée de café et fit la grimace.

— Je pense qu'on peut mettre ce truc dans les tracteurs, ça devrait les faire rouler.

— Désolé. Flo estime que ce n'est pas à elle de faire le café, et j'étais trop occupé.

Il s'étira et se cala au fond de son fauteuil de cuir.

— Tu as vu la météo ?

— Non. J'étais sur les terres toute la journée, sans signal. Pourquoi ? Il va faire froid ?

— Pire que ça. On prévoit de la neige dans le sud de l'État. Je suis inquiet pour les veaux de Red Bluff.

Red Bluff. Rien que d'entendre ce nom lui nouait les tripes.

Matthew répéta, incrédule :

— De la neige ? Je n'y crois pas une seconde. Il neigera en enfer avant de neiger à Red Bluff.

Blake se frotta le menton, pensif.

— Pas d'accord. Je me souviens que papa nous avait raconté qu'il y avait neigé il y a très longtemps.

— Tu t'inquiètes pour rien, à mon avis.

— Je ne m'inquiète pas, mais je préfère être prudent. Tu vas retourner là-bas. S'il neige, il faudra que tu t'assures que les vaches auront de quoi abriter leurs veaux. Il y a déjà quatre hommes sur place. Si tu…

Matthew eut l'impression que tout son corps se transformait en glaçon.

— Non ! Il est inutile que j'aille à Red Bluff, Blake. Tu te fais une montagne d'une taupinière.

Blake le regarda comme s'il avait perdu la raison, et Matthew réalisa qu'il perdait pied. L'idée de revoir Camille, d'entendre sa voix, de la toucher et de devoir lui dire adieu, c'était plus qu'il n'en pouvait supporter.

— Qu'est-ce qui t'arrive, Matthew ? Ça ne te ressemble pas de discuter comme ça.

Matthew se leva et se dirigea vers la baie vitrée derrière le bureau de Blake. Derrière la vitre, il voyait une partie de la cour du ranch, des écuries et des corrals illuminés par les veilleuses. Ça avait été chez lui, sa vie pendant tant d'années qu'il pouvait y circuler les yeux fermés. Et pourtant, TooTall avait raison. Matthew n'était plus à sa place ici. Pas quand son cœur était ailleurs.

— Désolé, Blake. Je me rends compte que tu as assez

de problèmes comme ça. Mais je ne veux pas aller à Red Bluff. C'est aussi simple que ça.

— Simple, répéta-t-il comme si c'était un mot d'une langue étrangère. C'est ça ! Je te donne un ordre simple, et tu réagis comme si je t'avais demandé d'aller dans une zone de guerre ! Je ne te comprends pas, Matthew. Et laisse-moi te dire, puisqu'on parle franchement, tu m'inquiètes. Tu as une mine atroce, tu te comportes bizarrement et…

— D'accord, Blake, l'interrompit-il durement. Je vais te dire ce qui ne va pas. Je ne veux pas retourner à Red Bluff à cause de Camille.

Blake ne répondit pas immédiatement. Matthew se retourna et le vit qui le fixait, incrédule.

— Camille ? Je ne comprends pas. Vous vous êtes disputés ?

Matthew se sentit devenir cramoisi.

— Pas du tout. Mais j'ai fait une connerie quand j'étais à Red Bluff. Je… euh, je suis tombé amoureux de ta sœur.

Blake plissa les yeux, au point qu'ils n'étaient plus que des fentes. Matthew se prépara au pire. Mais au lieu d'une longue tirade sur la trahison, il afficha un immense sourire.

— Merci, mon Dieu, finit-il par dire. J'avais peur que quelque chose n'aille vraiment pas chez toi.

Matthew poussa un grognement, souleva son chapeau et se passa la main dans les cheveux.

— Qu'est-ce que tu racontes ? Il y a vraiment quelque chose qui ne va pas !

La détresse dans la voix de Matthew changea le sourire de Blake en une expression inquiète.

— Pourquoi ? demanda-t-il. Camille n'est pas intéressée ?

Une fois de plus, Matthew eut l'impression qu'on lui brûlait le visage au lance-flammes.

— Comment ça ?

Blake secoua la tête, incrédule, puis gloussa.

— OK, laisse-moi le formuler autrement. Est-ce qu'elle t'apprécie ?

Apprécier ? Après tout ce qu'il avait partagé avec elle, le mot paraissait stupide. Mais qu'éprouvait-elle pour lui, exactement, se demanda Matthew pour la énième fois ? Certes, elle avait exprimé clairement qu'elle appréciait sa compagnie au lit et même ailleurs. Mais elle n'avait jamais parlé d'amour ou dit qu'elle voulait qu'il reste dans sa vie.

— Eh bien, oui. Elle m'apprécie. Je veux dire, on s'entend bien. Très bien.

— Alors où est le problème ? demanda Blake. Si tu es dingue d'elle, tu devrais sauter sur l'occasion d'aller à Red Bluff.

Incapable de le regarder dans les yeux, Matthew appuya la hanche sur l'angle du bureau de Blake et contempla le motif compliqué du carrelage au sol.

— Je ne veux pas y aller, parce que ça me fait trop mal. Je…

Il prit une profonde inspiration, et souffla.

— Après quelques jours, je devrai repartir, et c'est trop dur.

Il trouva le courage de regarder Blake dans les yeux.

— Tu peux imaginer dire au revoir à Katherine sans savoir si tu la reverras un jour ?

Un éclair de compréhension balaya le beau visage de Blake.

— Tu aimes vraiment ma sœur, dit-il doucement.

Matthew hocha la tête.

— Je ne le voulais pas. C'est arrivé comme ça.

— Oui. On ne peut pas aller contre.

Blake continuait de scruter le visage de Matthew.

— Alors qu'est-ce que tu vas faire ?

— Je ne peux pas faire grand-chose. Elle a fait sa vie là-bas. Je ne peux pas lui demander de la quitter. Je sais ce que c'est, Blake. Renee m'a fait ça, et je lui en ai voulu atrocement. C'est comme ça que j'ai su que c'était fini entre nous. Je ne ferai pas ça à Camille.

Blake restait pensif.

— Tu es dans le pétrin. Elle sait ce que tu ressens pour elle ?

Matthew haussa les épaules.

— J'imagine.

— Réfléchis ! Tu ne peux pas laisser une femme dans le doute là-dessus ! C'est dangereux !

Blake ne comprenait pas. Dire à Camille ce qu'il ressentait ne changerait rien, ça ne ferait qu'aggraver les choses.

Matthew jeta sa tasse de café amer à la poubelle.

— C'est ce que tu dis.

Blake continuait de le regarder, et Matthew eut l'impression qu'il calculait quelque chose. Mais quoi ?

— Matthew, tu as peur que Camille ne se soit pas remise de Graham Danby ?

Bon débarras !

Les mots de Camille surgirent dans sa tête.

— Pas du tout.

Blake le regarda bizarrement.

— D'accord. Alors je veux que tu fasses ton sac et

que tu partes à Red Bluff demain matin. Et tu y restes jusqu'à ce que l'alerte météo soit levée. Compris ?

— Compris. Je veux juste te demander un truc. Je peux emmener TooTall ?

Blake acquiesça.

— Je vais l'appeler pour qu'il se prépare.

Matthew se dirigea vers la porte.

Derrière lui, Blake reprit :

— Matthew, les choses finiront par s'arranger. Alors tu arrêtes de te faire du mouron. D'accord ?

Matthew hocha la tête sans conviction et quitta la pièce.

- 13 -

Debout au milieu du salon, Camille admirait les décorations de Noël qu'elle avait installées la semaine précédente. Des poinsettias rouges, rose et blancs ornaient les tables et la cheminée, tandis qu'une petite crèche garnie de figurines se dressait sur un guéridon. Devant la fenêtre, un grand sapin surmonté d'un petit ange était couvert de lumières clignotantes, de nœuds et de décorations multicolores. L'arbre était un réconfort mais ne parvenait pas à lever les sombres doutes qui pesaient sur ses épaules.

Elle venait d'arriver à la conclusion qu'elle ne pouvait plus repousser le moment de tout dire à Matthew. Noël approchait, et avant que les festivités ne commencent à Three Rivers et que The Lost Antelope ne soit bondé de voyageurs de passage pour les fêtes, il fallait qu'elle aille à Yavapai County et annonce à Matthew qu'elle attendait un bébé.

Camille n'avait pas remis les pieds à Three Rivers depuis le fiasco de ses fiançailles avec Graham plus de deux ans auparavant. Les premiers mois elle avait eu peur de revenir, peur d'affronter sa famille et son incapacité à avoir su retenir son fiancé. Il ne lui avait pas fallu longtemps pour comprendre que c'était ridicule. Graham n'en valait vraiment pas la peine. En outre, tout le monde connaît des échecs dans la vie.

Mais cette histoire avec Matthew était complètement différente. Elle l'aimait de tout son cœur et elle portait son enfant. Même s'il ne voulait pas s'impliquer au quotidien, il devait savoir ce qu'elle ressentait pour lui et pour le bébé qu'ils avaient fait ensemble. Pour toutes ces raisons, elle devait aller à Three Rivers.

Elle monta dans sa chambre et sortit deux valises de dessous le lit.

Elle avait quasiment fini de les remplir lorsque son téléphone sonna.

En voyant le nom qui s'affichait, elle le reposa sur la table de nuit. Emily-Ann était sa meilleure amie depuis l'école primaire et elle était toujours heureuse de lui parler. Mais elles avaient toujours tout partagé, et Camille craignait d'être incapable de s'arrêter si elle décrochait. Elle lui dirait pour Matthew et le bébé, or elle ne pouvait courir le risque que la nouvelle lui parvienne par quelqu'un d'autre. Non qu'Emily-Ann soit du genre à vendre la mèche, mais une boulette était toujours possible.

Camille reprit ses préparatifs. Moins de deux minutes plus tard, la sonnerie retentit de nouveau. Mais cette fois, c'était Peggy.

— Peg, je suis contente que tu appelles, il fallait que je te parle.

— Moi aussi. Edie doit s'absenter demain matin, je vais la remplacer. Si ça te va.

Camille s'assit sur le bord du lit.

— D'accord. Mais il faudra que Gideon t'aide en cuisine.

— Cuisiner avec Gideon, mon Dieu. Ça va être quelque chose. Tu es trop malade pour venir ?

— Non, ça va. Mais je m'absente un jour ou deux,

trois maximum. Tu crois pouvoir gérer avec Gideon ? Si Edie s'absente trop longtemps…

— Non, elle a juste besoin de quelques heures dans la matinée. Que se passe-t-il ? Il y a un problème avec le bébé ?

— Mais non, ne t'inquiète pas. J'ai décidé d'aller à Three Rivers et de parler à Matthew.

— Oh.

— Voilà. Je veux le faire avant Noël.

— C'est une bonne idée, Camille. Tu fais ce qu'il faut.

Camille se pinça l'arête du nez et tenta de refouler ses larmes.

— Je sais, Peg. Ça va être un peu… difficile. Pas seulement de voir Matthew, mais d'affronter toute ma famille. Ils vont pouvoir dire que la petite Camille s'est encore plantée.

— Personne ne dit que tu t'es plantée.

Pour Peggy, Camille était chanceuse d'attendre un enfant.

— Tu n'es pas très objective, Peggy. Mais merci pour le soutien.

— Alors, tu pars quand ?

— Demain matin, le plus tôt possible.

— Bonne idée d'y aller avant que le temps ne se gâte, conseilla Peggy. Il paraît qu'il va neiger, peut-être même geler. Tu y crois ?

— J'y croirai quand je le verrai. Mais prie pour moi quand même. Vraiment pas envie d'être bloquée sur l'autoroute.

— Je prierai pour que tu fasses bonne route, et que tout se passe bien avec Matthew.

— Merci, Peggy. Pour Matthew, c'est un miracle qu'il va me falloir.

Elles discutèrent quelques minutes du restaurant puis raccrochèrent.

Avant de refermer sa valise, Camille prit un petit ange de Noël posé sur la table de nuit et le glissa au milieu des vêtements.

Le lendemain avant l'aube, elle bondit du lit dès que son alarme retentit et fut immédiatement terrassée par une effroyable nausée.

Après avoir pris quelques biscottes dans la cuisine, elle se remit au lit et les mâcha lentement, dans l'espoir de calmer son estomac en révolte.

Lorsque le soleil perça derrière les rideaux, elle se sentit assez bien pour se lever et s'habiller.

Elle allait enlever son peignoir lorsqu'elle entendit le bruit d'une remorque de bétaillère. Étrange. À cette époque de l'année, Blake n'achetait ni ne vendait de bête, et ne les déplaçait pas.

Après tout ce n'étaient pas ses affaires, se dit-elle en saisissant son jean. Soudain, on frappa à la porte de la cuisine, en bas.

Elle jeta le jean sur le lit, rattacha la ceinture de son peignoir et se hâta de descendre. On frappa de nouveau.

— Une minute, j'arrive ! lança-t-elle, agacée.

Elle écarta une mèche de son visage, ouvrit la porte et faillit défaillir.

— Matthew !

Frappée de mutisme, elle le regarda, paralysée. Il portait ses vêtements de travail et une veste en cuir marron, dont le col relevé frôlait les rebords de son chapeau gris, porté bas sur le front. Le vent froid avait rougi sa peau.

— Bonjour, Camille.

Une tempête de questions tourbillonnant dans la tête, elle ouvrit grand la porte et lui fit signe d'entrer. Il ferma la porte derrière lui.

— Tu dois te demander ce que je fais là, dit-il.

Elle joignit ses mains tremblantes et se tourna face à lui.

— Je n'ai pas la moindre idée de ce qui t'amène.

Il fit une grimace. Il avait maigri et semblait exténué. L'idée qu'il ait pu être malade l'accabla. Même s'il lui brisait le cœur, elle voulait qu'il reste en bonne santé, et heureux. Aimer quelqu'un c'était vouloir qu'il soit bien.

— Le temps, dit-il.

Elle le regarda sans comprendre.

— Quoi, le temps ?

— Il fait de plus en plus froid et il va peut-être neiger. Blake m'envoie surveiller le bétail pendant quelques jours. Si ça s'aggrave, on devra en rentrer le plus possible à l'étable.

Elle ne s'était pas rendu compte qu'elle était en apnée, et expira d'un coup.

— Je vois. Peggy m'a parlé de neige hier soir, en effet. Je ne l'ai pas vraiment prise au sérieux.

— Et pourtant si, sinon je ne serais pas là.

Camille réussit à rester impassible. Elle se dirigea vers les placards :

— Je t'aurais bien offert un café mais il n'est pas fait ; je suis en retard ce matin.

— De toute façon, je dois aller à l'écurie aider TooTall à décharger les chevaux.

— OK.

Elle se retourna et le vit passer sa main gantée sur son visage. Elle mourait d'envie de se jeter dans ses bras.

— Tu comptes dormir ici pendant ton séjour ?

— Le dortoir est plein, répondit-il. Mais si ça t'embête, je peux sûrement caser une couchette dans un coin.

Étaient-ils devenus fous ? se demanda Camille. Ils se parlaient comme deux étrangers.

Elle fronça les sourcils.

— C'est pas un peu tard pour se soucier de ça ?

— Camille, je n'ai pas le temps de discuter de couchage, là.

Elle eut envie de le gifler.

— Tu m'étonnes, siffla-t-elle. Tout comme tu n'as eu ni le temps, ni la courtoisie de me réveiller pour me dire au revoir l'autre jour.

Son visage devint gris.

— J'avais mes raisons.

— Je n'en doute pas. Ta lâcheté, notamment !

Sa mâchoire se crispa et il détourna le regard.

— Tu as raison, dit-il d'un ton froid. Quand il s'agit de toi, je suis un lâche.

Elle n'était pas sûre de comprendre ce qu'il voulait dire, mais ça allait devoir attendre. Pour l'instant, il y avait plus important.

— Matthew, tu te demandes peut-être, ou pas, pourquoi je ne suis pas au restaurant ce matin. C'est parce que je comptais me rendre à Three Rivers.

Elle ne l'avait jamais vu aussi interloqué.

— Quoi !

Elle comprenait son incrédulité. Comme lui, elle avait été lâche trop longtemps. Mais c'était bien fini.

— Mais pourquoi ? reprit-il. Ce n'est pas encore Noël. Ta famille sait que tu y vas ?

Elle secoua la tête.

— Non. Je n'y vais pas pour les voir. Et maintenant que tu es là, je n'ai plus besoin d'y aller.

La confusion se peignit sur le visage de Matthew.

— Pourquoi ?

— Parce que c'est toi que j'allais voir.

— Moi ?

Elle hocha la tête et évidemment, c'est à ce moment-là qu'un vague de nausée s'empara d'elle. Elle se posa la main sur l'estomac tout en combattant le besoin de courir à l'évier vomir toutes ses biscottes.

— Oui, toi, dit-elle d'une voix rauque. Je pensais qu'il fallait te mettre au courant que tu allais être papa.

Il écarquilla les yeux et resta bouche bée.

— Tu es en train de me dire que… que…

Elle hocha la tête.

— Oui, je suis enceinte. Dans sept mois et demi environ tu ne seras plus seulement le contremaître de Three Rivers, mais aussi le père d'un bébé Hollister.

Son teint gris passa au rouge. Mais au-delà du changement de couleur, son expression restait indéchiffrable.

— Tu le sais depuis quand ?

— Quelques jours. Je ne m'en doutais pas du tout. Je prends la pilule, je croyais que c'était impossible. Mais j'étais tellement malade que je suis allée consulter un médecin.

— Malade ? Ça va mieux ?

Il posa ses mains sur ses épaules et elle dut se retenir de se jeter dans ses bras pour lui dire en sanglotant combien elle l'aimait. Mais elle aurait dû le faire des semaines auparavant, avant son départ de Red Bluff, pensa-t-elle pitoyablement. Parler d'amour maintenant aurait l'air d'être un calcul.

— Pas vraiment. D'ailleurs, là, j'ai vraiment envie de vomir.

— Oh.

Il la prit par le bras et la conduisit jusqu'à une chaise. Elle s'assit et il alla chercher des serviettes en papier qu'il trempa dans l'eau froide avant de les lui apporter.

— Tiens. Essuie-toi le visage. Ça peut te faire du bien.

Elle obéit et inspira profondément plusieurs fois. En le regardant enlever ses gants et son chapeau, Camille décida qu'il avait l'air plus malade qu'elle. Il devait être en état de choc.

Il posa ses affaires sur la table et la regarda avec des yeux perçants.

— À ton avis, que va dire ta famille ?

— Je n'ai pas à me soucier de ça, Matthew. Ils seront très heureux pour moi.

— Et toi ? demanda-t-il, le visage toujours indéchiffrable, tu prends ça comment ?

Ses questions téléguidées énervaient Camille au plus haut point. Ce n'était pas le Matthew qu'elle connaissait. Ni celui dont elle était tombée amoureuse. Cet homme était froid et raide comme une planche. Est-ce que c'était l'annonce de sa future paternité qui lui faisait cet effet-là ? Ou est-ce que ces dernières semaines à Three Rivers lui avaient fait oublier tous les tendres moments qu'ils avaient partagés ?

— À ton avis ? demanda-t-elle avec froideur. Puis elle se radoucit :

— Je suis amoureuse de ce bébé. Totalement.

— C'est tout ce que j'ai besoin de savoir. Demain, on va à Bisbee et on se marie, asséna-t-il. Je veux que cet enfant ait des parents légitimes.

Camille le fixa, et la douleur qui lui transperça la poitrine lui fit oublier sa nausée. Pas de mots d'amour. Pas de demande en mariage. Pas de serment de rester à ses côtés jusqu'à la mort. Elle n'avait jamais rien entendu de plus cruel.

— Matthew Waggoner, personne ne me donnera jamais l'ordre de l'épouser. Tu peux retourner à Three Rivers et y rester.

Il resta un moment sans voix et son visage devint plus froid qu'un bloc de granit. Était-ce le même homme qui l'avait tenue dans ses bras avec tant de tendresse ? Qui lui avait brossé les cheveux et lui avait susurré des mots doux à l'oreille ? Non, ce n'était pas possible.

La mâchoire crispée, il reprit la parole :

— Au cas où tu l'aurais oublié, j'ai un travail à faire ici. Et je ne partirai pas avant de l'avoir terminé. Donc il va falloir que tu me supportes.

Il reprit son chapeau et ses gants et partit à grands pas vers la porte.

— C'est peut-être toi qui devrais repartir à Three Rivers, Camille. C'est ce que tu fais quand tu as des problèmes, non ? Tu pars et tu te caches ?

Elle regarda autour d'elle pour trouver un objet à lui lancer à la figure et ne trouva rien.

— J'étais dingue de croire que tu pourrais faire preuve de tact en apprenant la nouvelle.

Ses sourcils se soulevèrent :

— Du tact ? Si c'était ça que tu voulais, il fallait garder Graham Danby, pas coucher avec un cow-boy !

Elle serra les dents.

— Va-t'en.

En fin d'après-midi, alors que Matthew et TooTall étaient en train de rentrer au ranch, de gros flocons de neige se mirent à tomber. Matthew ne fut pas surpris. De toute façon, tout allait mal aujourd'hui.

— Regarde, La Tignasse, le sol est déjà blanc s'exclama TooTall en remontant le col de sa veste et en se courbant sur sa selle. J'espère que les vaches des pâturages sud auront eu la jugeote de mener leurs bébés à l'abri de la falaise.

— On ne peut qu'espérer. C'est trop loin pour qu'on y aille, il est trop tard. On ira à l'aube demain.

Matthew rabaissa son chapeau sur son front et tâcha de distinguer la maison à travers la neige. Il ne savait pas si Camille serait là quand il rentrerait, mais il fallait qu'ils parlent ce soir. Et pas comme des coqs de combats, mais comme deux adultes qui ont l'intérêt d'un enfant à envisager.

Jamais il n'avait reçu un tel choc que lorsqu'elle lui avait dit qu'elle était enceinte. Et maintenant qu'il avait eu plusieurs heures pour y penser, il devait s'avouer qu'une partie de lui était folle de joie. Il n'avait jamais pensé qu'il deviendrait père, et savoir que la femme qu'il aimait plus que tout portait son enfant, c'était incroyable. Même si elle ne voulait pas de lui pour mari, son lien avec elle était plus profond que tout.

— Comment allait Camille ce matin ? demanda TooTall. Tu ne m'as pas dit.

— Pas trop dans son assiette.

TooTall grogna.

— Ça, c'est les femmes. Elles supportent beaucoup de choses à cause des hommes.

Matthew tourna brusquement la tête vers lui :

— Comment as-tu…

— J'ai eu…

— Une vision, termina Matthew à sa place. Parfois, Tootall, j'aimerais que tu gardes ces trucs pour toi !

Son compagnon ne daigna même pas tourner la tête.

— Et parfois, j'aimerais ne pas voir tout ce que je vois.

Il le regarda d'un air ironique.

— Ne t'inquiète pas. Tout va bien se passer, Matthew.

Mais bien sûr ! Camille portait son enfant et ne voulait pas l'épouser. Le simple mot de mariage l'avait rendue absolument furieuse. Il aurait dû s'y attendre. Il était un Waggoner et elle, une Hollister. Ce genre de choses ne pouvaient pas arriver, dans son monde à lui.

Camille compta rapidement la liasse de billets qu'elle avait dans la main et la posa sur le bureau avec le reste de la recette du jour. Compte tenu de la météo, elle avait décidé de fermer une heure plus tôt pour laisser à Peggy et Gideon le temps de rentrer avant la nuit. Quant à elle, elle redoutait l'idée de rentrer à Red Bluff et d'affronter Matthew.

— Tout est fermé, annonça Peggy en passant la tête par la porte du bureau. Gideon est déjà parti. Il m'a dit de te dire de faire attention en conduisant.

Peggy avait mis son manteau et posait un bonnet sur ses cheveux noirs.

— J'apprécierais vraiment que tu me prêtes ta chambre d'amis quelques jours, Peg. Jusqu'au départ de Matthew.

Peggy fronça les sourcils et entra dans la pièce devenue bien plus nette et ordonnée depuis le départ de Norman.

— Tu es la bienvenue, évidemment. Mais tu ne vas pas un peu vite en besogne ? Tu n'es pas un peu braquée, là ?

Camille fit tourner son fauteuil pour faire face à son amie.

— Non ! Il ne veut pas d'une épouse. Il veut juste que ce bébé ait deux parents, liés par un bout de papier devant la loi !

Peggy leva les mains, paumes vers le ciel.

— Ce n'est pas ça, le mariage ?

— Si, mais ce n'est pas assez. Pas pour moi en tout cas. Il m'a ordonné de l'épouser ! Ordonné ! Ça te ferait quoi, à toi ?

Peggy la regarda un instant et éclata de rire.

— Écoute, Camille, si un homme comme Matthew m'ordonnait de l'épouser, je croirais rêver. Et je lui passerais la bague au doigt en moins de deux.

Camille poussa une exclamation d'agacement et se cacha le visage dans les mains.

— Je ne le veux pas comme ça.

— Je croyais que tu t'étais guérie de ces histoires de fierté blessée, depuis le temps. Tu vas laisser ton orgueil prendre le dessus et tout gâcher avec Matthew ? D'accord, il n'a pas été très romantique, mais laisse-lui le temps ! Il est probablement sous le choc.

Camille laissa retomber ses mains et se mit à ranger les billets.

— Rien ne peut choquer Matthew. Il reste froid quelles que soient les circonstances.

— Tu parles de son travail, là, la raisonna Peggy. À mon avis, cette histoire avec toi et le bébé, c'est autre chose.

Sa gorge était tellement nouée qu'elle eut du mal à parler :

— Oh ! Peg, peut-être que je me conduis comme une enfant, mais… mais je ne crois pas que ce soit mal de vouloir que Matthew m'aime vraiment. Et puis il y a autre chose. J'ai peur qu'il pense que j'ai fait exprès de tomber enceinte pour le piéger.

— Oh ! Camille, ce genre de ruses ne te ressemble pas du tout. Matthew le sait.

Peut-être, pensa Camille avec lassitude. Mais c'était elle qui l'avait assuré qu'elle ne pouvait pas tomber enceinte, et il lui avait fait confiance. Elle avait l'impression de l'avoir trahi. Ce qui était encore plus idiot. Peu importait le niveau de protection utilisé, quand un homme couchait avec une femme, il y avait toujours un risque de faire un enfant.

— Je ne sais plus rien, dit-elle tristement.

Peggy lui tapota l'épaule.

— Ce n'est pas en restant assise là que ça va s'arranger. Rentrons avant que les routes ne deviennent impraticables.

Camille se força à se lever, attrapa son sac à main, la recette du jour et son manteau.

Peggy avait raison. Elle devait rentrer à Red Bluff et affronter Matthew. Elle allait lui dire clairement qu'elle voulait une demande en mariage qui venait du cœur. C'était son amour qu'elle voulait. Rien de moins.

- 14 -

Lorsque Matthew rentra au ranch, il faisait nuit et la neige avait tout recouvert dans la cour, y compris les chaises longues installées sous les branches d'un arbre de Josué.

Il semblait que des mois s'étaient écoulés depuis que Camille et lui s'étaient allongés ensemble sur l'une de ces chaises. Les étoiles avaient été brillantes cette nuit-là et ses baisers avaient été aussi chauds qu'un piment chauffé par le soleil. Plus tard, lorsqu'il l'avait emmenée au lit, elle n'avait pas hésité à lui montrer le désir qu'elle avait de lui.

Cette époque était révolue, pensa-t-il tristement. Ce matin, elle avait été parfaitement claire : elle ne voulait rien avoir à faire avec lui. Était-ce là un effet de la grossesse ? Ce qui avait imprimé un virage à 180 ° à sa personnalité ?

Cette période idyllique de sa vie avait pris fin et savoir qu'il n'aurait jamais la chance de la retrouver avait dévasté Matthew. Mais il n'allait pas la laisser sortir complètement de sa vie. Pas avec son bébé. Cet enfant était aussi le sien, et il n'allait pas se gêner pour le lui rappeler.

Toujours emmitouflé dans son chapeau et son manteau, il se dirigea vers le salon. Toujours pas de Camille. Tandis que son regard embrassait les décorations de

Noël et le sapin chargé de décorations, il sentit le poids des regrets s'abattre sur lui. Ils auraient dû passer les fêtes ensemble et célébrer sa grossesse.

Mais elle ne voulait pas de lui.

Il gravit les escaliers et entra dans sa chambre par la porte entrouverte. Elle était debout à côté du lit. Un à un, elle pliait des vêtements et les empilait soigneusement dans une valise posée devant elle. Il sentit le malaise et la colère l'envahir et la rejoignit en deux enjambées.

— Qu'est-ce que tu fais ?

Elle ne daigna pas le regarder. Les yeux fixés sur la valise, elle répondit :

— Drôle de question. Je fais mes bagages. Je ne resterai pas une nuit de plus dans cette maison. Je pensais pouvoir me forcer, mais tu as gâché tout ce que j'aimais de Red Bluff !

Ces mots déclenchèrent quelque chose en lui. Sans réfléchir, il ferma le couvercle de la valise et la repoussa. Puis il la prit par le bras et la força à lui faire face.

— Tu ne vas nulle part, lui commanda-t-il sur un ton bourru. Il neige et je ne te laisserai pas prendre la route et vous mettre en danger, toi et notre bébé, juste parce que tu as décidé que tu ne voulais plus me voir !

Elle resta bouche bée et l'observa avec des yeux inquisiteurs. Soudain, comme si un interrupteur s'était allumé, ses traits s'adoucirent et elle posa les mains sur ses avant-bras.

Elle leva le menton et demanda :

— Pourquoi ça t'embête que je conduise sous la neige, Matthew ?

Il proféra un juron.

— Question idiote. C'est une évidence !

— Elle n'a rien d'idiot. Ni d'évident. Tu ne donnerais

cet ordre à personne d'autre. Alors pourquoi à moi ? insista-t-elle en intensifiant la pression sur ses bras.

Il ne se serait pas senti plus exposé s'il avait été nu devant elle. Quelque chose en lui s'effritait comme un mur de briques. Toutes les émotions, les peurs et les doutes qu'il avait gardés dans son cœur apparaissaient à découvert.

— Je ne veux pas... bon sang, Camille, s'il t'arrivait quelque chose, je ne pourrais pas le supporter. Parce que je t'aime. Je t'aime depuis très longtemps. Je ne m'en suis rendu compte que ces dernières semaines. Ou peut-être que je le savais mais que je n'avais pas le courage de faire face à mes sentiments.

Elle ferma les yeux mais ses larmes coulèrent quand même.

— Matthew, pourquoi tu ne m'as rien dit ? C'est tout ce que j'ai besoin de savoir. C'est tout ce que je veux de toi.

Il la prit dans ses bras et enfouit son visage au creux de son cou. Elle sentait le muguet et cette odeur évoquait les tendres moments partagés, et ceux à venir.

— Tu avais raison ce matin quand tu m'as traité de lâche, Camille. Toutes ces années, j'ai eu peur d'avouer mes sentiments pour toi, même à moi-même.

Elle lui sourit.

— Mais pourquoi ? Si j'avais su...

— Tu es une Hollister. Je n'étais pas assez bien pour toi. Je ne suis pas sûr de l'être. Mais il faut que j'y croie, parce que je ne veux pas que tu partes. Jamais.

Elle glissa les bras autour de sa taille.

— Je pensais... longtemps, j'ai cru que tu ne m'aimais pas. Que tu me voyais comme une enfant gâtée et artificielle. Mais ça ne m'a jamais empêchée de penser que tu étais la personne la plus merveilleuse qui ait jamais foulé le sol de Three Rivers.

— Si seulement j'avais su.

Des larmes de soulagement coulèrent sur les joues de Camille.

— On a tous les deux été idiots, Matthew ! Si on avait eu le courage d'être honnêtes l'un envers l'autre, pense à tout ce qu'on se serait épargné de tristesse. Toi avec Renee et moi avec Graham.

Elle posa sa joue contre la sienne.

— C'est du passé tout ça, reprit-elle. Moi non plus, je ne veux pas que tu partes.

Il la regarda dans les yeux avec une grande douceur.

— Ce matin, tu m'as dit clairement que tu ne voulais pas m'épouser.

Elle rit, embrassa sa joue, son menton puis ses lèvres.

— J'étais furieuse contre toi, Matthew. Je voulais que tu me demandes en mariage, pas que tu l'exiges. Je voulais t'entendre dire que tu m'aimais, que tu m'aimerais toute ta vie et que tu voulais que je sois ta femme.

Il enleva son chapeau et posa un genou à terre.

— Je t'aime, Camille, plus que tout. Veux-tu m'épouser ? Me donneras-tu cet enfant, et d'autres encore, et resteras-tu à mes côtés jusqu'à la fin de nos jours ?

Elle s'agenouilla devant lui et passa les bras autour de son cou.

— Oui, Matthew ! Oui pour tout ça ! Mais d'abord je dois savoir une chose.

Déboussolé, il demanda :

— À quel sujet ? Three Rivers ? Le restaurant ?

Elle secoua la tête en souriant.

— Non, on verra ça plus tard. J'ai besoin de savoir

si tu crois que j'ai fait exprès de tomber enceinte pour te piéger.

Il fronça les sourcils.

— Quoi ? Ça ne m'a jamais traversé l'esprit !

L'amour qu'il lut dans les yeux de Camille lui coupa le souffle.

— Oh ! Matthew, je ne peux pas l'expliquer. Le docteur m'a dit que parfois, ça arrivait.

— Oui, quand on a de la chance, répondit-il doucement. Et je suis le gars le plus chanceux de la Terre aujourd'hui.

Elle déposa plusieurs baisers sur ses lèvres, puis lui enleva son manteau humide à cause de la neige.

Il la prit par les mains et ils se levèrent ensemble.

Il se mit à la déshabiller tandis qu'elle l'embrassait avec ferveur, ses lèvres exprimant combien il lui avait manqué et combien elle l'aimait et le désirait. Maintenant qu'il connaissait ses sentiments, tout était différent. Quand ils furent enfin sur le lit et qu'il fut en elle, il crut mourir du plaisir incroyable qui l'envahissait.

Un long moment plus tard, Camille et Matthew, blottis l'un contre l'autre sous les couvertures, regardaient la neige tomber par la fenêtre.

— Je déteste savoir que les petits veaux sont dehors par ce froid, dit-elle. Même si papa disait toujours que Mère nature trouve toujours le moyen de les protéger.

— Joel avait raison. Et je ne crois pas qu'il va trop neiger. Demain, on ira vérifier qu'ils ne sont pas bloqués par les congères.

Il frotta son menton sur le sommet de sa tête.

— Ce soir, pendant qu'on revenait au ranch, TooTall m'a dit que tout s'arrangerait entre nous. Je ne l'ai pas cru

— Vraiment ? Mais comment il sait ?

— Il sait toujours tout. C'est un Yavapai et il est très mystique. Il a su avant moi pour le bébé.

Perplexe, elle se dressa sur un coude.

— Sérieusement ?

Matthew hocha la tête.

— Parfois, il a des visions. Sa mère est morte quand il était petit. Comme la mienne. Ça crée un lien entre nous que les autres n'ont pas.

— C'est compréhensible.

Elle passa les doigts dans ses boucles emmêlées.

— Est-ce que TooTall a mentionné le sexe du bébé ?

Matthew rit doucement.

— Non. Mais il a parlé de Red Bluff et dit que j'y resterais. Il m'a fait promettre de faire de lui mon bras droit. J'ai dit oui pour lui faire plaisir, mais je me disais qu'il délirait.

Les yeux pleins de questions, elle demanda :

— Et maintenant ?

— Maintenant, je vois bien qu'il avait raison pour tout. C'est ici ma place, Camille. C'est ici que tu es heureuse, et moi aussi. C'est ici que nous voulons élever nos enfants et vivre nos vies. Je ne veux pas que tu laisses tomber le restaurant.

—Je ne veux pas non plus que tu renonces à Three Rivers pour moi.

— Oh ! ma chérie, Red Bluff fait partie de Three Rivers. Blake et Maureen ont déjà décidé de l'agrandir. À ton avis, qui d'autre que moi peut s'en occuper ? TooTall et moi allons transformer ce ranch en joyau de Cochise County.

Soupirant de bonheur, elle se pencha et l'embrassa.
— Je n'ai jamais été aussi heureuse.
Il la prit par les épaules et se plaça au-dessus d'elle.
— Tu ne bouges pas de là.
Il la couvrit, sortit du lit et attrapa ses vêtements.
— Où vas-tu ?
Il lui fit un grand sourire.
— Cette fois, c'est moi qui vous fais à manger, à toi et au bébé. Un cow-boy, ça peut faire la cuisine pour la femme qu'il aime
Il descendit les escaliers, accompagné par le rire cristallin de Camille.

Épilogue

Quelques semaines plus tard, à la veille de Noël, l'hacienda de Red Bluff brillait de mille feux tant dehors que dedans. Ce soir-là, la dernière des Hollister venait d'épouser l'homme de sa vie.

Dans le salon, des paniers de fleurs rouges et blanches avaient été ajoutés aux nombreux poinsettias et des dizaines de grandes bougies vacillaient sur la cheminée et les fenêtres donnant sur les montagnes.

Lorsque Camille et Matthew avaient décidé de se marier la veille de Noël, Maureen, Vivian et Peggy avaient mis la main à la pâte. Camille avait fait un voyage éclair à Tucson et trouvé une robe parfaite en dentelle rose qui tombait jusqu'au sol et exposait une grande partie de son dos. En guise de voile, elle avait orné ses cheveux relevés d'une grappe de fleurs de muguet.

Vivian avait été sa témoin, Emily-Ann et Peggy ses demoiselles d'honneur. Blake avait été le témoin de Matthew ; Holt et TooTall étant ses deux garçons d'honneur. Les hommes avaient tous blagué Matthew qui avait abandonné ses jambières et son jean. Holt avait même prévenu que la vue de Matthew sans ses éperons risquait de provoquer une catastrophe naturelle. Camille ne l'avait jamais vu en tenue de ville, et lorsqu'il était apparu dans un costume sombre de coupe western et une cravate-ficelle avec glissière turquoise, elle avait eu le souffle coupé. Sa crinière de boucles blondes scintillait comme de l'or à la lumière des bougies, et lorsque Camille, les yeux plantés dans son regard gris, répéta ses vœux d'amour, elle pensa au chemin parcouru dans sa vie et au destin béni qui l'avait placée aux côtés de Matthew.

La salle était pleine à craquer. Les alliances avaient été échangées, Matthew avait embrassé sa nouvelle épouse, le champagne coulait à flots et la musique de Noël retentissait aux oreilles d'une foule joyeuse.

— À ma magnifique fille et à mon nouveau gendre, dit Maureen en levant son verre.

— Merci, maman, mais je ne peux pas boire de champagne.

Maureen regarda Matthew et lui fit un clin d'œil.

— Comme si je pouvais oublier qu'elle porte ton bébé.

Elle mit la flûte dans la main de Camille.

— C'est de la limonade, ma chérie. À la tienne.

Camille embrassa la joue de sa mère.

— Merci d'y penser, maman.

— Comment aurais-je pu oublier ? répondit-elle en riant. Vous me rendez tellement heureuse. Et au fait, Matthew, j'ai une autre bonne nouvelle pour toi. Blake a fini les négociations pour le terrain. Si tout va bien, il signe la semaine prochaine. Quatre mille hectares à ajouter aux quatorze mille qu'on a déjà. C'est au-delà de la route au nord, mais ça sera dans la propriété de Red Bluff. On n'a pas pu convaincre les propriétaires de l'est de vendre pour l'instant, mais qui sait, avec un peu de persévérance on finira peut-être par y arriver.

— C'est une bonne nouvelle, en effet, dit Matthew. De nouvelles étables, plus de bétail et de cow-boys, et beaucoup plus de chevaux pour Red Bluff.

Maureen lui tapota le bras avec affection.

— Plus de tout. Ça va me manquer de travailler avec toi au quotidien, Matthew. Mais je m'en remettrai. Surtout quand je vois à quel point tu rends ma fille heureuse.

Matthew prit Camille par la taille et l'attira vers lui.

— Je ferai de mon mieux pour que ça ne change pas, Maureen. Et ce sera un bonheur d'aider Red Bluff à s'agrandir.

Avant que Maureen ait le temps de répondre, Vivian prit sa mère par le bras.

— Désolée, maman, mais Reeva a besoin de toi à la cuisine.

Maureen leva les yeux au ciel.

— J'ai dit à Reeva que nous aurions dû prendre un traiteur, mais elle a insisté pour tout faire elle-même.

Vivian échangea un regard entendu avec Camille et Matthew avant de répondre :

— Elle s'est sentie insultée rien qu'à l'idée, maman ! Camille est la dernière Hollister à se marier et tu crois qu'elle aurait laissé quelqu'un d'autre faire le dîner ? Plutôt mourir !

Vivian entraîna sa mère, et Matthew en profita pour conduire Camille dans un coin tranquille.

— Je sais, je sais, plaisanta Camille. Tu aurais préféré qu'on se marie et qu'on s'enfuie au galop dans le canyon au soleil couchant. Ça aurait été plus discret.

Il approcha la bouche de son oreille :

— Et ne pas te voir si belle, entourée de tous ceux qui nous aiment ? Pour rien au monde. Tu mérites cette fête, ma magnifique épouse.

Elle déposa un baiser sur sa joue.

— Tu as vu la salle à manger ? Les tables sont

magnifiques, pleines de fleurs, de bougies et maman a apporté sa plus belle vaisselle de Three Rivers.

Il sourit devant son visage rayonnant.

— J'aurais pu avoir une côtelette sur un coin de table et être tout aussi heureux, dit-il, ce qui fit rire Camille.

— Peggy, Gideon et Edie semblent bien s'amuser. Je suis bien contente. Je veux qu'ils se sentent en famille.

— Je crois que c'est le cas, dit Matthew. Emily-Ann aussi paraît ravie. Je suis content qu'elle ait pu être là. Je sais que vous êtes amies depuis toujours.

— Oui. Et elle a attrapé mon bouquet de mariée ! Tu sais ce que ça veut dire, dit-elle, les yeux pétillants.

— On dirait TooTall et ses prédictions ! répondit-il en riant.

— Emily-Ann mérite de trouver quelqu'un. Comme nous nous sommes trouvés.

Elle était sur le point de l'embrasser lorsque Holt arriva, un verre de whisky-coca à la main.

— Tttt, pas de ça sœurette, tu es une femme mariée maintenant, tu es censée savoir te tenir.

Elle étreignit son frère.

— Qu'est-ce que tu fais avec ça ? demanda-t-elle en désignant le verre. C'est un mariage, au cas où tu ne l'aurais pas remarqué. C'est du champagne que tu es supposé boire !

Il rit et adressa un clin d'œil à Matthew.

— Mon organisme n'a pas pu supporter le choc. En parlant de choc, maman t'a parlé ?

— Tu veux dire de l'achat des terrains pour agrandir Red Bluff ? demanda Matthew. Elle nous a dit que Blake allait signer dans quelques jours.

— Ça fait longtemps qu'on n'avait pas vu maman aussi heureuse, dit Camille à son frère.

Matthew regarda sa femme, les yeux pleins de tendresse.

— J'aime penser qu'elle est heureuse pour nous et le bébé. Elle n'a pas l'air trop déçue de devenir ma belle-mère.

— Oh ! aucun doute qu'elle est ravie pour vous deux et pour le bébé. Mais il y a autre chose, dit Holt.

Il s'approcha, et baissa la voix :

— Elle vient de nous dire, à moi et à Joe, qu'oncle Gil venait de prendre sa retraite de la police de Phoenix. Et qu'il venait habiter à Yavapai County.

Les yeux écarquillés, Camille regarda Matthew, puis son frère.

— C'est vrai, Holt ? Tu n'as pas abusé du whisky ?

Holt leva son verre.

— C'est mon premier et mon dernier. Et c'est tout à fait vrai. Oncle Gil a appelé maman ce matin pour le lui dire.

— Je me demande s'il y a un lien avec l'enquête sur la mort de votre père ? dit Matthew. Il a été détective pendant des années.

Holt haussa les épaules.

— On se pose tous la même question. Mais maman refuse d'en discuter avec nous. Si oncle Gil a décidé d'élucider le mystère de la mort de papa, il n'aura aucune aide de maman. Mais elle semble ravie à l'idée qu'il vienne vivre dans le coin.

— Où exactement ? demanda Camille, qui avait remarqué le ton entendu de son frère. À Three Rivers ?

— Aucune idée. Mais je pense qu'on le saura très vite.

Derrière Holt, près du sapin de Noël, Camille vit Isabelle près de Gabby et Sam. Le ventre rond d'Isabelle se voyait clairement sous sa robe vert bouteille, et Camille espéra qu'elle aurait l'air aussi jolie quand elle en serait à ce stade de sa grossesse. Elle se dit qu'elle n'avait jamais vu Sam aussi élégant. Lui et Gabby étaient fous l'un de l'autre, ce qui était bien la preuve que l'amour ne suivait pas toujours des voies toutes tracées. Ce qui poussa Camille à s'interroger davantage sur la relation entre sa mère et Gil.

— Excusez-moi, dit Holt. Je vais danser avec Isabelle ; je le lui ai promis.

Camille rit.

— Bonne chance pour trouver de la place pour danser dans cette foule !

— On n'a pas besoin de place. Tant que je la prends dans mes bras et qu'on fait mine de bouger un peu, ça passe.

Camille et Matthew le regardèrent s'éloigner en riant.

— J'ai encore du mal à réaliser que Holt est marié et qu'il va avoir un bébé, dit-elle avec tendresse. Je suis si heureuse pour lui.

— Et il est heureux pour nous, répondit Matthew. Nos enfants seront des cousins du même âge. Qui aurait imaginé une telle chose ?

Elle regarda son mari d'un air espiègle.

— Tu ne crois pas que TooTall le savait déjà ?

Matthew rit, lui prit son verre des mains et le posa sur une table pour la prendre dans ses bras.

— Holt a eu une très bonne idée. Viens danser.

Il la conduisit à reculons jusqu'à la salle à manger encore vide où il posa un tendre baiser sur ses lèvres.

— Joyeux Noël, ma magnifique épouse, chuchota-t-il.

Elle lui sourit.

— Joyeux Noël, mon époux adoré.

Elle posa la tête sur son épaule pendant qu'ils dansaient doucement.

— Matthew, tu crois que maman éprouve quelque chose pour oncle Gil ?

Il resta silencieux si longtemps qu'elle finit par lever la tête. Il avait une expression penaude.

— Quoi ? demanda-t-elle. Qu'est-ce qu'il y a ?

— D'après Holt et Chandler, elle est amoureuse.

— D'oncle Gil ? Je ne l'aurais jamais imaginé.

— Ça t'embête ?

Elle secoua la tête et lui caressa la joue.

— Il y a quelques mois, ça aurait pu. Mais maintenant je t'ai, je suis enceinte, je comprends ce que c'est que d'aimer et comment ça donne un sens à la vie. Si maman retrouve l'amour avec oncle Gil, je serai la première à la féliciter.

— Je suis très fier de toi, mon amour, répondit-il.

Le cœur débordant de bonheur, elle se serra davantage contre lui.

— Notre bébé est vraiment un miracle de Noël, et ce soir, pour notre nuit de noces, rien ne fera pâlir l'étoile qui veille au-dessus de Red Bluff.

Elle approcha ses lèvres de son oreille :

— Tu m'as offert le plus beau des cadeaux, Matthew. Même si je dois attendre encore quelques mois pour le déballer.

— Je suis heureux aussi, mais comment vais-je faire à Noël prochain pour te trouver un cadeau à la hauteur de celui-là ?

— Tu ne crois tout de même pas qu'on va s'arrêter là ? répondit-elle d'un ton taquin.

Il rit et la fit virevolter dans ses bras.

— Camille, vivre avec toi sera un cadeau de Noël tous les jours.

Retrouvez prochainement,
dans votre collection

PASSIONS

Passion dans la neige, de Jessica Lemmon - N°1037

SÉRIE : LES FRÈRES DUNN 1/2

Agent de stars passionnée, Kendall a absolument besoin de l'ancien acteur Max Dunn pour tourner une publicité. Afin de le convaincre de reprendre du métier, elle se rend dans son chalet perdu dans les montagnes de Virginie, et reste un moment interdite devant le charme que dégage cet homme mystérieux… Coincés ensemble par le blizzard, Kendall et Max se rapprochent dangereusement…

Une ardente liaison, de Jessica Lemmon

SÉRIE : LES FRÈRES DUNN 2/2

Meghan est aux anges : elle a décroché une interview avec l'acteur Isaac Dunn ! Et elle n'est pas au bout de ses surprises quand il lui demande de jouer le rôle de sa petite amie ! Cet arrangement ne doit durer que le temps de détourner l'attention des médias. Du moins le croit-elle, car leur relation devient vite réelle : non seulement Meghan succombe à une brûlante passion entre les bras d'Isaac, mais bientôt elle se découvre enceinte…

Arrogant ennemi, de Kira Sinclair - N°1038

Luca est bien la dernière personne qu'Annalise ait envie de voir dans son casino ! Comment cet homme, qui était un tricheur professionnel huit ans plus tôt, est-il parvenu à se faire embaucher pour résoudre un problème de fraude dans la salle des jeux ? Si Annalise ne lui fait aucunement confiance, elle n'a d'autre choix que de tolérer la présence de son arrogant ennemi…

Une idylle de vacances, de Yahrah St. John

Après avoir avoué ses sentiments pour Jonathan à son insu, Natalie veut se faire oublier en s'offrant une semaine de vacances loin de Royal. Mais quand celui qui tourmente son cœur débarque dans son hôtel, elle n'a nulle part où se cacher… Tous deux finissent par se rapprocher et entament une liaison torride, ce qui ajoute au trouble de Natalie. Une fois leur escapade terminée, saura-t-elle convaincre Jonathan qu'elle peut être pour lui bien plus qu'une amante de passage ?

Troublants baisers, de Katherine Garbera - N°1039

Série : Un mariage à Nantucket 1/3

Alors qu'elle assiste au mariage de sa meilleure amie, Quinn tombe nez à nez avec Logan, l'homme qu'elle aimait dix ans plus tôt. Si elle l'a quitté à cause de son esprit de compétition, il suffit d'un baiser troublant pour que la passion entre eux ressurgisse... Ces retrouvailles brûlantes seraient-elles l'occasion pour eux de s'offrir une seconde chance ?

D'amie à amante, de Melissa Senate

Lors d'un rendez-vous organisé, la cheffe cuisinière Lily tombe immédiatement sous le charme de Xander Crawford. Malheureusement, le coup de foudre ne semble pas réciproque... Qu'à cela ne tienne, Lily fera tout pour convaincre Xander qu'elle est la femme de sa vie !

Ce playboy interdit, de Karen Booth - N°1040

Série : Scandaleuses révélations 1/3

Consultante en relations publiques, Chloe ne mélange jamais travail et vie privée. Mais ses résolutions vacillent quand Parker, un agent sportif, la recrute. Cet homme beau comme un dieu est victime de « Petit Carnet Noir », un compte colportant des rumeurs sur Internet. Or, si Chloe veut gagner la bataille sur les réseaux sociaux, elle ne doit en aucun cas se laisser distraire par son irrésistible client...

Des jumeaux pour Ellie, de Carrie Nichols

Ellie a un faible pour Liam depuis l'adolescence et, dès son retour à Loon Lake, son cœur bat plus vite pour lui... Son rêve devient réalité quand tous deux entament une liaison. Mais lorsque Ellie se découvre enceinte de jumeaux, elle prend peur. Un avenir est-il seulement possible entre Liam et elle ou finira-t-elle le cœur brisé ?

L'enfant de Wes Jackson, de Maureen Child - N°1041

Père absent... Wesley ne décolère pas. Comment ce simple tweet – l'œuvre de cette maudite Isabelle Graystone – a-t-il pu faire basculer sa vie à ce point? Lui qui avait tout pour réussir, le voilà qui assiste désormais à la chute de son entreprise Texas Toy Goods Inc. Certes, il a licencié Isabelle à la suite de la nuit de passion qu'ils ont passée ensemble, cinq ans plus tôt. Pour autant, pense-t-elle pouvoir détruire sa vie sans conséquence?

Prisonnier de son charme, de Silver James

Lorsqu'il se réveille blotti contre Roxanne – la fille de son ennemi –, Cash panique. Que lui a-t-il pris de passer la plus torride des nuits avec celle qu'il devait garder comme otage pour protéger l'empire Baron dont il est l'héritier? Il vient de commettre une grave erreur, il ne le sait que trop bien. Et, surtout, il ne doit pas se laisser manipuler par Roxanne, qui ne cesse de lui murmurer qu'elle l'aime et qu'il doit la libérer...

Exquise tentation, de Lauren Canan - N°1042

Une nuit de tentation. Et voilà que Tallie se découvre enceinte d'un parfait inconnu. Mais, tandis qu'elle se résout à élever seule l'enfant qu'elle porte, elle retrouve son amant sur le site des fouilles archéologiques qu'elle doit mener. Hélas, loin de l'homme attentionné qui l'a séduite au premier regard, Cole Masters se révèle aussi riche qu'arrogant. Pis, alors qu'elle s'apprête à lui révéler qu'il sera bientôt père, il la somme de quitter ses terres au plus vite...

Le doute au cœur, de Sara Orwig

« Tu n'as pas su retenir ton mari? Rien d'étonnant : d'autres femmes sont bien meilleures que toi. » Cet e-mail qu'Emily vient de recevoir l'a mise hors d'elle. Car il n'est que stricte vérité : Tom la trompe, elle en est certaine. Sans doute parce qu'elle ne supporte plus que son époux pose la main sur elle. Mais ce soir, Emily est prête à briser le silence. Quitte à perdre à tout jamais le mari qu'elle a tant aimé et qui lui semble désormais être un étranger...